できるメイド様

Yuin

イラスト まち　訳 alyn

◆
◆
◆

A TALENTED MAID

CONTENTS

ラエル

『血の皇太子』または『鉄の君主』と呼ばれる、
東帝国の皇太子。
常に鉄仮面を着けており、
人々から恐れられている。
一方で仮面を外し、
素顔で市井に紛れることも。

マリ

東帝国によって滅ぼされたクローヤン王国の王女で、
本当の名はモリナ・ド・ブランデ・ラ・クローヤン。
出自によりその存在を隠されてきたため、
彼女を知る者は少ない。
王国滅亡後は身分を隠して捕虜となり、
下級メイドとして皇宮で働いている。

ヨハネフ三世

西帝国の皇帝。
わずか十五歳で皇帝になると、
たった十年で混乱に陥っていた西帝国を
安定させた名君。
しかし体が弱く、発作を引き起こす持病がある。

キエルハーン・ド・セイトン侯爵

東帝国の西北地方を守護する
辺境伯でありながら、
帝国最強の騎士団と呼ばれる
皇室親衛隊の隊長も務める。

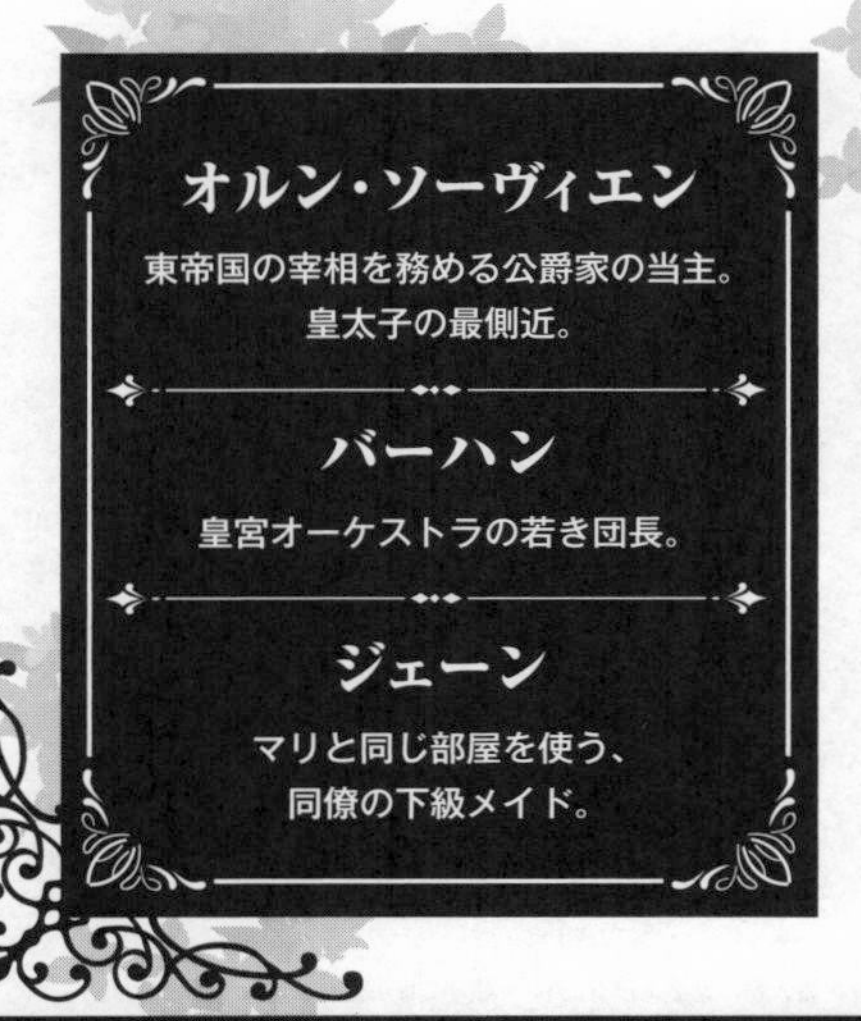

オルン・ソーヴィエン

東帝国の宰相を務める公爵家の当主。
皇太子の最側近。

バーハン

皇宮オーケストラの若き団長。

ジェーン

マリと同じ部屋を使う、
同僚の下級メイド。

オスカー

東帝国が内戦中、
唯一生き残った幼い皇子。
その後は宮廷内で
幽霊のような扱いを受けている。

ILLUSTRATION
◆
◆
◆
まち

Prologue

私はできそこないだった。幼い頃から人より優れているところなんて一つもない。

「いい子なんだけど、どうしてこんなに鈍臭いの？　得意なこともないし」

これが私に対する世間の評価だ。これは母が亡くなった後、突然現れた父親、クローヤン王国の国王によって王女として王宮に連れて来られても同じだった。

「やっぱり卑しい血筋だからかしら？　本当に何もできないのね」

そしてこれが、私に対する王宮での評価であり、王妃である継母も、王子である二人の義兄も、私を軽蔑するだけだった。それでも私はくじけず、たくましく生きようと努力した。王宮の中には誰も味方がいなかったので、なおさら気丈に振る舞うしかなかった。もちろん、気丈に振る舞っていたからといって、私を取り巻くひどい状況が変わるわけではない。私はいつも無視されっぱなし。王国が帝国によって滅ぼされ、捕虜の一人として帝国に連れて来られた後もそれは変わらない。

「マリ！　マリ！」

「はい！」

私の名を呼ぶ声に、あたふたしながら走って行った。気難しい印象の女性がこっちを睨み付けている。上級メイドのスーザンだった。

「あなた、ちゃんと掃除したの？　埃だらけじゃない」

帝国によって王国が滅ぼされた時、私は生きのびるためにメイドに成り済ました。いくらできそこないであったとしても、王家の血筋である私を帝国軍が生かしておくはずがないからだ。

おかげで命を長らえた私は、帝国の皇宮で、雑用をこなす下級メイドとして暮らすこととなった。

「しっかりしてちょうだい！」

「申し訳ございませんでした」

王女から下級メイドになったけど変わったことは何もなかった。私は相変わらずのできそこないで、いじめは避けられない。でも……。

「よし！　もっと頑張ろう！」

そう。私の唯一のとりえは、どんな状況でも前向きであること。

「善良な心で最善を尽くしていれば、きっと神様が祝福してくれるわ」

「こんな私も？」

「そうよ。神様は皆を愛しているから」

母が言ったこの言葉を信じているから。いくらできそこないの私でも、神様はちゃんと愛してくれている。

「いつか私にも祝福を」

私がこう祈ったせいなのかな？　ある日、私の身に信じられないことが起こった。

それはある夏の日、私が十七歳の時だった。

「病気にかかった囚人を看病する仕事ですか？」

「そうよ。あなた以外は誰も手が空いていないの」

皇宮の下級メイドの仕事は本当に種々雑多だった。掃除、皿洗い、洗濯のような簡単な雑用から、誰もしたがらないつらくきつい仕事まで。皇宮の牢獄に閉じ込められている囚人が病気になると、普通は治療せずに見守るが、病症がひどくなると看病が必要になる。その場合、看病をするのは下級メイドの役目だった。そしてこんな誰もしたくない仕事は、いつも私に回ってきた。

「何？　嫌なの？」

「いつ、いいえ」

正直、私もやりたくない。他でもない囚人の看病だなんて……。しかし、当然私に選択の余地はなかった。

(看病といっても食事の世話くらいだろうから。きっと大丈夫。頑張ろう)

そう思いながら元気を出した私は、刑務所内の病室へ向かった。

「こっちだ」

看守の案内に従って部屋に入ると、ものすごい悪臭がした。

「あ……」

私は手で口を覆った。どこかなじみのある匂い。これは母が亡くなる時と同じ、死の匂いだ。

「どうせもうすぐ死ぬやつだ。大したやつじゃないから、テキトーにやってくれ」

看守の言葉は、あえて気を遣って看病する必要がないという意味だった。多分、私が逃げ出しても何も言わないだろう。いや、もしかしたらそうするのを望んでいるのかもしれない。実際、看病するふりをしてこっそり逃げてしまうメイドも多いらしい。どうせ囚人だから……。誰も気にしていないから。

(それでも……)

私は首を横に振った。このまま帰っても、特に問題にはならないだろうが、そうはしたくなかった。それは幼い頃亡くなった母を思い出したからでもあり、寝床に横になっている囚人の目がとても寂しそうに見えたからでもあった。どんな罪を犯したのかは分からないけど……。私が逃げ出してしまったら、この男は一人で寂しく死を迎えることになるだろう。このまま放っておくわけにはいかない。

「あなたはね、そそっかしいところもあるけど優しい子だから。他の人を助けてあげられるような人になってね」

得意なことなんて一つもない、そんな私でも、ちょっとした助けくらいにはなるんじゃないかな。そう思った私は看病を始めた。

「どうせもうすぐ死ぬって言ってんのに。無駄だよ」

看守が後ろで舌打ちをする。私はそれを聞き流しながら一生懸命に看病をし続けた。おかゆを食べさせ、冷たいタオルで熱を冷まし、汚れた体を拭いてあげた。

「ちっ。意味ないってば」

そうして数日が経った。熱心に看病したけど、看守の言うとおり囚人の状態は悪化する一方だった。私は囚人の命が残りわずかであると悟った。母も似たような過程を経て、息絶えたからだ。

(お母さんに会いたいな……)

死にゆく囚人を見ていると、母のことが頭に浮かんで来て、悲しみで胸が熱くなる。貧しかったけど幸せだったあの頃に戻って、母の胸に抱かれたい。こみ上げる涙を手の甲で拭っていると、不意に思いもよらないことが起こった。

「あ……ありがとう」

「……！」

　私は目を丸くした。聞き間違えたと思ったけどそうではなかった。死の淵に立たされている囚人が私に声をかけてきたのだ。

「ありがとう。本当に……」

　苦しそうに声を絞り出した囚人がぼんやりとした目で私を見ている。私は囚人に対し、なんと声をかけたらいいか分からず戸惑ってしまった。だが囚人は感謝の言葉を何度も繰り返す。

「あ、ありがとう」

「いっいえ。私は当然のことを……」

「いや、そのまま放っておいても良かっただろうに……。本当にありがとう。おかげで寂しく死なずに済む」

　話せば話すほど囚人の声が生気を帯びてきた。私はそれが死ぬ直前、一時的に気力が戻ってくる中治り現象であると気がついた。

「君の名前は？」

「マリ。マリです」

　男が最後に私と話したがっていることに気づき、私は真摯に答えた。

「最後に君のためにお祈りをしてあげよう。何か願い事はあるか」

　その問いに私は少し悩む。……願い事？

「なんでもいい。君のために祈りを捧げよう」

私は躊躇しながらも口を開いた。男がお祈りをしてくれるからといって、大した意味はないだろうけど、最後に話し相手になろうと思ったのだ。

「じゃあ……。なんでもできる万能な人になりたいです」

「万能？」

「はい。私、とっても鈍臭くて。だから仕事ができる、万能な人になりたいです」

私の言葉に彼は微笑んだ。私の願いがとても子どもっぽいと思ったのだろう。でも私は真剣だった。ずっとできそこないだったから、いつかは皆に認められるような人になってみたかった。

「なんでもって例えばなんだい？　具体的に教えてくれ」

「うーん……」

私は悩んだ末に答えた。

「まずは……。メイドの仕事を上手にこなせるようになりたいです」

「メイドの仕事？」

望みが、たかだかメイドの仕事を上手にこなせるようになることだなんて。男は素朴すぎると言わんばかりの顔をした。私も、そんな気がして、急いで付け加える。

「あ、もちろん他のこともできるようになりたいですよ。絵も上手になりたいし、音楽も上手になりたいし。それから工芸とか料理も上手になりたいです」

「そうかい？　それから？」

男に促されて、私は興奮して話し続けた。できそこないでいじめられて育ったせいか、上手になりたいことならいくらでもあった。

「他には、弓とかダンスも上手になったらいいなと思います。あ、お医者さんのように人の命を助けられる医術も身につけたいなぁ。悪い犯人を捕まえられる能力もいいですね。それから……」

しばらく騒いでいた私は、はっとなり口をつぐんだ。

「……多すぎますよね？」

「そうだね、君は欲張りだな」

男の言葉に、なんだかとても恥ずかしくなった。

「た、ただ言ってみただけです。願い事は自由でしょう？」

「そう。そうだね」

寝床で頷いた男は私の目をまっすぐ凝視した。

「もしも、もしもだ」

「……？」

「君に本当にそんな能力が芽生えたら、君はそれで何をするつもりだい？」

私は我にかえって考えた。勝手に盛り上がって騒いではいたけれど、本当にそんなことが起こるはずはない。それでも、あまりにも真剣な様子の男の目を見て、私は前からずっと思っていたことを正直に話した。

「意味のある人生を生きたいです」

「意味のある人生？」

「はい」

「意味のある人生とはなんだい？」

「それは……」

「意味のある人生」は人それぞれ、千差万別であろう。ある人にとっては何かしらの分野での成功かもしれないし、またある人は富や名誉に価値を感じるかもしれない。自分磨きを人生の目標とする人もいるだろう。皆それぞれ違う答えを持っている。

そして私は……。

「できるなら、誰かを幸せにする人生を歩みたいです。それが私の願いです」

その答えに男はしばらく黙り込んだ。

「君は優しい子だ」

「あ、いいえ。そう思ってるだけで……」

心から褒めてくれる温かい声に、私は少し顔を赤らめた。

「君の名前はなんだい？」

「先ほど申し上げた通り、マリです」

「いや。私は君の本当の名前、真実の名前を聞いてるんだ」

「……！」

私は思わず唾をごくりと飲み込んだ。

「マリ」は私の本当の名前ではなかった。私には誰も知らない、自分でも忘れかけている別の名前がある。

（まさか私の正体を知ってるわけじゃないわよね？）

男の目を覗き込む。彼の青い目は透明でとても澄んでいた。罪を犯して牢獄に入れられたとは思えないほどに。

私の正体は誰も知らないはず。ただ聞いてみただけだろう。でも……。

その時、男がもう一度言った。

「神様に君の願い事をお祈りしたいんだ。君の本当の名前を教えてくれ」

私は少し悩んでから、名を告げた。本来なら絶対に口に出してはいけないその名を。それほど、男の声には不思議な力が込められていた。

「モリナ・ド・ブランデ・ラ・クローヤン」

クローヤン王国の高貴な血筋、モリナ。それが私の本当の名前だった。

名を告げた私は男の顔を窺った。もしこの男が私の正体を看守に告発でもしたら、私はすぐさま捕らわれ、殺されてしまうだろう。

幸いにも男にそのような気配はなかった。男はただ、こう話すだけ。

「モリナ。綺麗な名前だね」

彼はまるで神父様のように私の頭の上に手を置いた。私は驚いたが、あえてその手を払いのけたりはしなかった。なぜだろう？　そうしてはいけないような気がしたのだ。彼の祈りはとても短いものだった。

「天にまします我らの父よ。この少女の願いを叶えたまえ……」

祈りを終えた男はすぐに眠りについた。まるでやるべきことをすべて終えたと言わんばかりの、安らかな顔だった。

私はしばらく静かに彼を見守ってから、体に布団をかけてあげた。多分、二度と会うことはないだろう。

「安らかにお眠りください」

病室を出ると、外で待機していた看守が言う。

「ああ、お疲れ様。もう来なくていいよ」

最初は不満げだった看守も、私の一途な態度を見るうちに、優しくしてくれるようになっていた。

「とんでもありません。看守さんもお疲れ様でした」

私は宿舎に帰りベッドに横になった。けれど男の最後の姿が脳裏に焼き付き、どうしても眠れなかった。

（はあ、マリ。早く寝ないと。明日は早起きして一生懸命働かないといけないんだから）

自分自身にそう言い聞かせながら必死に目を閉じた。看病が終わったので明日からは再び皇宮に戻る。夜明けの掃除を皮切りに一日中色んな仕事をこなさなければならない。

（明日もまた怒られるだろうなぁ）

私は小さくため息をついた。体の疲れより叱られる方が心配だった。

（さっきの男と話していたように、仕事が上手になったらいいのに）

私はこんなことを考えながら眠りへと落ちていった。

寝る前に「仕事が上手になりたい」と思っていたせいか、その夜私はとても不思議な夢を見た。

他国の大邸宅（だいていたく）のメイドになる夢だ。

夢の中の「彼女」は私とは全く違った。私のようなできそこないではなく、誰からも愛される、仕事のできる最高のメイドだった。

その夢はあまりにも鮮明（せんめい）で、まるで私が彼女になったかのようだった。

霧がかかったぼんやりとした視界。私はここが夢の中であることに気づいた。私は夢の中で、自分ではなく別の人物になっていた。誰かが夢の中で「彼女」を呼んだ。

「今日はどんなお茶かな？」

「鉄観音です、ご主人様」

柔らかな声。

「鉄観音？」

「はい。東方大陸で採れるウーロン茶の一種で、のど越しの良さと爽やかな香りが特徴らしいです」

彼女はメリハリがありながらも流れるような動作でお茶を男に差し出した。

お茶を味わった男は感嘆した。

「本当にいい味だ。やはり君の腕は素晴らしいな」

「ありがとうございます。上質な茶葉ですのでよりおいしく感じるのでしょう」

「いや、他の人が淹れていたらこんな味は出せなかっただろう」

男は首を横に振りながら微笑んだ。

「ビオラ、君は私が手にした最高の宝だ」


その会話を最後にマリは目を覚ました。

(夢？　ビオラって誰？)

マリは首をかしげた。全く知らない人だった。夢の中の建築様式や家具から考えると、場所も帝国ではなさそうだ。

(西端の島国のイベリスかな。すごくリアリティーのある夢……)

夢は短いがとてもリアルだった。まるでビオラというメイドの人生のひと時を、代わりに経験したような感覚だった。しばらくベッドでぼーっとしていると、部屋の外から騒がしい音とともに、マリを呼ぶ声が聞こえた。

「マリ、起きた？　遅れるよ、早く行こう！」

マリと同じ部屋を使っている同僚のメイド、ジェーンだった。

マリは時計を見た。午前五時三十分。早く準備しないと遅れてしまう。急いでメイド服に着替え、勤務先の百合宮殿へ向かった。

ジェーンがマリに話しかけた。

「マリ、今日こそ上手くやるのよ！　スーザンさんが目を光らせているのは知ってるでしょ？」

マリは不安げに頷く。

「今日もミスしたら、今度こそタダじゃ済まないわよ、きっと」

「うん……。頑張るよ」

言われなくても不安な気持ちで心がいっぱいだった。上級メイドであるスーザンの、マリに対するいじめは日に日にひどくなっていた。今日はどう耐え抜いたらいいのやら……。

（夢で見たビオラみたいに私も仕事が上手だったらいいのに）

ビオラは完璧なメイドだった。掃除や洗濯、皿洗いのような雑用はもちろん、食事の世話や茶道、書類整理などの難しい仕事も完璧にこなしていた。いや、単に上手というレベルではなく、彼女の手にかかれば雑用も芸術と化した。まさにメイド界のマスターと言うべき人だった。彼女の半分でもいいから仕事ができるようになりたい……。

（はあ、とにかく最善を尽くそう）

百合宮殿に着いたマリは自分に割り当てられた場所へと向かった。マリが今から掃除しなければならない場所は、一階の接客室近くの廊下だった。お客様が目を覚ます前に掃除を終わらせないといけない。それに、朝食が済んだら厨房でその後片付けもしなければならない。

「じゃあ、頑張ってね、マリ」

「うん、またね」

ジェーンに挨拶をして、マリは大きく息を吸った。今日は必ず失敗せずに働いて、叱られないようにしよう。そう意気込みながら廊下を見回したその時だった。ぱっと、何か変な感覚が全身を走った。

「うん？」

なんとも言い難い違和感に首をかしげたその瞬間、マリの目の前に新たな世界が広がった。

「な、何？　私の目、おかしくなっちゃった？」

マリはポカンと口を開けて、辺りを見回した。その目に映る新たな世界は……。

「き、きったない！」

……汚かった。

「ここ、こんなに汚かったっけ？」

マリは大きく目を見開いた。壁の隅々にこびり付いてる汚れ、窓の隙間の黒い埃、床に落ちてる小さなゴミ。目障りなものだらけだった。

「どうして今まで気づかなかったんだろう！」

あのこびり付いた汚れは一夜にしてできたものじゃない。以前からあったけど、今まで気づかなかったものが突然視界に入り始めたのだ。それも虫眼鏡で見ているかのようにくっきり見える。

「スーザンさんが来る前に急いで掃除しなきゃ！」

手をつけなきゃいけない場所があまりにも多すぎて、到底時間内に終わらせられなさそうだった。

急いでモップを持ってきて床を拭こうとしたその時、マリはもう一度、奇妙な感覚に襲われた。

……なんでこんなに楽なんだろう？

急に体の調子が良くなったのか、雑巾がけがとても楽だった。雑巾で拭くたびにこびり付いた汚れがさっとなくなっていく。どこが汚いのかはっきり見えているから、無駄な労力を使わずに済んだ。

……まるで夢の中のメイドにでもなったみたい。

昨夜の夢で見た彼女も似たような能力を持っていた。他人には見えない細かい部分まで目が届く、手際のいい掃除の腕。いずれも彼女の能力の一部だった。

「そんなまさか……。違うよね」

夢を見たからといってその夢の主人公と似た能力が芽生えるなんて、とんでもない。

しかし、その瞬間……。

「君に本当にそんな能力が芽生えたら、君はそれで何をするつもりだい？」

脳裏に浮かぶ男の声……。

「あ、あり得ないわよね。本当に願いが叶うとか、そんなこと起こるはずないもの」

頭の中は混乱していたが、以前とは比べ物にならない速さで廊下の掃除が終わった。

「わあ！」

マリは掃除が終わった廊下を見渡して、思わず感嘆の声を上げた。信じられないくらいきれいになっていた。単純にきれいというレベルを通り越して、廊下がほのかに光っているようにも見える。

「これ全部私がやったの？」

マリは子どものように目をしばたたかせた。自分がしたとは信じられない出来だった。しかも、時間もまだ余っている。

「一体どうなってるんだろう？」

戸惑いながら廊下の隣の接客室を覗き込む。

「ここも汚い……」

いつも管理されている場所なだけに、客観的に見ればきれいだったが、マリの目にはあちこち掃除が足りていない所が見えた。

「どうしようかな。時間はまだあるけど……」

接客室は彼女の担当ではないから、あえて掃除する必要はなかった。でもなぜだろう。やたらと掃除したいという衝動が湧き起こった。汚れをすべて落として、キラッキラにつやを出したかった。

「本当、私、どうしちゃったの？」

マリは困惑していた。まるで自分が違う人になったようだ。そんな複雑な気持ちとは裏腹に体は自然と動いた。

（時間が限られてるから、特に目につく所だけでも……）

テーブルと椅子を拭き、カーペットの隅の小さな埃を掃き取り、庭側の窓枠についている汚れまできれいに拭き取った。それでも時間が余ったので、マリは本格的に細かい部分まで掃除をし始めた。棚を拭いた後、微妙に角度がずれている飾り皿を整え、彫像の隅の埃を取り除く。椅子の脚の目立たない部分までもう一度きれいに拭き取った。

カーペットも一度洗濯したいな……。

こう心の中でつぶやいている時だった。誰かが厳しい口調で彼女の名前を呼んだ。

「マリ！　掃除サボって何してるの？　今日はラクシントン伯爵がお見えになるから忙しいっていうのに……！」

スーザンだった。頭ごなしに怒鳴りつけながら近づいてきたスーザンは、マリが掃除した廊下を見て口をぎゅっと閉じた。スーザンは目を丸くし廊下を見回した。

（おかしいわ。どうしてこんなにきれいなの？）

マリはそそっかしい性格で、いつも汚い部分を所々残していたけど、今日はなぜかしっかり掃除されている。いや、きれいを通り越して、まるでマリの担当区域だけリモデリングでもしたんじゃないかと思わせるくらいきれいだった。

目立たない部分までチェックしてみても……やはり完璧。あのできそこないのマリが、こんなにきれいに掃除をしたって？　信じられない。

「マリ、誰に手伝ってもらったの？」

「……私がやりました」

「あなたが？　あり得ないでしょう。怒らないから正直に言いなさい」

「本当に私が……」

マリは真面目な声で答えたが、スーザンは思わず顔をしかめた。マリは、そそっかしいところはあるが、嘘をつくような子ではない。でもやはり信じられなかった。もう少し問い詰めてみようかとも思ったが、やがて首を横に振った。

「分かったわ。じゃあ厨房に行って後片付けを手伝ってちょうだい」

「はい！」

まるでリスのように厨房へと走って行くマリの後ろ姿を見ながら、スーザンは心の中でつぶやいた。

（本当にあの子がしたことかどうかは、もう少し見張ってたら分かることでしょう）

どうせすぐにボロが出るわ。スーザンはそう思った。しかしこの時、スーザンは思いもしなかった。これがまだ、すべての始まりにすぎないことを。


マリが上手になったのは掃除だけではなかった。マリは山積みになっていた皿を一瞬で片付けた。速さはもちろん、出来栄えも良く、マリが磨いた器は顔が映るほどつやつやになっていた。

「あれ……、マリだよね？」

「た、たぶん？」

「あのマリが一枚も皿を割らないなんて……」

厨房で働くメイドたちの目が丸くなる。皿洗いを終えたマリは台所用の雑巾を持って、汚れている所を拭いた。マリの手が動くたびに、まるで戦場のようだったキッチンが、展示室のようにきれいになる。残った食材の保存処理に至るまで彼女の仕事っぷりはすべて完璧だった。

「……」

そんなマリのことをメイドたちは口をぽかんと開けて見ていた。皆、お化けでも見ているかのように呆気に取られた顔だ。その中にはいつもマリにきつく当たっていた厨房の主任メイドもいた。

「あの子が人並み以上に仕事をするなんて……」

主任メイドは口が塞がらなかった。この目で見ても信じられない。主任メイドもあの若いメイドがいつも熱心に仕事に取り組んでいることは分かっているつもりだった。それでも手際が悪くミスが多いため、毎回厳しく叱っていたが、今日はまるで別人のようだった。

（普段、ちょっと怒りすぎたかな）

あんなに上手に仕事をこなしている姿を見ると、いつも厳しく当たってしまったのを申し訳なく感じた。主任メイドはしばらくしてマリに声をかけた。

「……マリ」

「あ、はい。主任」

片付けに夢中になっていたマリは、主任メイドの声に振り向いた。

「他に何かやることがありますか？」

「ううん、違うわ。……よく頑張ったわね」

「……！」

思いもよらなかった言葉にマリはびっくりした。

（わ、私のこと？　褒められた？）

厨房の主任メイドに褒められるのは初めてのことだった。いや、主任メイドだけでなく、マリを褒めてくれる人なんて、これまで誰もいなかった。いつも叱られてばかりだった。

「今日はお疲れ様。残りは私たちが片付けるから、次の仕事まで少し休んでて」

「いいえ、大丈夫です！」

「いや、初めてあなたに感心したから。今日は特別よ」

マリはこれが夢か現実か分からなくなってきた。

(私がこんなに褒められるなんて！)

主任メイドは顔に笑みを浮かべ、頷きながら言った。

「これからも今日みたいにね」


厨房の外に出たマリは控室に入った。トイレの隣にある、掃除道具を集めておく控室は、マリのような下級メイドの憩いの場所だ。

「私が褒められるなんて、信じられない……」

マリは少しの間ボーッとしていたが、やがて胸がいっぱいになった。もちろん自慢するほどでもない、普通の褒め言葉だ。でも、それがマリにはとても特別に感じられた。


「なんでこんなに鈍臭いの？」

「この、間抜けが！」

毎日、罵声ばかりを浴びせられていたマリが、初めてもらった褒め言葉だ。

「でも、私、急にどうしちゃったんだろう」

マリは複雑な顔でつぶやいた。褒められたのは嬉しいけど、何か変だった。自分はこんなに器用じゃないのに……。本当に夢の中のメイドにでもなったみたいじゃない。

「あの人のお祈りのおかげで私の願いが叶ったのかな？」

しばらく悩んでいたマリは首を左右に振る。

「よく分からないけど、とりあえず今は一生懸命頑張ろう」


「これからも今日みたいにね」


マリは先ほどの主任の言葉を思い出し、再び胸が熱くなった。自分に起こったこの信じられない出来事が、果たして神の祝福なのかは分からない。それでももう少し、この奇跡が続きますようにとマリは心から祈った。

こうしてマリの新たな生活が始まった。マリは本当に夢の中の主人公の「ビオラ」のような能力を持っていた。掃除なら掃除、洗濯なら洗濯、皿洗いなら皿洗い。何一つスキがない。最初は疑いの目で見ていたスーザンも、結局マリを認めざるを得なかった。

「あなたのことを見誤っていたみたいね」

「スーザンさん？」

挨拶をしたマリは驚(おどろ)いて顔を上げた。

「今まで私に怒られてばかりで、気に病(や)んでいたんじゃない？」

「……！　い、いえ」

「よく頑張ったわね。最近色んなことができるようになってきたし。これからも頑張るのよ」

その言葉にマリは感動で涙(なみだ)が出そうになった。

「はい。ありがとうございます、スーザンさん。これからも頑張ります」

スーザンは小さく頷いた後、マリに尋(たず)ねた。

「マリ、お茶くみはやったことある？」

「まだお茶くみは……」

そう答えようとしてマリは口を閉じた。スーザンが今何を言おうとしているのか悟(さと)ったのだ。

「そう、そろそろあなたにもお茶くみを任せてみようかな。これから少しずつ練習しておきなさい」

「……！」

お茶くみ！　それは貴族に直接仕える中級メイドの業務だった。

「どうしたの？　自信ない？」

「いいえ、ありがとうございます！」

マリは頭を下げた。信じられない！　数多くの下級メイドの中でお茶くみを任されるのはごく一部の人だけ。直接貴族の相手をしなければならないため、実力のある人にしかお茶くみは任されないのだ。

（私がお茶くみをすることになるなんて！）

スーザンの部屋から出たマリは頬をつねった。痛い、やっぱりこれは夢じゃないんだ。

こうしてマリはお茶くみの仕事をするようになった。驚くことに、マリはお茶くみまで完璧にこなした。それを見たスーザンが感激して言った。

「すごい、マリ！　いつの間にそんな作法を覚えたの？　前にもやったことがあるの？」

お茶くみなんてしたことあるはずがない……。マリは困った顔をしながら首を横に振るだけだった。

（本当に私、どうなっちゃったんだろう。まさか、本当の本当にあの時の願いが叶ったのかな？）

悩んでも到底理由が分からなかった。困惑している彼女とは裏腹に、百合宮殿のメイドたちの間でマリの名はますます轟いていく。

そう、なんでもできるメイド様として！

「ありがとう、マリ」

「やっぱりマリだね。これもお願い！」

今までいじめられていたのが嘘のようにマリの人生は一変した。まるでシンデレラになったみたいだった。そんなある日、マリの日常に新たな変化が訪れる。

また、新しい「夢」を見たのだ。

霧がかかったようにぼやけた視野。マリは自分が夢の中にいることを自覚した。以前メイドマスターであるビオラの夢を見た時と同じ感覚だった。夢の中の「私」は城壁（じょうへき）の上に立ち目をつぶっていた。誰かがそんな「私」に話しかける。

「何をしているんだい？　フィオナ」

「風と話してるんです」

「風？」

男は夢の中の「私」に言った。

「また何かインスピレーションを感じているのかい？」

夢の中の「私」は頷く。

「すごいね。この大陸で君の右に出る者はいないというのに。それでも上を目指し続けるなんて」

「……」

「じゃあ、次の作品のテーマは風ってことか……。楽しみにしてるよ」

すると男は「私」に顔を向けこう言った。

「庭園の求道者、フィオナ」

マリははっと夢から覚めた。

(なんの夢？　この前と同じかな？)

メイドマスターのビオラの時みたいに、とてもリアリティーのある夢だった。まるで実際に夢の中の人物になったかのような。しかし、今回の夢はこの前とは違う点があった。

「フィオナって、何をする人なんだろう？」

夢の中の人物の正体が分からない。前回と違って夢がとても断片的だった。

(風をテーマとした作品？　庭園の求道者？　庭師かな？)

マリは自分の手を見下ろした。自分に何か変化があるかもと思ったけど、特に変わっていなかった。

自分に能力が芽生えたとしても、その能力がなんなのか、まだ分からない。いや、夢を見たからといって、毎回夢の中の人物の能力を使えるようになるとは限らない。おそらく、前回の夢が特別だったのだ。マリがそう思いながらベッドから起き上がるや否や、部屋の外から誰かがマリを呼ぶ声がした。

「マリ！　マリ！」

「はい！」

部屋の戸を開けると、ある先輩メイドが立っていた。

「先輩、どうされたんですか？」

「今、時間大丈夫？　スーザンさんがあなたのことを探しているわ」

マリは意外な顔をした。上級メイドのスーザンがマリを個別に呼び出すことは今までほとんどなかったからだ。

(どうしたんだろう)

マリは首をかしげながら、スーザンの部屋へ向かった。

「スーザンさん、マリです。どのようなご用事で?」

「あ、マリ。いらっしゃい」

スーザンは笑顔(えがお)でマリを迎(むか)えた。以前の意地悪だった態度に比べると、とても柔らかい物腰(ものごし)だった。

「疲れてない? 最近は本当によく働いているわね」

「は、はい……」

マリは気まずい顔で答える。

「最近あなたの評判がいいわ」

「ありがとうございます」

「これまで通り、頑張ってくれると助かるわ」

スーザンはひと通りマリを褒めた後、用件を切り出した。

「実は勤務先の異動のことであなたを呼び出したの」

「勤務先の異動ですか?」

「そうよ。しばらく他の場所で働いてもらいたいの」

「どこに配属されるんでしょうか？」

スーザンはお茶を飲みながら話を続けた。

「もうすぐ建国記念祭があるのは知ってるでしょう？」

当然知っている。建国記念祭は帝国最大の行事で、一週間を通して各地で大きな宴会と祭りが行われる。皇宮のメイドもこれからその準備で大忙しになるだろう。

「今年の記念祭がちょうど第三皇妃様の命日と重なっていてね。皇太子殿下の実母である第三皇妃様を称えるために、薔薇宮殿の庭園を作り直すらしいの」

「……」

「その準備で人手が足りないらしくてね。手伝って欲しいと言われたのよ」

「では私が庭園のお手入れをすればいいのでしょうか？」

「いいえ。造園は専門の庭師たちの担当よ。あなたは庭師たちのお手伝いをするだけでいいわ」

「……そうですか」

説明を終えたスーザンはマリを見て首をかしげた。特に難しい仕事じゃないのに、マリの反応がおかしかったからだ。何か動揺しているような？

「どうしたの？　何か問題でも？」

「いっいえ。なんでもありません。それでは今日から薔薇宮殿に参ります。では、失礼します」

マリは怪訝な顔をしているスーザンを残して部屋を出た。

「庭園の工事って……」

マリは昨夜の夢を思い出し、小さくつぶやいた。

「では次の作品を楽しみにしてるよ。庭園の求道者、フィオナ」

確かではないけれど、夢の主人公はおそらく庭園と関連した芸術家だろう。まさか昨夜の夢と関係があるんじゃ……。でもマリはすぐ首を振った。

(いや、庭の工事は庭師たちがするだろうし、メイドの私はどうせ雑用ばかりだろうから。きっと関係ないわ)

マリはそう自分に言い聞かせた。

翌日、マリは百合宮殿ではなく薔薇宮殿の庭園へと向かった。

「おはようございます。百合宮殿からお手伝いに来たメイドのマリです!」

マリは元気に挨拶した。早朝から庭作りに熱心になっていた庭師たちがマリの方を振り返る。

「若いメイドさんだね」

「はい、よろしくお願いします!」

「こちらこそよろしく。これから一緒に頑張ろうね」

父親くらいの年配の男も頬笑みながらマリに挨拶した。

「ああ、よろしくね。危険な道具が多いから、怪我しないように気をつけて」

幸い庭師たちはマリを歓迎してくれた。家事を担当するメイドと、家事以外の裏方を担当する使用人では元々皇宮内での所属が異なるため、男ばかりの庭師の所に若い娘が来てくれたこと自体を喜んでいる様子だった。

「特に難しい仕事はないから。頼んだことだけやってくれればいい」

造園総監督、責任庭師であるハンスの言うように、これといって難しい作業はなかった。仕事はほとんど庭師の担当で、マリは彼らのためにちょっとした世話をするだけだった。食事を運び、細々としたお使いをして、散らかっている作業現場を片付けたりと、簡単な雑用ばかりで、百合宮殿で働いていた時よりずっと楽だった。

(特別な仕事はないみたいね)

先日見た夢のせいで、「もしかしたら」と思っていたが、どうやらマリが出る幕はなさそうだ。

(良かった。仕事も楽だし)

暑い夏の日にずっと外にいるのは大変だったが、それ以外はすべて良かった。その中でも一番いいのは……。

「マリ、暑いから木陰に入って座ってて」

「そう、顔が焼けちゃいますよ。今は特にやってもらいたいこともないので、少し休んでてください」

マリが頑張らなくても、庭師の皆が彼女に優しく接してくれることだった。中でも責任者であるハンスはマリが田舎に残してきた娘に似ていると、とりわけ気を遣ってくれた。

「マリが持ってきてくれたからか、いつもよりおいしく感じるよ」

ハンスはサンドイッチを食べながら笑った。

「たくさんありますので、もっと召し上がってください」

「ありがとう、マリ。君も座って休みなさい。一日中歩き回っていたでしょう」

「あ、大丈夫ですよ」

「座って、座って。誰も見てないから」

「ありがとうございます」

マリは彼の隣に両膝を立てて座った。

「飯は食ったか？」

「いえ、まだです」

「こらっ」

ハンスは小さく舌打ちをした。

「どんなに忙しくても飯はちゃんと食わないと。それじゃなくてもマリは痩せているのに」

ハンスの温かい言葉にマリはなんだか目頭が熱くなった。母が亡くなった後、自分のことを心配してくれる人なんて誰一人いなかった。国王の隠し子だったマリは王女として王城に入ったものの、いきなり現れた厄介者として、周りからひどくいじめられた。王国が滅び、メイドになってからは言うまでもない。ふと母のことを思い出してしまったマリは、急いで話題を変えた。

「庭づくりって大変じゃないですか？ 体力も使うし……」

自分はちょっとしたお手伝いしかしていないけれど、庭師たちは木の枝を整えたり、切ったり、花を植えたり、花壇を移したりと、もはや大工事のようだった。

「うん？　そりゃ大変さ。だけど面白い」

総責任者のハンスが言う。

「私たち庭師は庭園を訪れる人々に幸せを運ぶ者だから」

「幸せを運ぶ者……」

マリはハンスの言葉を小声で繰り返した。なんだか素敵な言葉だった。

(私も誰かに幸せを運ぶ者になりたいな)

できそこないのつまらない人間だけど、いつか自分もそんな人間になりたい。

そんなことを考えていたら、ハンスが隣でふぅとため息をついた。

「でも心配事がある」

「……？」

「最善を尽くしてはいるが、皇太子殿下のお気に召すかどうか……」

「あ……」

その言葉にマリの顔が曇った。この庭園の工事を命じた皇太子がどんな人物なのか思い出したのだ。

血の皇太子『ラエル』その名は恐怖以外の何ものでもない。第三皇妃の息子として生まれながらも、自らの力で皇太子の座に昇り詰めた男。その過程で彼が流した血は計り知れない。彼がいつも着けている鉄仮面に飛び散った血が乾く暇がないと『血仮面』とも呼ばれるようになった鉄血の君主。

……クローヤン王国も皇太子の手によって滅んだ。

マリは王城が陥落したその日のことを思い出した。血に染まった鉄仮面を着けて剣を振り回していた彼は、まるで悪魔の化身のようだった。

(あれからもう長い時間が経ったことだし、今さら私の正体がばれることはないと思うけど……)

それでもあの時のことを思い出すだけで、体中の血が凍り付くような恐怖を感じた。あの残酷な皇太子が、庭園が気に入らなかった時にどんな罰を下すのか見当もつかない。責任者であるハンスの場合、もしかしたら首が飛ぶかもしれない。まだ皇太子が使用人を死刑に処したことはないけれど、昔から暴君というものは、むやみに人の命を奪うものだ。

マリは慌ててハンスに励ましの言葉をかけた。

「私は庭づくりについてはよく分からないですが、本当に素敵な庭園だと思います。きっと皇太子様も満足してくださいますよ」

ハンスが微笑む。

「まあ、第三皇妃様の故郷であるフロックスの庭園のように、ビスタ形式を取り入れて造っているからね。多分嫌がられることはないだろう」

ビスタ式庭園とは、権威を象徴する宮殿から軸線となるまっすぐな道を作り、庭園内を幾何学的な模様で飾る様式のことだった。

「庭はこれでいいと思うが、問題が一つ……」

「どんな？」

「第三皇妃様の石像だよ」

「あ……」

マリはその言葉の意味に気づき口をつぐんだ。

「庭園の中心に第三皇妃様の石像を建てることになっているんだが……。その石像が皇太子様のお気に召すかどうか」

ハンスは心配そうな顔で話を続ける。

「十年前に濡れ衣を着せられ、残念な亡くなり方をした第三皇妃様に対する皇太子様の愛情は相当なものだから……。少しでもお気に召さなければ、皇太子様はきっと激怒されるに違いない」

そう言ったハンスは深くため息をついてから、心配を払うかのように首を左右に振った。

「マリの前で弱音を吐いてしまったな。すまなかった」

「とんでもないです……」

「故郷にいる娘に似ているせいか、なんだか楽に感じてしまってね。娘がちょうど君と同い年なんだ」

ハンスは立ち上がり、休んでいる庭師たちに向かって叫んだ。

「さて！　飯も食い終わったし、もうひと仕事しようじゃないか！」

「はい！」

慌ただしく庭の手入れを始める彼らをマリは心配そうに見つめていた。

(上手くいくといいけど……)

彼女からすると庭も石像も良くできているように見えるのだけど……。

(もし、血の皇太子が気に入らなかったら……)

マリは以前目にした皇太子の姿を思い出し、ぶるぶると身を震わせた。


「モリナ王女はどこにいる？　必ず見つけ出せ！」


血に染まった剣を握ってマリを探す恐ろしい姿。もしその時メイドに扮していなかったら、マリは命を失っていただろう。冷酷な鉄仮面を着けた彼からは、人としての僅かな慈悲さえ感じられなかったのだから。

(もし石像が皇太子の気に食わなかったら、処罰は免れない……)

少なくとも石像を担当した彫刻家はひどい罰を受けるだろう。

「ハンスさん……」

マリは唇をぎゅっと嚙んだ。石像の彫刻を担当するのは責任者であるハンスだ。彼が皇室最高の造園師であり、彫刻家でもあるからだ。

(少しでも役に立てたらいいけど、何かいい方法はないのかな？)

マリは悩んだが、単なるメイドにすぎない自分にハンスを助ける方法などない。ところがその瞬間、脳裏をよぎるものがあった。

「では次の作品を楽しみにしてるよ。庭園の求道者、フィオナ」


先日見た夢……。

「もしかしたら」

一つの可能性がマリの頭の中に浮かんだ。


その夜、マリは宿舎の近くにある倉庫にこっそり忍び込んだ。昼思い付いたことを試してみるためだった。しかし、マリはすぐにがっかりした表情で道具を机に置いた。

「やっぱり全然ダメね……」

マリが試そうと手にしたのは鑿や金槌などの彫刻用の道具だった。庭用の剪定バサミもだ。もしやと思ってみたが、やはり「フィオナ」の能力を使うことはできなかった。

(メイドの夢を見た時は、どうして能力が芽生えたんだろう？　やっぱり、あの夢が特別なだけだったのかな？)

普通に考えて、なんの能力もないのが当たり前なのだ。夢を見たからといって、夢の中で出てきた人の能力が実際に芽生えるなんてあり得ないことだ。

「この前みたいに能力が芽生えたら、ハンスさんを助けられるのに」

マリはハンスを助けたかった。少しでもいいから、自分に温かく接してくれた、彼の役に立ちたかった。でも、いくら鑿や金槌に触れても何も起こらない。もしかしたら、夢をもっと見なければならないのかと思い、必死に眠りについてみたけど、なんの夢も見ることができなかった。

そうこうしているうちに、彫刻をしているハンスの顔はどんどん焦りでいっぱいになっていった。やはり思い通りにはいかない様子だ。

「これじゃダメだ……。何かが足りない」

そんな彼を見て、マリは切ない気持ちになった。

(きれいなのに……)

とても美しかったという第三皇妃様らしく、きれいな石像だったが、確かに何かが足りない。素人のマリがそう感じるくらいだから、専門家であるハンスからしたら言うまでもない。彼は重いプレッシャーのせいで思ったように彫刻ができなくなっていた。

「はあ……」

ハンスはしばしば密かにため息をついていた……。

それに加え、ハンスを焦らせる出来事が起きた。皇太子の側近である執事長のギルバート伯爵が途中経過を視察に来た日のことだ。

「庭園の手入れは順調に進んでいるだろうな」

「はい、伯爵様」

ハンスは執事長の突然の訪問に、慌てて頭を下げた。ギルバートは庭園をざっと見渡して言った。

「うむ。フロックス式の良い庭園だ。最大限優雅で上品な雰囲気にしてくれよ。皇太子様の栄光のためにね」

「はい、かしこまりました」

「ところで第三皇妃様の石像はどうなった？」

辺りを見渡し石像を見つけたギルバートの顔が強張った。

「……なんだ、あれは？」

「え？」

「あの、気品も優雅さも全く感じられない彫像が、第三皇妃様の石像だと……？」

ギルバートが怒りで真っ赤になった顔で怒鳴った。

「おい、お前！　ふざけるな！　他でもない第三皇妃様の石像だぞ！　皇太子様の実の母君であらせられるというのに！　そんなお方の石像をよくもこんな駄作にしたな！　首を飛ばされたくなければ、真面目にやれ！」

「……」

ハンスも庭師もその脅しに怯え青ざめた。その脅しが嘘ではないことを、皆が理解していた。相手はあの『血の皇太子』なのだから。

「皇太子様の逆鱗に触れたくなかったら今すぐどうにかしろ！　建国記念祭までもう日にちがない。急いで仕上げろ！」

「承知いたしました……」

執事長が帰った後、場内は静寂に包まれた。皇宮一の彫刻家はハンスだ。誰も彼を手助けできない。外部から有名な彫刻家を連れて来るには時間が足りない。

「とりあえず……、仕事を再開しよう」

誰かの暗く沈んだ声に、皆は重い足を引きずりながら自分の担当場所へと戻って行った。ハンスは呆然とした顔で石像を見つめていた。そんなハンスを見てマリは拳を握りしめる。なんとかして彼を助けたかった。


その日の夜遅くから雨が降り始めた。宿舎に帰ったマリはベッドに横になり雨の音を聞いていた。

「眠れない……」

うるさい雨音のせいか、それとも昼の出来事のせいか、なかなか眠れない。

「はあ……」

マリは結局ため息をつきながらベッドから立ち上がった。同じ部屋を使っている同僚のジェーンが眠たそうな顔で尋ねる。

「マリ？　どこ行くの？」

「私、忘れ物しちゃって。ちょっと出かけてくるね」

「うん、暗いから気をつけてね」

マリはレインコートを着て宿舎を抜け出し、工事中の庭園へと向かう。本当は忘れ物なんてなかった。ただ胸が苦しくて、じっとしていられなかっただけだ。

マリが庭園の近くを通ると、庭園の方から思ってもいなかった音が聞こえてきた。それは雨音を突き破って鳴り響く、鉄を叩く低い音だった。

カンッ……！　カンッ……！

（まさか……）

マリは庭園の中央へと足を運ぶ。音の出所に着いたマリは目を丸くした。ハンスが暗い雨の中、金槌で鑿を叩き彫刻をしていたのだ。ハンスはレインコートも着ずに作業をしていて、びしょ濡れになっていた。

「ハンスさん……」

マリは唇を噛んだ。人の気配に気づいたハンスが後ろを振り向く。

「あ、マリ？　どうしたんだ、こんな夜遅くに」

「……風邪引いてしまいますよ。早くお帰りになってください」

その言葉にハンスは深くため息をついた。

「そうだな、もう帰らないと。ここだけ終わったら……」

「ダメです。ずぶ濡れじゃないですか！　体を壊してしまいますよ！」

普段のマリらしくない断固とした口調に、ハンスは目を見張った。結局ハンスも諦めて頷いた。

「君の言う通りだ。雨に打たれながら作業したところでなんの収穫も得られないだろう」

ハンスは石像を見上げた。

「娘のことを思うと焦ってしまってね……」

「……ハンスさん」

「あまりにももどかしくてね。誰でもいいから、代わりにこの石像を完成させてくれないかと願ってしまう」

そう言ったハンスは、首を横に振りながら申し訳なさそうな顔をした。

「また余計なことを言ってしまったね。すまない。私はもう帰って休むから、君も風邪を引く前に帰りなさい」

肩を落として帰って行くハンスを見て、マリは深いため息をつく。

（どうにかして助けてあげたい）

マリは石像に手を伸ばし神に祈った。

（神様。どうかお助けください）

その手が石像に触れた時だった。まるで劇場の幕が降りたかのように、マリの視界が暗転する。

そして、ジジッという雑音とともに声が聞こえてきた。

「フィオナ、今日はなんの彫刻を作ってるんだい？　太陽、月、それとも世界？　それでもなければ虚無？」

「……！」

マリはびっくりした。この声、知ってる。この前見た夢の中で聞いた声！

「君が鑿をふるう姿はなぜこんなにも信心深く見えるのだろう。だからこそ、大陸最高の庭園彫刻家と呼ばれるんだろうな。そうだろう？　フィオナ」

マリは切実なる願いの末、「庭園彫刻家フィオナ」の夢に落ちた。

一方、皇宮の奥深くに位置する雄大な獅子宮殿。血の皇太子『ラエル』が起居するこの場所で、執事長のギルバート伯爵が皇太子に謁見していた。

「殿下、記念祭の準備は滞りなく進んでおります」

その言葉に皇太子が頷いた。

「取り立てて問題はないか？」

美しい声。ところがその声と裏腹に皇太子の外見は少し奇妙だった。鼻から上の顔半分が鉄仮面に覆われていたのだ。

ギルバートは鉄仮面を見て唾を飲み込んだ。いつも見ているものだが、どうしても慣れない。あの鉄仮面を前にすると、まるで猛獣の前に立たされたような気持ちになる。そんな気持ちにさせられるのはこの男の悪名のせいだろう。

「内戦後、初の式典だからな。完璧に準備しろ」

「はい、抜かりはございません！」

「皇宮内のことで報告する事案はこれで終わりか？」

「はい。特別な事案はございません」

そう答えたギルバートはふと、あることを思い出し報告した。

「ああ、大したことではありませんが、第三皇妃様の薔薇宮殿の庭園の補修中に一つ問題がありましたので、私が厳しく叱っておきました」

「どういうことだ？」

「第三皇妃様のご命日を迎えるにあたり、第三皇妃様の石像を制作中なのですが、あの方の気品と優雅さをきちんと表現できておらず……。これ以上手を抜くようだったら罰を与えると厳しく言っておきましたので、彫刻家の気も引き締まったことでしょう」

ギルバートは主君が自分のことを、細かいところまで気が回ると褒めてくれるに違いないと思っていた。しかし、皇太子の反応はその反対だった。

「それはどういうことだ」

「はい？」

「俺がいつ母上の石像を作るように命じた？」

「……！」

ギルバートは予想外の冷たい声に背筋が凍った。鉄仮面越しの青い瞳(ひとみ)が自分を睨(にら)んでいる。深淵(しんえん)を覗くような冷たい目だった。

「俺はただ庭の雑草を刈(か)り取れと命じたはずだ。石像を作れとは一言も言ってない」

「そ、それは……」

ギルバートは言葉を詰まらせた。それはそうだった。皇太子がそのような命令をしたわけではない。執事長である自分が皇太子の歓心(かんしん)を買うために勝手に行ったことだった。

「まさか庭園を改築しているわけではないだろうな？　どうせ使わない場所なのに」

「……」

ギルバートは答えられなかった。全面的に改築していた。それも莫大(ばくだい)な予算をかけて。

（よ、喜ぶと思ったのに……）

皇太子が低く唸(うな)る。

「余計なことをしたな」

皇太子は無感情な声で言ったが、それが逆に恐怖を掻(か)き立てた。ギルバートは内戦の折、皇太子の振るう剣によって首が飛んだ大臣たちを思い出し、急いでひざまずく。

「申し訳ございません！」

「しかも……上手くできなければ罰を与えるだと？」

皇太子は低い声で警告した。

「忘れるな。君主の剣は敵を斬(き)るためにあるのだ。民(たみ)を脅すためにあるのではない」

「き、肝に銘じます」

ギルバートは額が地面に当たるほど深く頭を下げた。そんな彼を見て皇太子は心の中で舌打ちした。ギルバートが自分の名前を使って脅したとなると、今頃庭園で働いている者たちがどれほど恐怖に震えているか想像するに堪えない。

(庭園に行って、働く者たちを労っておかないと)

皇太子はそう思いながら窓の外に視線を投げ、薔薇庭園の方を見た。気のせいか？　遠くから雨音を突き破って、金槌の音が聞こえてくるような気がした。

「もう下がれ」

ギルバートは腰を曲げて挨拶した後急いで姿を消した。典型的な奸臣だ。皇太子は彼が出て行くと軽蔑に満ちた声で吐き捨てた。

「虫けらめ」

ギルバートの下心など丸見えだった。自分の機嫌を取ろうとしていたのだろう。ギルバートは責任と義務は二の次にし、ただ権力だけを望む、典型的な世事者だった。

「近いうちに適当な理由をつけてクビにしよう」

そう思った皇太子は、後ろに黙って立っていた近衛騎士のアルモンド子爵に尋ねた。

「今日の仕事はこれで終わりか？」

「はい、殿下」

「そうか」

皇太子は顔を覆っていた鉄仮面を外して机の上に置いた。仮面の下の皇太子の顔はこの上なく美しかった。アルモンドはちらっと主君の顔を覗き見る。

冷たい鉄仮面の下に隠(かく)れているとは想像もできないほどの美しい顔。柔らかな線で描(えが)かれた輪郭(りんかく)は女性のような、いや、女性よりも至極(しごく)の美しさに満ちていた。この世のものとは思えない、魂(たましい)を吸い取られそうなほどの美貌(びぼう)。

しかし、その宝石のような青い瞳は『鉄血の君主』という別称(べっしょう)にふさわしく、氷のように冷たく触れるだけで切れてしまいそうなほど鋭(するど)かった。

「今日は疲れた」

「体調を崩(くず)されましたか？」

「いや、違う」

皇太子は首を横に振った。特に悪いところはないが、とても疲れていた。しばらく目を閉じてじっとしていた皇太子が、ふと立ち上がる。アルモンドが尋ねた。

「どちらへ？」

「少し散歩してくる」

「今ですか？　雨がひどいです」

「大丈夫だ。雨具と傘(かさ)を用意するように」

アルモンドはもう一度引き止めようとしたがやめた。仮面を外してこっそり散歩に出るのは、皇太子にとっての唯一(ゆいいつ)の休息だった。

「お供します」

「いや、一人で行く。付いてくるな」

「どこへ行かれるおつもりでしょうか？」

皇太子はレインコートを着ながら短く答えた。

「母上に会いに行く」

母上に会いに行くというのは、第三皇妃が生前に起居していた薔薇宮殿に行くという意味だった。

（久しぶりだな）

彼の母である第三皇妃の墓は、薔薇宮殿の隣の庭園にある。皇族専用の墓地に埋葬されなかったのは、彼女が濡れ衣を着せられ、不名誉な死に方をしたためだった。

十年前の彼女の死後、薔薇宮殿は長らく放置されていた。訪れていたのは、皇太子と彼の実の妹である第七皇女だけであった。妹が毒殺された後は、彼だけが薔薇宮殿の唯一の訪問者となった。

（それも、こっそり来るしかなかった……）

母に濡れ衣を着せた者が、他でもない父の皇帝だったから。誰も母が罪を犯したとは思わなかったが、彼女には死以外の選択肢は残されていなかった。それが皇帝の意思だったからだ。

「笑える話だ」

皇太子——ラエルは口角を捻り上げせせら笑った。氷のように冷たい笑みだった。そう、本当にバカげた話だ。母のことばかりではない。彼の今までの人生すべて、笑えるくらいバカげたことばかりだった。ラエルが物思いにふけったまま歩いていると、雨音を突き破ってかん高い音が聞こえてきた。

「なんの音だ？」

カン！　コン！　カンッ！

鉄と石が規則的にぶつかる音だった。

（まさか彫刻してるのか？　こんな雨の中で？）

ラエルは舌打ちをした。一体、どんな脅し方をしたらこんな雨の中、夜遅くまで作業をするようなことになるのか。

（そこまでする必要はないから、今日は切り上げて休むように言ってやろう……）

そんなことを考えながら、ラエルは庭園へと足を運んだ。

カン！　コン！　カンッ！

規則的な音がだんだん大きくなり、やがて彫像の顔が見えるほど近づいた時だった。ラエルは驚き思わず立ち止まる。

「あ……」

ラエルの口からかすかなうめき声が漏（も）れた。

「これは一体……。どうやって……」

彫刻が完成したわけではなかった。今も鑿が石像の顔を叩いている……。止めどなく溢（あふ）れる思いに、ラエルは唇を強く噛んだ。

「母上……」

血の道を歩むと決め、頭の中から消してしまった顔。石像にはラエルが必死に忘れようとしていたあの母の姿がそのまま写し取られていた。いつもどこか悲しそうな表情をしていた、でも息子への愛に満ちていた彼女がそこにいた。母はただただラエルのために辛く寂しい人生を耐え忍び、死ぬその瞬間まで、彼のことを心配していた。母にとってラエルは生きるすべてだった。


「ラエル、ラエル。怖がらないで。いつも母さんがついてるわ」


はるか昔に聞いたあの声が幻聴のように聞こえてくる。彫像に表された微笑みが、自分に向けられたもののように感じられた。

(こんな、バカな……)

ラエルは『血の皇太子』という名にはとても不釣り合いな、今にも泣いてしまいそうな気持ちを必死に抑えながら、彫刻に熱中している彫刻家を見つめた。

(誰なんだ？　誰がこんな彫刻を……)

分厚いレインコートで全身を覆ったまま背中を向けているせいで顔が全く見えない。ただとても小柄で、痩せていることだけは分かった。ラエルは声をかけてみようと思ったが、やがて首を横に振った。

カン！　コン！　カンッ！

石像を叩くその仕草が、なぜかとても崇高な行いのように思えたのだ。ただ単に石を削っているだけではなく、神に礼拝を捧げるかような厳粛さがそこにはあった。

（邪魔してはいけない）

ラエルは彫刻家に背を向けながら思った。自分にもう一度、母の優しさを感じさせてくれたあの彫刻家に褒賞を与えなければと。

（明日夜が明けたらすぐ、獅子宮殿に呼ぶことにしよう）

夜が明けた。昨夜降っていた雨は夜明けには止んでいた。

朝、工事のために庭園へ向かった庭師たちとハンスは、石像を見て目が飛び出るほど驚いた。

「な、なんと！　これは！」

石像の顔の部分が完成していたのだ。昨日の夕方までは未完成だったのに！

「一体、どうなってるんだ？」

ハンスは魂が抜けたような表情になる。信じられない。しかも石像は、かつて見たことがないほどの出来栄えだった。見た目の美しさは言うまでもなく何より魂がこもっている。石像の口元に浮かぶかすかな笑みは、まるで今にもしゃべり出しそうなほどリアルだった。

「どうやってこんな彫刻を？」

皇室随一の彫刻家であるハンスだが、この顔を完成させた者の実力には到底及ばない。

……これは彫刻の極に達した腕前だ。一体誰がこんな素晴らしい彫刻を……。

その時、隣で誰かがくしゃみをした。

「はくしょん！」

マリだった。彼女は頬を赤くして鼻をすすっている。

「マリ？　風邪でも引いたのか？」

「あ、はい。」

「昨日寒かったからな。お大事に」

「ありがとうございます」

マリは鼻をすすりながら尋ねた。

「あの……。ハンスさん」

「うん？」

「あの石像……。いかがですか？　素人の私にはよく分からなくて……」

自分が彫刻したわけでもないのに、恐る恐る尋ねてくるマリの姿に、ハンスは少し違和感を覚えた。

「あれは、歴史に残る傑作だ」

「傑作ですか？」

「そうだ。あの彫刻には彫刻家が表現できるすべてが込められている。見た目だけを真似たのではなく、その中にその人物の魂がこもっている。私なんかが真似できるレベルじゃない」

「じゃあ、これで皇太子様に罰せられることはないんですね」

「当然だ。これは誰が見ても最高の彫刻だからね。罰が下ることはないだろう」

そう答えながらハンスは心の中で思った。

（いや……。罰どころか大きな褒賞を与えられるかもしれない。本当に誰が彫刻したんだろう。昨夜空から天使様でも降りて来たのか……）

昨夜ハンスは、誰でもいいから奇跡を起こしてくれと必死に願った。でも、だからと言って本当に空から天使様が舞い降りて来るはずはないじゃないか。

ハンスの話を聞いたマリは風邪で赤くなった顔でにっこりと笑った。

「ふふっ。本当に良かったですね」

その時だった。

ずしん、ずしん。

軍靴の重たい足音が聞こえてきた。驚いて振り向くと、鷲の紋章をつけた近衛隊の騎士が近づいて来ていた。

「私は皇太子殿下の近衛騎士であるアルモンド子爵だ」

「……！」

突然の近衛騎士の出現に、その場に緊張が走った。なぜ、近衛騎士が庭園の工事現場に？

「彫刻担当者は誰だ？」

「私がここの総責任者であり、彫刻を担当している者です」

ハンスがすぐに手を上げた。騎士が低い声で言った。

「皇太子殿下がお呼びだ。ついて来い」

ハンスは怯えながら騎士の後ろをついて行った。

(ど、どうして私を……?)

皇太子が石像を見たという事実を知らないハンスは、恐ろしい想像に駆(か)られた。計り知れないほどの血を流し、自らその座に昇り詰めた皇太子は普通の人間にとって恐怖そのものだった。ハンスは皇太子に関する恐ろしい噂(うわさ)を思い出した。

(毎晩、若い娘の血で体を洗い、人肉を食って、人を拷問(ごうもん)するのを楽しむんだとか……。ま、まさか私を拷問して、食う気なのでは……?)

ハンスは恐怖に身震(みぶる)いする。アルモンドがそんな彼を見て不思議そうな声で言った。

「ぐずぐずと何をしてるんだ?」

「あ、あの、騎士様。私は今日、皇太子殿下に殺されるんでしょうか?」

「はあ?」

「ああ! どうかお助けてください。田舎で私の帰りを待っている大事な家族が!」

アルモンドは呆(あき)れた表情になった。

「何を言っているんだ。夢でも見てるのか? 殿下がお待ちだ。早く来い」

ハンスは恐怖のあまり、魂が抜けてしまったかのような顔でアルモンドの後をついて行った。そしてその恐怖は、獅子宮殿で皇太子の鉄仮面と向き合った瞬間、限界に達した。

「け、血仮面！」

内戦当時、毎日流れる血で赤く染まっていたという、あの仮面に間違いない。ハンスはあれが自分の血で染まるかもしれないという恐怖でしゃっくりが出始める。ところが、皇太子の口から出た言葉はハンスの想像とは全く異なるものだった。

「ご苦労だったな。私がここに君を呼んだのは褒美を与えるためだ」

「は、はい！　どうか、命だけは助けて……え？」

反射的に許しを請うたハンスは驚いて口をぽかんと開けた。皇太子は少し眉間を寄せてアルモンドを見る。

「命？　何か誤解があるようだな。アルモンド、丁寧にと言ったはずだ」

「……丁寧に扱いました」

「名前をハンスといったな」

ハンスは慌てて頭を下げた。

「はい、はい！　殿下。この卑しい者の名はハンスと申します」

「君を呼んだのは、先ほど話した通り褒美を与えるためだ」

その言葉にハンスの目が丸くなった。殺されないだけでありがたいのに、いきなり褒美だなんて……。一体、どうして？

次に続く皇太子の言葉にハンスはやっと何が起こったか気がついた。

「昨夜、君が彫刻した石像を見た。素晴らしい彫刻だった。礼を言う」

ハンスはびっくりして皇太子の顔を見上げる。皇太子は言葉を続けた。

「今までの人生の中で、あれほど立派な彫刻は初めて目にした。何か望みがあるなら言いたまえ。できる限りのことをしてやろう」

「……」

思いもよらなかった状況にハンスは口をつぐむ。ハンスが答えずにいると、皇太子は訝しんで尋ねた。

「どうした？　遠慮する必要はない」

「……私ではありません、殿下」

「……？」

ハンスは頭を深く下げ、もう一度言った。

「第三皇妃様の彫刻を手掛けたのは、私ではありません、殿下！」

「君ではないと？　執事長は君がしたものと言っていたが……？」

「全体的な彫刻は私がしたもので間違いありません。しかし、殿下が感嘆された、今にも動き出しそうな魂がこもった顔の部分は、私の手によるものではありません。私のような卑賤な者には、石像に魂を吹き込むほどの腕前はございません」

その言葉に皇太子がもう一度ハンスを注意深く見る。

（言われてみれば体つきが違うな）

確かに、昨日雨の中で見た彫刻家はとても小柄だった。まるで、やせ細った少女のように。もちろん彫刻家が女性であるはずはないが、大柄なハンスとは体格の差があった。

「そうか。ならばあの彫刻をした彫刻家はどこにいる？　立派な彫刻をした見返りとして、褒賞を与えたい」

「……それは、私にも分かりません」

「……？」

「本当に分からないのです。昨夜、誰かがこっそり彫刻をしていったのは間違いないんですが、誰なのかは、私にも全く見当がつきません。まるで空から天使様が降りて来て、あの石像に命を吹き込んだかのようでございます」

皇太子は眉をひそめた。一体どういうことだ？

「アルモンド」

「はい、殿下」

「宮内に部外者が許可なく侵入できるのか？　それもあんな夜遅い時間に」

「絶対に不可能です。もしそのような事態が発生した時はすぐに捕縛するか、射殺します」

「では宮内の人物ということか」

皇太子は小さく頷いてから命じた。

「誰がその彫刻をしたか探し出せ。ぜひ、お目にかかりたいからな」

皇太子は昨夜石像を見た時の感情を思い出す。十年の歳月を超えて、自分に母を感じさせてくれた彫刻家にぜひ礼をしたい。

（皇宮内の人物なら、探し出すのは難しくないだろう）

　皇太子はそう思った。


　ラエルの考えとは裏腹に、彫刻家を探し出すのは容易ではなかった。

「誰もいなかったと？」

「はい。宮内で殿下がおっしゃったような小柄な男で、彫刻をする者は誰もいませんでした」

　アルモンドは困った表情で報告する。ラエルが眉間を寄せながら言った。

「そんなはずあるか。俺ははっきりとこの目で彫刻しているところを見たんだ」

　その時、隣で彼らの会話を聞いていたある若い男が興味深そうな顔をして、話に加わった。

「ひょっとして見間違いではありませんか？　殿下」

　ラエルが振り向いた。

「オルン」

　オルン公爵。帝国一番の家門であるソーヴィエン公爵家の現当主でありながら、内戦当時皇太子を助け、数え切れないほどの功績を挙げた戦略家。今は帝国の宰相を務める、皇太子の最側近である。

「俺は確かにこの目で見た」

「でもおかしいですよ。殿下のおっしゃるとおり女の子だとして、その中でもかなり華奢な体格なんですよね」

オルンが首をかしげながら言った。陽気な雰囲気の彼には金髪のくせ毛がよく似合っていた。

「そもそも女の子が大理石の彫刻をするはずがないですよ」

「そうだな……」

ラエルは頷いた。帝国だけでなく、このユロティア大陸中を探しても、石材を扱える女性彫刻家は存在しない。

「ふむ……」

オルンは不思議そうな顔をしながら指で顎を触った。

「では、こうするのはどうでしょう？　その彫刻家、私が探してみせましょう」

皇太子は意外という顔でオルンを見た。

「君が？」

「まあ、殿下がそこまでおっしゃるなら、忠臣としてじっとしてるわけにはいかないでしょう。それと、何より……皇宮のど真ん中で、誰にも見つからず彫刻を仕上げた人物が一体誰なのか。私も気になりますから」

オルンは面白そうと言わんばかりにニッコリと笑った。

こうして帝国で最も至高なる二人の興味を引いてしまうマリであった。

「はくしょん！」

マリは庭師たちのお手伝いをしながらくしゃみをしていた。

「誰か、私の噂でもしてるのかしら？」

マリは赤くなった鼻をすすりながらつぶやいた。

「マリ、風邪がひどいね。帰って休んでもいいって」

ハンスが心配そうに言った。

「大丈夫です」

以前と違い、庭園の工事現場の雰囲気はとても明るかった。皇太子が石像に満足されている様子だったからだ。工事も後は仕上げを残すのみ。

「本当に良かった」

マリも庭師の皆も心からそう思った。残された問題はただ一つ。あの石像の顔を彫刻したのは誰かということだった。未だにその彫刻家が見つかっていない。

「マリ、本当にあの日誰も見なかったか？」

あの夜マリが工事現場に来たことを知っているハンスが彼女に尋ねる。ドキッとしたマリが慌てて首を横に振った。

「はい、誰も見ていません。私もすぐに宿舎に帰ったので……」

「そうかい？」

マリは自分がしたことを誰にも言わなかった。当たり前だ。自分の能力をどうやって説明すればいいのだろう。誰かに話しても頭がおかしくなったと思われるだけだ。

（それに……。私は皇太子の注意を引いてはならない……）

『血の皇太子』が彫刻家を探していると聞いて、どれほど驚いたことか。マリがクローヤン王国の王女とバレる可能性は、正直言って低い。あれからもう数年経っているし、王女といってもマリは皆に冷遇（れいぐう）されていたから。王宮内でもマリの顔を知っている人は数少なかった。国王である父は仕方なくマリを王宮に連れては来たものの、自分の恥部（ちぶ）である彼女を人前に出すのを嫌（きら）っていた。

（おかげ様で、メイドに成り済まして生き残ることができたのだけどね）

もしマリの顔を知っている人が多かったら、いくらメイドのふりをしても、すぐにバレてしまっただろう。皮肉にも王宮でいじめられ人目を避（さ）けて暮らしていたので、生き残ることができたのだ。災（わざわ）い転じて福となるとはこのことか。

（それでも、気をつけなければ）

他の人はまだしも、あの残酷な皇太子の興味を引くことだけは絶対にしたくなかった。

「……本当に神様が天使様を遣（つか）わしてくださったのかもしれないな」

ハンスが空を見上げて言う。マリは困った顔でただ微笑むだけだった。とにかく、最後まで彫刻家の正体が分からなかったことを除けば、皆にとって幸せな結末なのだ。

その夜、マリは穏（おだ）やかな気持ちで眠りについた。不思議なことに、彼女は再び例の夢を見た。夢には幼い少年が登場した。そして、その少年の名前は……。

ヴォルフガング・アマデウス・モーツァルト。

暑さが和らぎ、ぐっと秋が近づいた。野原は金色に染まっていき、一年の中で最も豊かな季節が訪れた。建国記念祭も目前に迫っている。

「今年の建国記念祭は本当に楽しみだわ！」

「そうね、小麦も豊作だし。去年はお祭りなんてなかったから」

帝国民は建国記念祭について楽しそうに話し合っていた。ここ数年、皇帝が病に倒れた後に引き起こされた皇子たちによる残酷な内戦により、すべての祭りが中止になったからだった。平和が戻ってから初めて開催されるお祭りに、平民も貴族も皆一様に興奮していた。

そして大規模な祭りを目前に控え、目が回るほど忙しくなった人たちもいた。建国記念祭を取り仕切る実務陣のことである。もちろん、その実務陣には皇宮のメイドたちも含まれている。街で行われる平民のためのお祭りとは別に、皇宮でも大規模な宴会が開かれる予定だからだ。そしてその宴会の準備は当然、メイドたちの役目だった。

「さあ！　建国記念祭まであと少しよ！　気を引き締めて！」

「はい、分かりました！」

「それでは皆、割り当てられた場所に行って指示に従ってちょうだい！」

スーザンの言葉で皆がテキパキと動き始める。マリが所属している百合宮殿のメイドたちは宮殿の維持に必要な人員を除いて、全員宴会の準備に駆り出されていた。

(私も、新しい場所に配属されるんだったよね)

薔薇宮殿の庭園工事が最終段階に入ったのもあり、マリも宴会の準備のために他の場所へ配属されることになった。でも、マリはスーザンから言い渡された新しい配属先に戸惑いを隠せなかった。

「水晶宮殿……ですか?」

「そう、何か問題でも?」

スーザンが怪訝な表情で尋ねると、マリは急いで首を横に振った。

「あ、いいえ」

「じゃあ、明日からはそっちへ行ってちょうだい。特に難しいことはないと思うわ。今回もそこで準備している方々のお手伝いをして、後片付けをするくらいでしょう」

「承知しました」

スーザンは笑いながら言った。

「薔薇宮殿の庭園工事の時、庭師たちの間であなたとても評判が良かったのよ。今回も心配しなくて大丈夫よ」

「あ、ありがとうございます」

スーザンの部屋から出たマリは長いため息をついた。

「水晶宮殿……?」

仕事のことを心配してるわけではない。スーザンが言ったように、おそらく簡単な仕事だけだろうから。それよりも、先日見た夢のことが気掛かりだった。

（ヴォルフガング・アマデウス・モーツァルト……）

戸惑っている理由は、水晶宮殿がオーケストラの音楽公演を予定している場所だからだ。そして今回のマリの仕事は、公演を準備しているオーケストラのお手伝い。

もちろんそれ自体は問題じゃない。ただ奇妙な夢を見るたびに、それが現実となることにマリは戸惑いを感じていた。

（まさか今回も……？）

モーツァルト。夢の中に出てきたその名前がマリの胸に突き刺さった。


案の定、その夜マリは再び夢を見た。天から降りてきた音楽の天才、モーツァルトになる夢を！

二回目のモーツァルトの夢だった。


「モーツァルト！　モーツァルト！」

少女が声を上げてモーツァルトを呼ぶ。夢の中でモーツァルトになったマリは、彼女に向かって手を振った。

「姉さん！」

「何してるの？　今すぐパリに出発しなければいけないのに。のろのろしてたら、演奏会に遅れるわよ」

「風景を見ていたんだよ」

「風景？」

少女は眉をひそめた。マリはこの少女がモーツァルトの姉、ナンネだと気づく。

「うん、風景」

その言葉に少女は周りを見渡した。ローテンブルクの城壁の下に長閑な田舎の風景が広がっていた。

「何もないじゃん」

「音楽、聞こえない？」

「音楽？　全然聞こえないんだけど？」

眉間を寄せる姉を一見したモーツァルトは目を閉じた。モーツァルトになっていたマリは、信じられない体験をした。頭の中で「音楽」が鳴り響き始めたのだ。

そよ風の音、低く流れる小川の音、木々が揺れる音、野原が伸びをする音。それらのすべてが音楽となり、頭の中で吹き荒れた。音は楽譜になり、音符になり、旋律となって流れた。

その時、姉が口を尖らせながら不満そうに言う。

「変なこと言ってないで早く行こう。お父さんが待ってるよ」

「うん、分かった。行くよ」

それからもモーツァルトは数え切れないほどたくさんの「音楽」を聞きながらパリへと向かった。

パリでの公演はいつものごとく大盛況だった。

夢から覚めたマリはぼんやりした顔でベッドに腰かけた。

「また、あの夢だ」

マリは自分の手の平をじっと見た。二度目のモーツァルトの夢。頭の中で吹き荒れていた音楽が、ぼんやり頭の中に浮かび上がる。

(今回も能力が芽生えたのかな)

今日の夢が普通の夢なのか、例の特別な夢なのかはよく分からない。

(何か変わった感じはしないけど……。ふう、とりあえず早く行かなきゃ。遅刻しそう)

まだ早朝だったが、オーケストラ団員が到着する前に劇場に行って、練習の準備をしておかなければならない。マリは急いで身支度を終え水晶宮殿へと向かった。宮殿内の劇場に着いたマリはわあっと感嘆の声を上げた。会場の裏側にはティンパニ、チューバ、シンバルなどの楽器が保管されていた。

「これが金管楽器なんだ。素敵」

オーケストラの楽器を見るのは今回が初めてだった。皇宮で働き始めてから長い時間が経つが、いつも百合宮殿の中の雑用ばかりで、公演や宴会に行く機会なんて、今までなかったからだ。

(私も今度の宴会では、オーケストラの音楽が聴けるかな)

マリのような下級メイドが音楽を聴く機会はめったにない。

（今回は大規模な公演があると言っていたから、機会があるかもしれない）

そう思いながらマリは練習の準備をし始めた。団員たちが来る前に楽器の整理をし、床を掃除する。そして偶然、懐かしいものを見つけた。

「わっ、ピアノだ」

ピアノ！ハープシコードに代わって、最近ユロティア全域で広く使われ始めた楽器だった。

「昔はよく弾いていたなあ」

マリの頭にぼんやりと昔の風景が浮かんだ。マリがクローヤン王国の王女だった頃に住んでいた宮殿の中にもピアノがあり、毎日一生懸命練習していた。

「ピアノ、本当に好きだったのに」

マリは小さく微笑んだ。鍵盤を押すと透き通った音がするのが好きだった。同じ鍵盤を押しても、押し方によって少しずつ違う音になるのも面白い。

（ちょっとだけ、弾いてみても大丈夫かしら？）

マリは鍵盤を指先で押そうとして、途中で手を止めた。その瞬間、温かく優しい声がマリに話しかけてきた。

「調律が終わったやつだから、今は触らない方がいいと思いますよ」

「あっ！」

マリは驚いて振り向いた。そこには青年がにっこりと笑って立っていた。

「今日からお手伝いしてくれるメイドさんかな？」

「あ、はい！　今日からオーケストラのお手伝いを担当するマリと申します」

「はじめまして。皇宮オーケストラの臨時団長を務めるバーハンです。前任の団長が体調不良で引退してしまって、急きょ指揮者を任されました」

マリはびっくりした。

（こんなに若いのに臨時団長？）

たとえ臨時だとしても、すごいことだった。

「もし、仕事中に困ったことがあれば、私に言ってください」

「はい、分かりました」

「ピアノはまた今度時間がある時に触らせてあげますから」

その優しさにマリは微笑んだ。この若い臨時団長はとても親切な人だった。

「はい、ありがとうございます」

しばらくして団員たちが集まり、オーケストラの練習が始まった。

「さあ、皆さん準備はいいですか？　いつも練習していた交響曲（こうきょうきょく）から始めます。建国記念祭では各国からお越しのお客様の前で演奏することになるので、練習を重ねて完璧に仕上げましょう」

「はい、マエストロ！」

オーケストラがやっているのは建国記念祭の時に行われる公演の練習だった。マリの仕事はそんな彼らのお手伝い。スーザンが言っていたとおり特に難しい仕事はなかった。

「さあ、始めます！」

若い指揮者、バーハンの合図とともに練習が始まった。すすり泣くようなクラリネットのグリサンドが鳴り響き、すぐに劇場は数多くの楽器の音色でいっぱいになった。

（練習とはいえ、オーケストラの演奏が聴けるなんて！）

一般の人々にとっては、オーケストラの演奏を聴く機会なんて、ほとんど訪れないもの。それを何度も聴くことができるのは、お金持ちの貴族だけだ。たとえ練習だとしても、ただの下級メイドであるマリにとってはすごい贅沢だった。

素敵だな……。マリは心の中でつぶやきながら音楽を鑑賞した。しかし、しばらくしてからマリは、自分を襲う奇妙な感覚に気づいた。

（ん？ あれ？ なんか耳障り……）

まるで散らかっている部屋を見ているような感覚だった。

（なんだろう？ どうしてこんなに違和感が……）

マリはすぐにその理由を悟った。演奏のミスがしきりに耳につくのだ。

（二番バイオリンとホルン、間違えてる。今度はティンパニの拍がずれたわ。全体的に楽器同士のテンポが合わない。あ、バイオリンまた間違えた。あそこのトレモロは、あんなふうに弾いちゃダメなのに……）

心の中でそうつぶやいていたマリは、自分の考えていたことに腰を抜かすほど驚いた。

（えっ？ 私どうしてこんなこと知っているの？ オーケストラなんて全然知らないのに）

マリはオーケストラの演奏を今まで一度も聴いたことがなかった。楽器の音も区別できないのが普通なのに、なぜか今ははっきりと演奏の良くないところが分かる。

（初めて聞いた曲なのに、どうして間違えたところが分かるんだろう……。あ、そうか。モーツァルト！）

天から降りた音楽の天才「モーツァルト」！　彼の夢を見た影響でこうなったに違いない。それを意識した瞬間、楽譜を見ているかのように楽曲の構成そのものを理解することができた。マリは今、完全にモーツァルトになっていた。

（皇宮のオーケストラなのにこんなんで大丈夫かしら？　頑張って練習すればいいって問題じゃなさそうだわ）

マリはすぐに問題の本質に気づいた。

（この曲自体に問題があるわ。まず、曲が難しすぎる。それに無駄に高難度のテクニックを使いすぎているわ。それでは音が汚くなるだけ……。そして、そもそもフーガの形式が複雑になりすぎて、乱雑になってる）

Ｆｕｇａ。対立方法を主体とした音楽形式で、終わりない模倣を繰り返しながら主題を発展させていく手法。作曲手法が難解なだけに音楽的には深い意味を含んでいる場合が多いが、ただ聴いて楽しむには、聞き手に不快な印象を与えてしまう場合がある。

（まるで聞き手のことを考えずに、自分の能力を誇示するために作ったような曲だわ）

自分なら、いや、モーツァルトなら、絶対こんな曲は作らないだろう。

（そんな性格には見えないんだけどな……）

マリは怪訝な顔でバーハンを見た。思いやりのある人だと思ったのに、こんな曲を作るとは意外だった。

「さあ、ここまで。しばらく休みましょう」

「はい、マエストロ！」

団員たちは楽器を置いて汗を拭いた。マリもメイドとして何かすることはないか、皆の様子を窺う。その時、バーハンがマリに声をかけた。

「マリさん」

「はい。何かお手伝いしましょうか」

「いや、特にやることはありませんよ。ちょっと聞きたいことがありまして」

「あ、はい」

「さっきの演奏、どうでしたか？」

「……！」

マリは意外な質問に驚いた。彼は親切な口調で話を続ける。

「一般の人が聞いたらどう感じるのか気になって……。気楽に思ったことを話していただけませんか」

「それが……」

はっきり言ってめちゃくちゃでした。

モーツァルト目線の評価をそのまま言いそうになったマリはかろうじて口をつぐんだ。

（マリ、しっかりして！　失礼なことを言いそうになったじゃない！）

ぎりぎりで大惨事を免れたマリが口を開いた。

「えっと……、悪くなかったですよ。勇壮で……、何か難しそうで……」

空のどこかでモーツァルトの魂があざ笑っているような感じがしたが、マリは屈せずにそう答えた。ところが、バーハンの反応が変だった。

「そうですか？　おかしいな……」

「……？」

「聞き心地、悪くありませんでしたか？」

「……！」

マリは驚いた。自分の曲をそんな風に言うなんて……。

（もしかして……）

バーハンは嘆くように言った。

「実はこれ、我々がやりたかった曲じゃないんですよ。私が作った曲でもないし……。前任団長の曲なんです」

「あ……」

やはり彼の曲ではなかったのだ。マリはおずおずと尋ねた。

「どうして、マエストロの曲にしないんですか？」

オーケストラの場合、指揮者が自ら作った曲を演奏するのが一般的だ。

(何か問題でもあるのかな?)

マリは首をかしげる。彼女の質問にバーハンはしばらく黙り込んでから答えた。

「それは……」

その時、二人の会話を盗み聞きしていた団員が大きな声で叫んだ。

「マエストロ! こんな難解な曲じゃなくて、マエストロの曲にしましょうよ!」

「そうだ、そうだ! 俺たちもこの見栄っ張りな前任団長の曲より、マエストロの曲がやりたい!」

彼らの言葉にバーハンが困った顔をした。

「だから、あれは未完成だって言ったじゃないですか」

「未完成のどこが問題なんですか? すごくいい曲なのに! もうざっと終結部をまとめて、その曲にしましょうよ。マエストロの曲の方が絶対お客さんたちも喜ぶって!」

「そうだ!」

マリは彼らの言葉に不思議そうな顔をした。

(一体、どれほど素晴らしかったら、未完成の曲を?)

当然の話だが未完成の曲を公演で正式に演奏することはできない。未完成でも、本当にすごい完成度を持った場合なら分からないけど……。すると団員たちはついにしびれを切らしてこう叫んだ。

「こんな気持ち悪い曲、これ以上できません! 公演で演奏するのが無理なら、気分転換に一度だけでも演奏してみましょうよ！」

「私たちはマエストロの曲が演奏したいです！」

「そうだ！」

次々に抗議する団員たちの声にバーハンは苦笑しながら指揮台に立った。

「仕方ない。当日の曲は変えられませんが、気分転換に一度だけ」

彼は指揮棒を手に取り振り上げた。騒いでいた団員たちも楽器を手に取って姿勢を整える。

「それでは交響曲第一番、G長調、『田園風景』、第一楽章。始めます」

やがて彼の手が下に振られ、演奏が始まった。その旋律を聴いたマリは、目を丸くして手で口を覆った。

「うわぁ！」

先ほどの曲のように複雑な技巧が使われた曲ではなかった。それにもかかわらず、とても美しいメロディーだった。ビオラの音が穏やかな風のように流れる。後から入ってきたバイオリンの高音とコントラバスの低音が、まるで冷たい川の水が岩にぶつかり破裂するかのように鳴り響く。心を清める弦楽器の共演。ティンパニが大地に響く。そして目の前に広がる田園風景。

（心地いい……）

マリは心の中でつぶやいた。複雑すぎたさっきの曲とは全く違う、心地良く癒される曲だった。

（まだ練習が足りてないから、間違えてる部分もあるけど）

そんなミスが気にならないほど良い。

（音楽に慰められてるみたい）

疲れきって挫けそうになった時に、ふと流れる川や空を見て心を静める感覚。ちょうどそんな感じに心が癒される。

（ずっと、こうしていたい……）

流れる川の水を見ながらぼうっとしている時のように、このままでいたかった。

バーハンの指揮の下、オーケストラは色んな音色を表現し続けた。涼しい風になったり、淀む川の水になったり、広大な海になったり。その音色は、聴く人に慰めと安らぎを与えてくれる。

「すごい……」

マリが思わず言葉にした時だった。バーハンが突然手を下ろし、眉をひそめた。

「ここまでです」

「バーハンさん？」

「もうこれ以上は進められません」

団員たちが残念そうに話す。

「すごくいいんだけどな。このまま主題部を発展させて、クライマックスで締めくくってはいかがですか」

バーハンは首を横に振る。

「いや、ここからまた別のテーマに展開してこそ、曲がきちんとまとまる気がするんですが、ぼんやりとした楽想だけで、具体的な表現を詰め込むことができないのです。私の能力ではここまでが限界かなと思います……」

「もう充分いいと思いますけど……。一体どんなテーマに展開しようとしているんですか？」

バーハンは短く答えた。

「人生」

「人生？」

「はい、この曲には田園があるだけで人の人生が欠けてます。私はこの曲に『人生』を込めたい。それでこそ、聞き手に本物の癒しと平穏を伝えられると思うんです」

彼の言葉に団員たちは残念そうにつぶやいた。

「無念だな……」

バーハンもため息をつく。

「一番残念なのは私ですよ。曲を完成させたくても、才能がないんですから」

そう言ったバーハンは気持ちを切り替え、団員たちと先ほどの難解な曲を再び練習し始めた。そんな彼らを見てマリは心の中で思った。

(本当に残念だな……)

こんなに素敵な曲なのに諦めなきゃいけないなんて。あの曲が完成したらどんなに素晴らしい曲になるんだろう。そして、聴いた人々はどれほど幸せになるんだろう……。

(聴いてみたいな)

心でそう願った瞬間だった。マリに信じられないことが起きた。

（こ、これは？）

どこからか旋律が聞こえてきたのだ。それはマリの頭の中にだけ流れる旋律だった。

（このメロディーは！）

その正体に気づいたマリの体に衝撃が走った。

（これは、さっきの田園風景！）

頭の中でメロディーが流れるだけじゃなかった。各パートの音符とテンポが、まるで楽譜を見るかのように脳裏に刻まれた。しかも、メインメロディーの中には「田園風景」に加え、別のテーマが隠れていた。これはバーハンの言っていた「人生」！

（第一楽章、第二楽章、第三楽章……！）

バーハンが作曲した部分が終わってもメロディーは途切れることなく流れ続けた。曲のメロディーはまるで生きているかのように自らどんどん広がって行き、第二楽章、第三楽章を成した。テーマは変化を重ね、やがて完成に向かって駆けていく。その過程はいとも簡単で、糸玉から糸がほどけるように自然だった。

どれくらい時間が経ったのだろう。頭の中で曲が終わろうとしていた時、誰かがマリに話しかけた。

「マリさん、マリさん？」

「あ、はい！」

バーハンだった。彼が心配そうな顔でマリを見ている。

「もしかして、体調が悪いんですか？」

「大丈夫です！」

「そうですか？　ずっと、ぼーっとしていたので……」

マリはびっくりして辺りを見渡す。一旦練習が終わったのか、オーケストラの団員たちは楽器を置いて休憩を取っていた。

（え？　私一時間以上ぼーっと突っ立てたの？）

驚きのあまり固まっていると、バーハンが親切な声で言った。

「無理しないでくださいね。体調が悪いならすぐに言ってください」

オーケストラ団員たちは再び練習を始めた。マリは彼らが演奏するのを眺めながら、もう一度頭の中でさっきの曲の構成をまとめた。

（曲が……。完成したわ。『田園風景交響曲』、全四楽章……）

誰も信じてくれなそうな話だった。一介のメイドにすぎない彼女がこんな短時間で、しかも頭の中だけで交響曲を作ってしまうなんて。でも嘘じゃない。今もマリの頭の中では楽譜が飛び回っている。

（どうしよう……）

だがマリは困ってしまった。この交響曲をどうすればいいのだろう？　このまま自分の頭の片隅に入れておくのは忍びないし、だからといって、バーハンにむやみに話すわけにもいかない。何より自分が仕上げた交響曲を聴いて彼がどんな反応をするか分からなかった。だが彼が、嫌うことはないだろう。この交響曲は「モーツァルト」の基準からしても、完成度の高い曲だったから。

むしろ不必要に注目を浴びてしまいそうで怖かった。音楽とはなんの縁もない下級メイドが交響曲を作曲したことを、どう説明したらいいのだろう？　不信に思われるに違いない。

（困ったわ……）

マリは困った表情でバーハンの後ろ姿を見つめた。彼とオーケストラは今も、あの乱雑な前任団長の曲を練習していた。

「お疲れ様でした！」

「では、また明日！」

一日の練習が終わり、皆が自分の荷物をまとめ始めた。

「私がやります！」

「ありがとう、マリさん。じゃあ、お先に失礼するね」

「はい、お疲れ様でした！」

劇場の後片付けはマリの役目だ。マリは掃除をしながら横目でバーハンを見る。彼は劇場の隅で楽譜をじっと見下ろしていた。マリはしばらく悩んだ末に彼の方へ向かった。

（バーハンさんの未完成の交響曲、『田園風景』の楽譜だわ）

ちらっと見ても、楽譜に書かれた音楽がどれか一目で分かった。これも夢から得たモーツァルトの能力のおかげだった。

「あ、マリさん。どうしたんですか？」

気配を感じたバーハンが振り向いた。

「マリさん？」

マリが躊躇し何も言わないでいると、彼は怪訝な顔でもう一度尋ねた。結局マリは意を決して、バーハンに切り出した。

「あの、バーハンさん、一つお聞きしたいことがあるんですけど……」

「なんですか？　遠慮せずに言ってください」

マリは深く息を吸って、口を開いた。

「えっと、深い意味はなくて、気になっただけなんですけど……。もしも、『田園風景』を誰かの助けを借りて完成できるとしたらどうしますか？」

「……！」

バーハンは目を丸くした。

「それはどういう意味ですか？　誰かが助けてくれるって？」

マリは緊張感のあまりしどろもどろになった。

「いやっ、あの……、例えば空から天使様が降りてきて、曲を完成してくれたりとか……」

「天使様ですか？」

「いやっ、必ず天使様が助けてくれるというわけではなくて、だから例えばの話で……」

バーハンは突然くすくすと笑い出した。

「私がそんなに落ち込んでいるように見えたんですか？　励ましてくれようとしたんですね。ありがとうございます」

「そ、そういうつもりじゃなかったんですけど……」

バーハンは微笑みながら言った。

「もし、誰かがこの曲の完成を手助けてくれるなら、とてもありがたいと思います」

「……不快な気持ちになったりはしませんか？」

「不快、ですか？」

「はい。バーハンさんの曲ですから。他の人が手を加えても平気なんですか？」

マリは音楽家たちの並外れたプライドを思い、もう一度質問する。するとバーハンは首を振りながら答えた。

「まあ、そう思うかもしれませんが、この曲の場合は違います」

「……？」

「そんなプライドより、この曲が完成した姿を見てみたい気持ちの方が大きいですね。他の誰よりもこの私が……。だから、この曲を完成させることができるなら、魂だって捧げる覚悟（かくご）ですよ」

「……そうなんですね」

マリは物思いにふけった顔で小さく頷いた。バーハンはにっこりと笑った。

「それより、どうしてそんなこと聞くんですか？　もしかしてマリさんがこの曲を完成させてくださるんですか？　ハハッ」

「いやいや、まさか！」

マリは慌てて両手を横に振った。バーハンはそんなマリのぎこちない姿に首をかしげる。

「……まあ、とにかく、今日はありがとうございました。明日もよろしくお願いします」

「はい、お疲れ様でした！」

団員たちが帰った後、一人残されたマリは劇場の片付けを終わらせ辺りを見渡した。

「バレないようにこっそり手伝おう」

もしもバーハンが助けを必要としていないのなら、自分が考えたこの曲は心の奥底（おくそこ）にしまっておくつもりだった。でも彼は曲の完成を望んでいた。誰かの助けを借りてでも曲を完成させたいと思っていた。

チャッ！

マリは劇場の床に紙を広げ、夢中になって楽譜を書き下ろし始めた。

（中心テーマになる部分はモチーフだけ書いておこう）

オーケストラのパートすべてを書き下ろすこともできたが、そうするには時間が足りない。

（そして私が全部を書いてしまえば、それはバーハンさんの曲じゃなくなるもの……）

マリが今しようとしていることは、あくまでも「助ける」ことだった。バーハンが行き詰まっている部分を乗り越えられるように背中を押すだけで充分だ。そうすれば、残りは自分で作り込んでくれるはず。そう、彼なりのやり方で。

(誰か来る前に早く仕上げよう。こっそりバーハンさんの席に入れておけば、私がしたなんて誰にも分からないわ)

直接見ない限りメイドがやったなんて誰も思わない。その場で見つからなければ大丈夫だ。

(急がなくちゃ)

そう思ったマリは急いで楽譜を書き下ろしていった。

その頃、獅子宮殿にいる皇太子ラエルは侍医と話していた。

「殿下、不眠症の具合はいかがですか」

「前と同じだ」

その答えに侍医のゴードン準男爵がため息をつく。

「申し訳ございません、殿下。私の力不足で……」

以前からラエルは慢性的な不眠症に苦しんでいた。二、三日徹夜をしても、なかなか眠れない。どんなに疲れていても、一睡もできず夜を明かすことも多かった。

「しょうがない、気にするな」

ラエルはゆっくりと首を振った。

「薬の量をもう少しだけ増やしてみましょう」

「ああ、そうしてくれ」

ゴードンが部屋から去った後、ラエルは椅子にもたれかかって瞼を閉じた。不眠症のせいで昨夜もほとんど眠れていない。しかし瞼を閉じるや否や、部屋の外から訪問者が来たという従者の声が聞こえた。

「殿下、宰相のオルン公爵が見えました」

「通してくれ」

間もなく陽気な印象の美男子が眉間を寄せながら執務室に入ってきた。

「もう！　全然見つかりません、殿下！」

「どうしたんだ？」

「例の彫刻家のことですよ！　どんなに探しても全然見つかりません！　一体どこに消えたのやら……。殿下、疑うようで失礼ですけど……本当に見たんですよね？」

ラエルはぶっきらぼうに答えた。

「確かに見た」

「じゃあ、本当どこに行ったんだ!?　くそっ！　この『血犬』をここまで手こずらせやがって」

血犬。内戦当時、目標にする敵は必ず壊滅するという意味でオルンに付けられた異名だった。

オルンは歯を食いしばりながら言った。

「見つけたら、ただじゃおかないからな」

「落ち着け。私はその彫刻家に感謝の意を表すために探しているんだ。罰を与えようとしているのではない」

「分かってます！　私をこんなに困らせてるんですから、罰も与えて称賛も与えればいいんですよ！　こんなに人探しに手こずるのはクローヤン王国のモリナ王女以来です！」

その言葉にラエルの目が異彩を帯びた。モリナ・ド・ブランデ・ラ・クローヤン。それは今も彼の頭を悩ませている人物であった。

「彼女を探し始めてからもう三年か」

「はい、殿下。一体どこに隠れているのやら、呆れるほどです」

オルンはため息をつく。

「ひょっとして死んだんじゃないでしょうか？」

「それはない。誰も死体を見ていないからな」

「でも、生きていたらもうとっくに見つかってると思いませんか？　クローヤン全域はもちろん、他の地方も隈なく探したんですよ。もうモリナ王女が架空の人物だったんじゃないかと思っちゃうほどです。彼女の顔を知っている者すらほとんどいません」

「架空の人物ではないだろう。もしそうなら、あの短時間で王国民にあれほどの印象を残すこともできなかっただろうからな」

モリナ王女が王宮にいたのはわずか数年足らずのことだった。王宮の中でも人の目を避けて暮らしていたため、顔を知る者すらいない。唯一残されていた肖像画も戦乱の中で燃えてしまっていた。

（それにもかかわらず、民のためにできるだけの援助を施していた……）

それで彼女についた二つ名は「顔なき聖女」だった。それを聞いてどれだけ驚いたことか。

（野蛮で性悪なクローヤン王族の中で、俺が唯一感心した人物）

三年前なら、モリナ王女がまだ十四歳だった時のこと。そんな幼い少女が周りの目を忍んで民を助けていたとは。もちろん彼女がしていた援助は大した規模のものではなかった。王宮内で蔑視されていた力のない幼い少女が、救民を行ったとて、それがどれほどのものになるだろうか。自分に割り当てられた財産をこっそりメイドに持たせて貧しい人に配ったり、病人のための薬を買って与えたりするくらいだったらしい。

しかし、大したことじゃなくても、簡単なことではない。自分がいくら豊かであっても他人のために尽くすのはとても難しいことだ。しかも当時のモリナ王女はお世辞にも恵まれていたとは言い難い境遇にあった。王家の暴政に苦しめられたクローヤン王国の民が、彼女に大きな感動と感謝の気持ちを抱いたのは当然のことだった。彼らは帝国の支配下に置かれた今までも、モリナ王女を忘れられずにいる。

「クローヤンの民は未だ彼女を求めている。時間はいくらかかってもいいから、必ずモリナ王女を探し出せ」

「分かりました、殿下。ところで……、モリナ王女を見つけたらどうされますか？」

オルンが尋ねた。

「やっぱり殺しますか？」

ラエルはしばらく黙り込んでから再び口を開けた。

「最悪の場合は殺すしかないだろうな。彼女に罪はないが、まだ彼女を求めているクローヤンの民はいるからな」

血の皇太子らしい冷酷な判断だった。しかしオルンはその言葉の裏に別の意味が隠れていることに気づいた。

「最悪の場合ということは、殺さない可能性もあるんですか？」

ラエルが頷いた。

「そうだ」

「クローヤンの民を完全に帝国に服従させるには、王家の最後の血筋である彼女は、殺した方がいいと思いますが……」

「そんなことは分かっている。でもそれは下策だ。クローヤンの民の心を摑むには、もっといい方法がある」

「それは？」

怪訝な顔をしたオルンを見ながらラエルはニヤリと笑った。

「彼女を俺のものにする」

「え？」

「そう、彼女を妃にするということだ」

驚きのあまり目を見開いたオルンは、ラエルが言っていることが今一番の秘策であることに気づうわけですね」

「なるほど。モリナ王女と結婚すれば、彼女を追い求めていた民たちも自然に殿下に服従するとい

「だから必ずモリナ王女を連れて来い」

「承知いたしました！」

そう言って勢いよく答えたオルンだったが、この秘策に潜む問題点に苦笑を浮かべ尋ねた。

「ところで殿下……。本当にそれでよろしいんですか？」

「何がだ？」

「モリナ王女がどんな人物なのか全く知らないじゃないですか。それなのに結婚って……」

ラエルはその質問にふっと笑った。

「何が言いたいのか分からないな、オルン。俺はこの帝国を支配する者だぞ。大事なのは帝国にとって利益になるかどうかだ。結婚相手を決めるのに俺の感情など、ひとつも関係ない」

とてもラエルらしい返答だった。オルンは念のためもう一度尋ねた。

「もし、モリナ王女が殿下の妃になることを拒んだらいかがしますか？」

「その時は、殺すしかないだろう」

オルンは、その後しばらく国政に関する様々な案件についてラエルと話し合ってから部屋を出た。

「ふう……」

ラエルは仮面を外して机の上に置いた。先ほどオルンと交わした会話のせいか、それとも不眠症のせいか、酷く疲れている。

「ウイスキーでもお持ちしましょうか」

そんな彼に気を遣って、近衛騎士のアルモンドが尋ねた。

「いや、酒を飲んだら、もっと眠れなくなりそうだ。散歩でもしてくるよ」

「お供します」

「いや、いい。一人で行く」

「しかし……」

「大丈夫だ」

その強い口調にアルモンドは口をつぐんだ。身分を隠して一人で散歩に行くのは皇太子にとっての唯一の休息。しかし、このような行動は警護を担当する身としては困ったものだった。

「心配するな。以前ならともかく今は何も起こらないさ」

以前ならともかく……。棘がある言葉だった。この皇宮の中で彼を殺そうとした者は皆、彼の手によって命を失ったからだ。結局アルモンドはラエルに付いて行くのを諦めた。

「それでも気をつけてください」

こうしてラエルは一人で散歩に出た。目立つのが嫌で、服も普通のものに着替えた。

「どこに行こうか」

涼しい夕方、初秋の夜風で激務によるストレスが少し飛んで行くようだった。ふと周りを見渡すと、遠くの建物に明かりがついているのが見える。

「水晶宮殿か。まだ公演の練習中なのか？　もう遅いのに頑張ってるな。ふむ……。久しぶりに音楽でも聴きに行こう」

水晶宮殿のすぐ後ろには劇場の窓に面している丘があった。その丘に登って芝生に寝転がると、会場の中に入らなくても窓から流れてくる音楽を聴くことができる。無邪気で純粋だった幼い頃、皆には内緒で時々あの丘に行き音楽を楽しんでいた。

（音楽を聴いてるうちに寝落ちてしまうことも多かったな。それで母上と妹に叱られて……）

ラエルは昔を思い出し、小さく微笑んだ。

（今日は心安らぐ音楽だったらいいな。リラックスして良く眠れるかもしれないし）

ラエルはそう思いながら水晶宮殿へと足を運んだ。幸か不幸か、今水晶宮殿にはオーケストラはいない。水晶宮殿にいるのはメイドのマリだけだった。

「終わったぁ！」
マリは自分の書いた楽譜を持ち上げて叫んだ。できるだけ簡単に、重要なモチーフだけ書き込ん

だので長くはかからなかった。

「これくらい書いておけば、後はバーハンさんが仕上げてくれるはず！」

彼女は紙を二つ折りにして、急いでバーハンの席に入れた。

「見た人はいないよね？」

マリは辺りをぐるりと見回した。幸い誰にも見つからなかったようだ。劇場の明かりを全部消して急いで外に出ようとしたその時だった。マリは何かに引き留められるように立ち止まった。

「ピアノ……」

彼女の目の前にピアノがあった。モーツァルトの能力の余韻(よいん)のせいなのか、マリはふと奇妙な感覚に捕(と)らわれる。

——ね、一度だけ演奏してみてよ。

まるでモーツァルトがささやくような衝動。

——君が作った交響曲、まだ一度も音にしたことないじゃん。ピアノで弾いてみてよ。直接演奏してみたくない？

やってみたい……。心が衝動に駆られる一方、理性が警鐘(けいしょう)を鳴らす。

「大丈夫かな？」

劇場に居残ってからもう長い時間が経っていた。誰かに見られたら怪(あや)しまれるかもしれない。

——誰もいないじゃん。一度だけ演奏してみて。

結局、彼女は衝動に抗(あらが)えずピアノの前に座った。

「本当に一度だけ。一度だけ弾いてから帰ろう」

マリは演奏を始めた。低く清い、心に染み(し)る音色が劇場に、そして水晶宮殿の外へと響き渡る。偶然かそれとも運命か。そこには皇太子ラエルがいた。


「ピアノの音？」

ラエルはつぶやいた。水晶宮殿まで来てはみたものの、明かりが消えるのを見て、練習が終わったと思い帰ろうとしたところだった。ところが闇(やみ)の中で一筋の旋律が流れてきた。

「ピアノ？　オーケストラの交響曲をピアノバージョンに編曲したのか？」

流れてくるピアノの音に耳を傾(かたむ)ける。

「いい音色だ」

低く流れる、胸に響く透明な音色。音楽に造詣(ぞうけい)が深いラエルは、このピアニストが最高の境地に達した演奏者だということに気づいた。

「すごい名演奏者(ヴィルトウオーソ)だ。宮廷(きゅうてい)楽団にこれほどのピアニストがいたとは。団長か？」

その時の彼は知り得なかった。まだ本当の驚きはこんなものではないことに。

水晶宮殿にいるマリの右手が右へと動き、素早(すばや)く鍵盤を叩く。その音を聞いたラエルの目が大きく開いた。

「これは……」

ピアノが織りなすメロディーの中で、曲がりくねる川が走り出す。暖かい風、深い海、広い野原。そのすべての風景がピアノの音に乗りラエルに届いた。温かい……。まるで慰められているかのような感覚。空も川も風も海も、みんなが彼を包み込んでくれている気がした。ラエルはそっと瞼を閉じた。

（心癒される音楽だ）

一度も感じたことのない安らぎ。この音楽を聴いていると、うんざりする不眠症も治りそうな気がした。

「一体誰がこんな音楽を？」

その時、曲調が変わった。そして、リタルダンド。

野原に黄昏が舞い降りる風景。そして、その黄昏の果てに人々が立っている。時に喜び、時に怒り、時に悲しみ、時に笑う。ごく普通の人生を送る人々。低く流れる短調の旋律は彼らの人生が決して安らかなものではなかったと、時には苦しく悲しいこともあったと話しているようだった。しかしそれでも、互いを見つめる顔に笑みが浮かぶのは、隣に大切な人がいるから。だから人生は温かいものだと語りかける。

「……」

ラエルはぎゅっと唇を噛み締めた。彼にもかつてはそんな存在がいた。一緒にいると、人生を温かく豊かにしてくれる人たちが。もう手の届かない所へ行ってしまった母と妹を思うと、胸が締め付けられる想いだった。

「はあ……」

ラエルはついため息をつく。

「この曲は一体……」

たかが音楽に、こんなにも胸を揺さぶられるなんて。

曲が終わったにもかかわらず、余韻に包まれて動けずにいた。ラエルの頭の中にはまだピアノの音が鳴り響く。しばらく立(た)ち竦(すく)んでいた彼は、はっと気がついた。

「この曲を作ったのは誰だ？」

確認(かくにん)しなければ。この前の彫刻家の時みたいにならないように。ラエルは急いで劇場の中へと走る。

「劇場の入り口はどこだ？」

水晶宮殿に入ってきたラエルは周りを見回した。水晶宮殿の中には劇場を含め色んな施設(しせつ)があるため、劇場がどこなのかよく分からなかった。灯(あか)りも消えていて、廊下を歩くのも難しい。

(このままではまた逃(に)がしてしまう)

顔をしかめて急いで歩いている時だった。胸の部分に何かがぶつかった。

「きゃっ！」

「……！」

見てみると小さな少女だった。十七歳くらいか、可愛(かわい)くて優しい印象のする子だった。

「い、痛っ……」

尻もちをついたのか床に座り込んで眉間にしわを寄せていた少女は、ラエルの存在に気がつき頭を下げた。

「あ、申し訳ございません！　私が前をちゃんと見ていなかったばかりに」

（メイドか？）

服装を見ると雑用を担当する下級メイドのようだった。それなりに愛嬌のある外見だったが、ラエルの目には全く入ってこない。彼の頭の中は今、奇跡のような演奏を聴かせてくれた音楽家のことでいっぱいだからだ。ラエルは一旦、自分のせいで転んでしまった少女に手を差し伸べる。

「大丈夫か？　さあ、立って」

「ありがとうございます」

少女はラエルの手を取って立ち上がり、少し顔を赤らめた。

（わあ……かっこいい人）

柔らかい金髪、絵画のような顔立ち。「ハンサム」というよりは、「美しい」という言葉が似合う外見だった。冷たい目つきは少し怖かったけど、それさえも美しすぎて非現実的だった。

（誰だろう？　平服なのを見ると、貴族じゃないみたいだけど……侍従かしら？）

ラエルは普段、鉄仮面を着けているため、マリは男が例の『血の皇太子』とは考えもしていなかった。その時、男がマリに尋ねた。

「劇場はどこだ？」

「あ！　あちらです！」

マリは自分が来た方向を指差す。

「ありがとう」

男は頷きマリの指差す方向へ行こうとして、もう一度尋ねた。彼は目の前の少女が、自分が探している音楽家だとは夢にも思っていない。

「ここに来るまでに誰かに会わなかったか？」

マリは首を横に振った。

「いいえ、誰も見かけませんでした」


ラエルが劇場に着いた時、そこには誰もいなかった。がらんとした劇場に金管楽器とピアノがぽつんと置かれているだけ。ラエルは劇場内を見回した。自分が来た方向以外にも外につながる裏口がある。

「……裏口から出て行ったようだな」

そう思ったラエルは、今度こそ逃がすまいと急いで裏口から外に出た。しかし周辺には誰もいなかった。

「一体どこだ」

念のため近くで働く侍従や警護隊にも確認してみたが、誰もその音楽家を見た者はいなかった。

ラエルは顔をしかめる。

「仕方ない……。明日オーケストラの団長を呼んで聞いてみよう」

他に方法もない。どうせオーケストラの団員だろう。そう自分に言い聞かせたラエルだったが、この前の彫刻家のことがあるせいか、わけもなく嫌な予感がした。ラエルは首を横に振って疑念を払う。

「あれだけレベルの高い音楽家はそうはいない。確認すればすぐに突き止められるだろう。さっき会ったメイドも一緒に呼び出そう。劇場の近くにいたから、きっと演奏を聴いたはずだ。誰が演奏したのか見たかもしれない」

ラエルは先ほど出くわした可愛らしい印象の小さなメイドを思い浮かべながら独りつぶやいた。

翌日、誰かがマリが寝ている部屋のドアをノックした。

「マリ！　マリ？　中にいる？」

マリはびっくりして目を覚ました。

「はい、はい！　います！　どうしたんですか？」

部屋のドアを開けて入ってきたジェーンが慌てた顔で言う。

「もしかして、夜に何かやらかした？」

「え？」

心臓がドキドキした。やらかしたかと言えば、……やらかした。

（も、もしかしてバレたのかな？　いや、演奏する時は誰もいなかったし……。きっと誰にも見られてないわ）

心を落ち着かせようと頑張るマリにジェーンが言った。

「宮廷楽団の団長が今すぐ水晶宮殿に来いって呼んでるよ！」

マリはあたふたと水晶宮殿に向かった。まだ日課が始まる前の早朝にもかかわらず、劇場には何人かの人が集まっていた。団長(マエストロ)のバーハンと副団長、コンサートマスターもいた。バーハンはいつもと違い深刻な表情で紙を見下ろしている。

（あ、私が置いていった楽譜のことで私を呼んだのね）

バーハンが手にしている紙は昨晩マリが書いた楽譜だった。マリはバレたわけではなかったと安(あん)堵(ど)の息をつく。

（上手くごまかさなきゃ。あれは私が書いたものじゃない。私はなんにも知らない！）

一方、バーハンと楽団員たちはマリの到着に気づかずに話し込んでいた。

「それでは副団長が書いたものではないということですね？」

「もちろんです、マエストロ。私にはこんな曲は作れません」

「コンサートマスターも？」

「はい、ご存知と思いますが、私もこの曲を作れるほどの実力はありません」

その答えにバーハンは大きくため息をついた。

「それでは誰がこんな奇跡のような曲を……」

楽団の団員が尋ねた。

「マエストロではないんですか？　この楽譜はマエストロが作曲した『田園風景交響曲』の後半部分のようですが……」

バーハンが首を横に振った。

「いや……。もちろん、こういう感じで進めたいなと楽想を思い浮かべてはいましたが、具体的に展開できずにいました。でもこの楽譜は……」

バーハンは唾をごくりと飲み込む。自分が漠然と考えていた内容が完全な形で実現されていた。それも自分が思っていたより高いレベルで。到底信じられない。一体誰だ。誰がこんな奇跡のような曲を？

バーハンはマリが来たことに気づき声をかけた。

「あ、マリさん。早朝からすみません。聞きたいことがありまして……」

「はい、何か」

「昨夜、劇場でこの楽譜を書いた人を見ませんでしたか？」

マリは大きく息を吸った。上手く答えないと……。

「見ませんでした」

「誰もいなかったですか？」

「はい、私が帰るまで誰もいなかったです」

バーハンもマリが嘘をついているとは思わなかった。彼女にはその理由がなかったからだ。

「そうですか。はあ……。それなら誰が楽譜を置いて行ったんだろう」

「……何かあったんですか？」

「これを見てください！」

バーハンはマリに楽譜を見せた。昨日マリが置いて行った楽譜だ。

「誰かが！　この奇跡のような素晴らしい曲を残して行ったんですよ！」

奇跡のような素晴らしい曲!?　その言葉に彼女は戸惑ってしまった。もちろん曲の完成度がすごいことはマリも分かってるつもりだったが、目の前でこんなに称賛されると、なんだかこそばゆい気持ちになる。

「あ、あの……。バーハンさんも同じような感じで書かれるつもりではなかったのですか？」

「そうでした！　でも、なんとなく思っていただけで、このように実現できるなんて想像だにしなかったことです！」

さらにバーハンは熱く語り出した。

「驚くべきことに、この楽譜には重要なモチーフだけが書かれているんです。まるで私にヒントを与えて、こんな風に作曲すればいいと教えてくれているかのように！」

自分の意図を正確に見抜く（みぬ）バーハンを見てマリは心の中でひっそり笑った。

「では、その楽譜を基（もと）に残りの部分を完成させるのはどうですか？」

「もちろんです。モチーフとなる部分の構成が完成したのですから」

「じゃあ、特に問題ないのでは……」

バーハンは首を左右に振った。

「問題はありません。むしろ本当に良かったです。念願だった『田園風景交響曲』を完成できるのですから！　しかし！」

バーハンは興奮した声で続ける。

「この楽譜を書いた方にぜひお会いしたい！　一体どうやってこんな奇跡のような音楽を作り出したのか！　きっと私のような者とは比べものにならないほど、優れた方なのでしょう！　お会いしてぜひご教授いただきたい！」

バーハンの話を聞いたマリはびっくりした。

（えっ、教えてもらいたいって、冗談でしょう？）

バーハンの燃え盛る目を見たマリは、つい唾をごくりと飲み込んだ。あの目は、この楽譜を書いた人に出会えば、すぐにでもひざまずいて、弟子にしてください、と言い出しそうな目だった。

怖いっ！　絶対、絶対にバレてはいけないとマリは心の底から思った。その時、ずしんずしんと軍靴の音が聞こえてきた。

（なぜまた皇太子の近衛騎士が……？）

近づいて来たのが誰か確認したマリはびっくりして凍りついた。この前の彫刻家事件の時にも現れた皇太子の近衛騎士のアルモンドだ。なんだか不吉な予感がする。

「誰が団長だ？」

「私が団長のバーハンです」

バーハンは怪訝な顔で手を上げた。

「そうか。ついて来い。皇太子殿下がお待ちだ」

「……！」

その言葉にその場にいた皆がびっくりした。音楽になんて全く興味がなさそうに見える『血の皇太子』がなぜマエストロを？　アルモンドはまるで何かを確かめるようにマリを上から下までじろじろ見た。

「お前が例のメイドだな？」

「え？」

「お前もついて来い」

マリの瞳が大きくなった。

（血の皇太子がなぜ私を……？）

マリとバーハンは黙ってアルモンドの後をついて行った。マリの顔からは真っ青に見えるほどに血の気が引いている。バーハンは宮廷楽団の責任者だから、皇太子に呼ばれることもあるかもしれない。でも、マリは一介の下級メイドにすぎないのに。いくら考えても自分が呼ばれる理由が見当

たらなかった。心当たりがあるとすれば……。それは一つしかない。

(まさか、私の正体がバレた？)

いくら考えても理由はそれしかない。マリ、いや、モリナは気絶しそうになるのを必死に堪えながら、自分に何度も言い聞かせた。

(いや、違う。いきなり正体がバレるなんてあり得ない)

そもそもクローヤン王国でもマリの顔を知る者はごく一部にすぎなかった。クローヤン王国が滅んだ後、帝国によって作られた自分のモンタージュを見て、どれほど笑ったことか。そこには自分とは似ても似つかない人物が描かれていた。しかも、それから三年も経っている。十四歳の少女は十七歳になり、顔つきや雰囲気も大きく変わっている。しかも自分は今、王女ではなく下級メイド。たとえ顔を知っている者がいたとしても、王女とは気づかないだろう。

(きっと他の理由に違いない。緊張しなくても大丈夫よ)

マリはそう考えて心を落ち着かせた。近衛騎士のアルモンドが比較的丁寧に自分たちを案内しているのも、推測を裏付ける証拠だった。

(もし正体がバレたのなら、こんなに親切にしてくれるはずないわ。きっと有無を言わさず縄で縛って、牢屋に放り込むはず……)

あれやこれやと考えているうちに目的地についたのか、アルモンドが立ち止まる。

「ここだ」

「……！」

「殿下がお待ちだ。失礼のないように」

キィーッ。

ドアが開き広い部屋が現れる。机の周りには二人の男性がいた。そのうち左側の男に関しては一目でその正体が分かった。男は顔の半分を覆う鉄仮面を着けていた。

(鉄仮面！)

マリは思わず身を震わせた。王国滅亡(めつぼう)の日に見た、あの『血の皇太子』だった！

(落ち着くのよ。私はクローヤン王国の王女じゃなくてただのメイド)

皇太子の隣には陽気な雰囲気の美男子が立っていた。マリは彼の正体にもすぐに気づいた。とても有名な人物だったからだ。

(宰相のオルン公爵！)

マリは帝国最高の権力者の二人と出会ってしまったことに内心驚いたが、顔には出さず、バーハンと一緒に頭を下げた。

「皇太子殿下にご挨拶(あいさつ)申し上げます」

「面を上げろ」

マリとバーハンは顔を上げ、静かに皇太子の言葉を待った。

「君がオーケストラの団長、バーハンか？」

「はい、殿下！」

「そうか。君を呼んだのは、一つ確認したいことがあったからだ」

「左様でございますか」

皇太子は黙って席を立ち、部屋の隅に置かれたピアノに向かう。

（執務室にピアノ？）

マリとバーハンが怪訝な顔をしていると、皇太子がピアノの前に座り鍵盤の上に手を乗せた。

「この曲を知っているか？」

「……！」

そして鳴り響く透明な音……。バーハンの顔が驚きの色に染まっていった。

まず、皇太子のピアノの腕前が非常に優れていた。そして皇太子の演奏は並大抵の演奏者より素晴らしかった。しかし、バーハンが一番驚いたのは、皇太子の演奏した曲がバーハンにとってとても馴染み深いものだったからである。

（こ、これは私の『田園風景交響曲』！　どうして殿下がこの曲をご存知なのだ？）

皇太子は流れるように第一楽章を終えると、今度は未完成だった第二楽章の部分を演奏し始めた。

それは正体不明の人物が残した楽譜と主旋律が一致していた。

（ど、どうやって。まさか！）

バーハンは目の前で何が起きているのかとても信じられなかった。しばらく演奏を続けていた皇太子は曲の途中で手を止めた。

「俺の実力で弾けるのはここまでだ。ここからは、かなりの腕前のヴィルトゥオーソでない限りまともに弾くことはできないだろう。君はこの曲を知っているか？」

バーハンは鳩が豆鉄砲を食ったような顔でコクリと頷いた。

「は、はい。知っております」

「そうか。誰の曲だ？」

皇太子は嬉しそうに尋ねた。前回の彫刻家の時とは違って、簡単に作曲家を見つけることができると思ったのだ。しかし、団長の反応がおかしい。

「……分かりません」

「今、知っていると答えたではないか。分からないとはどういう意味だ？」

「この曲は私が作った曲でございます。しかし、同時に私が作った曲ではありません」

「……何が言いたい？」

皇太子はバーハンの意味不明な応答に眉をひそめた。対してバーハンは沈痛な面持ちで深いため息をつく。

「実は……」

バーハンは皇太子に事情を説明した。バーハンの言葉を聞くにつれ、皇太子の表情は刻々と変化した。

「つまり……。誰かが君の作った未完成の交響曲の後半部分を、代わりに書いたということか？そしてその楽譜をこっそり劇場に置いていなくなったと」

この前の彫刻師事件と同じだ。

「はい、殿下。もしかして、殿下がお作りになったのでしょうか」

「いや、俺じゃない。俺もたった一度聞いただけだ。……では、楽団の誰かが作った可能性はないか？」

「その可能性はございません」

バーハンは断固とした口調で答えた。

「これほどの曲を作れる者は、私を含め楽団にはおりません」

「……！」

「空から天使が舞い降りて、残していったかと思うほどの素晴らしい曲です。第一楽章は私が作曲したもので間違いありませんが、その後の展開は、私には真似できないものです」

「……なるほど。ふむ。悪いがもう一度団員に確認してくれ。戻っていいぞ」

「はい、殿下」

バーハンは頭を深く下げその場から退いた。皇太子と宰相の前に一人残されたマリは、不安で気が気ではなかった。

（昨日私が演奏した曲のせいで私を呼んだの？）

一応、正体がバレたわけではないようだった。でも、これも困った状況であることには変わりない……。

（どうして皇太子がこの曲を知っているの？　確かに誰もいなかったはずなのに……）

よりによってあの『血の皇太子』にバレてしまうなんて！　なんだかめまいがしそうな気分だった。

皇太子は宰相の方を見ながら言った。

「奇妙だな」

「そうですね、殿下。前回の彫刻家の時と同じパターンです」

「ふむ……。やっぱりおかしい。一体どうなってるんだ？」

心臓が破裂しそうにバクバクする。彫刻も、作曲も、自分がしたことだ。すると、皇太子がマリに声をかけた。

「君は……」

「マリと申します」

マリは緊張を隠しながら深々と頭を下げた。今も血にまみれた剣を持って自分を探していた皇太子の姿が目に浮かぶ。絶対に彼の関心を引いてはいけない。

皇太子が尋ねた。

「マリ。昨夜、君もピアノの演奏を聴いたはずだ」

「……はい、殿下」

「演奏者を見たか？」

マリは拳をぎゅっと握りしめた。虎(とら)の口の中に頭を突っ込んでいるかのような状況だ。焦ってボロを出してはいけない。

……すーっと息を吸って顔を上げたマリは、落ち着いた声で答えた。

「誰も見ていません、殿下」

「そうか」

「はい、劇場の片付けを終えた後ピアノの音を聴きましたが、私が中で片付けをしていた時に劇場に入ってきた人はいませんでした」

その答えを聞いた皇太子はマリの目をじっと見つめる。

「……」

鉄仮面の裏で光る冷たく青い瞳。マリはふと、どこかであの青い瞳を見たことがあるような気がした。

「本当か？」

「……はい、殿下」

ドクン、ドクン。

マリの心臓が再び激しく鼓動を鳴らす。

(ひょっとして、何か気づいた？　いや、いくら皇太子でもメイドである私が、あんな演奏をしたとは思わないはず)

しばらく黙ってマリを凝視していた皇太子はやがて首を縦に振った。

「分かった。もう戻っていい」

「はい、殿下」

(助かった！)

マリは安堵のあまり全身の力が抜けそうになるのを必死でこらえ、深く頭を下げた。そしてできるだけ丁寧に後ずさりし、そのまま部屋を出ようとした。しかしその時、皇太子の低い声がマリを呼び止めた。

「ちょっと待て。出て行く前にあのピアノを弾いてみてくれ」

……！

「ピ、ピアノをですか？」

慌てるマリに、皇太子が小さく頷く。

「そうだ」

どうして急に……。

（もしかして、私の仕業だって気づかれた？）

マリの頭の中がぐちゃぐちゃになった。

（弾いたらダメだ。バレちゃう）

人によって見た目が違うように、演奏者も皆それぞれのスタイルがある。それは指紋のようなもので、隠そうとしても隠し切れない類のものだった。音楽に造詣が深い皇太子が聴けば、昨日の演奏との類似性に気づくかもしれない。でも……。誰が皇太子の命令に逆らうことができようか。

彼の視線を感じたマリはピアノの前に座らざるを得なかった。

「殿下、私はピアノが得意ではありませんので不快な思いをさせてしまうかと……」

「大丈夫だ。気軽に弾いてみろ」

どうやったら気軽に弾けるのよ！　マリは青ざめた顔で考えた。

（どうしよう、どうしたらいいの？）

緊張のあまり鍵盤の上の手がぶるぶる震えた。頭が真っ白になる。どうしたらいいか分からない。

わざと下手なふりをする？　いや、それだって気づかれるかもしれない。どうすればいいの？

マリが死ぬことすら覚悟したその時、皇太子が言った。

「もういい。緊張しているようだな。帰っていいぞ」

「……！」

マリは本当に帰ってもいいのかと、目をパチパチさせながら皇太子を見た。

「仕事に戻れ」

「は、はい。分かりました」

マリは足早に執務室を後にした。

そんな彼女を見て、皇太子――ラエルは鉄仮面の下で眉をひそめた。

「何か怪しいな」

「何がですか？」

「あのメイドだ」

オルンが首をかしげる。

「そうですか？　特別変わったところはなかったと思いますが……。突然、殿下の前でピアノを弾くように言われて焦っただけじゃないですか？」

ラエルが頷いた。

「そうだな。焦っても不思議ではない……」

ラエルは自分の悪名をよく知っていた。『鉄血の君主』と呼ばれる自分の前で突然ピアノを弾けと言われたら、誰もが戸惑うだろう。

「じゃあ、何が変なんですか？」

「……」

ラエルは何か言おうとして口をつぐんだ。明確な理由なんかない。ただ……。

（……瞳）

ピアノを弾くように命じる前、問答を交わした時の、あのメイドの瞳。悪名高い自分と向き合っているとは思えない、清らかで落ち着いた瞳。その澄んだ瞳には、ただのメイドとは思えない思慮深さがあった。

（分からない。ただの勘違いか？）

ラエルは鉄仮面を指で叩きながら考えた。

オルンがラエルに尋ねる。

「でもどうして急にメイドにピアノを弾かせようとしたんですか？」

その質問にラエルはしばらく黙り込んだ。

（ひょっとしてあのメイドが演奏したのではないだろうか……？）

一瞬そんな気がした。しかし、我ながらあまりに荒唐無稽な考えだったので、途中でやめた。緊張でプルプル震える姿が、昨夜の演奏者であるとは到底思えなかったのだ。

（全然分からない……）

「とにかくこの前の彫刻家も、今回の音楽家も、私の名にかけて必ず見つけ出します！」

オルンが誓うように言った。

「頼んだぞ」

オルンの言葉に応えながら、ラエルは心の中でつぶやいた。

（マリか……）

なぜか気になる。

（もう少し観察してみよう）

こうして、マリとラエルの運命が絡まり始めたのだった。

　数週間の時が流れた。建国記念祭が目前に迫(せま)り、マリは水晶(すいしょう)宮殿の仕事を終えて新しい場所へ配属されることとなった。

「水晶宮殿での勤務もこれで終わりね」

　マリは青い空を見上げながらふぅとため息をつく。幸い彼女がしたことは最後までバレなかった。

　そしてその後、バーハンもマリが書いた楽譜(がくふ)を基(もと)に交響曲(こうきょうきょく)を見事に完成させた。とても嬉(うれ)しかったけど、バーハンが暇(ひま)さえあれば犯人（？）を探し回るせいで、マリにとって心休まる日はなかったのだ。

「必ず見つけ出して、音楽について教えていただかなくては！」

　学習意欲に燃えるその目は、音楽に魂(たましい)を捧(ささ)げた者としてはとても素晴(すば)らしいものだったが……。

　マリとしては身の毛がよだつ思いだった。

「とにかく、何事もなく終わって良かった」

記念祭で演奏する曲も立派に仕上がったわけだし、何より自分の仕業であることがバレなくて本当に良かった。

（これからはもっと気をつけよう）

マリは鉄仮面を着けたあの顔を思い出した。彫刻家の時と今回で、二度も皇太子の関心を引いてしまった。幸運にも発覚はしなかったが、これ以上彼と関わるのは絶対にお断りだ。

（次の勤務先はどこだろう？　水晶宮殿での仕事は終わったことだし、建国記念祭の前までは百合宮殿じゃなくて他の場所で働くことになると思うんだけど……。大変な仕事でもいいから、今回は誰の目にもつかないような場所だといいな）

そう願ったおかげか、マリは人けのない静かな場所に配属された。ただ、その場所には一つ問題があった。

「白鳥庭園の手入れですか？」

「そう。他のメイドたちは皆、別の場所に配属されていてね。マリ以外誰もいないのよ。雑草を刈り取ったり、簡単に片付けたりするくらいだから、それほど難しくはないと思うわ」

そう言ったスーザンは、いつもと違いマリから視線を逸らしながら付け加えた。

「も、もちろん、たま～に幽霊が出るという噂もあるけど、それは根拠のない話だからあまり気にしないでね」

「……」

一つの問題……。それは白鳥庭園に関する噂だった。「白鳥庭園には幽霊が出る！」という噂が皇宮のメイドの間で流れていたのだ。

「大丈夫よ、きっと……」

白鳥庭園は皇宮の一番奥にある庭園で、第七皇女がそこで毒殺された後、五年以上も放置されていた場所だった。魔女の髪の毛のように生い茂るつる木に覆われた庭園は、まるでお化け屋敷のような不気味な雰囲気で、幽霊が出たという噂がまことしやかに囁かれていた。

「さ、最近は真っ白な幽霊が出たという話もあるのだけど……。そんなの全部デマだから気にしちゃダメよ」

「……」

マリは口をぽかんと開けてスーザンを見た。あのスーザンが幽霊を怖がるなんて！

(幽霊なんかよりスーザンさんの方が怖いと思うけど……)

以前、自分に厳しく当たっていた頃のスーザンを思い出した。マリがミスをするたびに目くじらを立てて怒鳴りつける姿は、幽霊も逃げ出すほど恐ろしかったのだ。

マリも同じ年頃の少女と同じく、幽霊の存在を全く信じていないわけではなかった。

でも、いくらなんでも皇宮内で幽霊だなんて。流石に違うんじゃないだろうか。

(それに幽霊なんかより皇太子の方がよっぽど恐ろしい……)

あの冷たい鉄仮面を思い出すと鳥肌が立つ。もしこの皇宮に本当に幽霊が存在すると言うなら、それはきっと皇太子のことだろう。

それとも皇太子の手によって殺された怨霊か……。

(まぁ、幽霊はともかく、白鳥庭園なら皇太子に出くわすことはないでしょう)

そう思ったマリはスーザンに頭を下げた。

「はい、それでは明日から白鳥庭園の方へ向かいます」


彼女は久しぶりに例の夢を見た。

(今度はどんな夢だろう？)

夢の中であるにもかかわらず、マリは比較的鮮明に自分の状況を認識することができた。明晰夢を繰り返すたび、少しずつ慣れていく感じだった。

う〜ん。まさか昼に聞いた幽霊に関係する夢かな？　と少し心配になったけれど、幸いそういう夢ではなかった。

「ミル！　バン！　ご飯食べて行きなさい！」

「遅刻しちゃうよ、ママ！」

「ちゃんと食べないとダメ！　卵パンでも持って行きなさい！」

マリは夢の中でパチパチと目を瞬かせる。

（これはなんの夢？）

前回の夢とは違って、一般的な家庭のようだった。夢の中でマリは平凡な中年女性になっていた。二人の息子を持つ彼女は、どこにでもいる普通の母親だった。あえて言うと、料理がとても上手というくらいだろうか。彼女の作ったジャガイモのポタージュの味は村でも評判だった。

「バン、仕事は大変じゃない？」
「大丈夫だよ。俺ももう子どもじゃないし、心配しなくていいから」
「それでも、体には気をつけてね。分かった？」

夢は特別な内容もなく、ただただ長いだけだった。中年女性と二人の息子の人生が「母親」の視線から穏やかに語られる。いたずらっ子だった二人の息子が成長し、職に就き、独立し、結婚した。その人生には楽しいことも、大変なことも、悲しい時も、嬉しい時もあった。
ごく平凡な日々。夢の中の女性は息子たちが成長して行くその過程をすべて見守った。嬉しいことがあれば一緒に喜び、悲しい時は本人たちよりもっと悲しみながら。子どもたちがため息をつく日は、何かあったかと心配で、眠れないこともあった。そうして彼女はいつも祈った。

神よ、いつもあなたのご加護がありますように。

水が流れるように時が経ち、マリは夢から覚めた。

マリは夢の余韻に浸りぼーっとした顔でつぶやく。

「これは……？」

あまりにも平凡な日常だったので、これが何を意味する夢なのか全然分からなかった。どうしてこんな夢を見たんだろう。

（あの、特別な夢じゃないのかな？）

夢にすべて特別な意味があるわけじゃないから……。普通の夢を見る日もあるのだろう。

（いや、でも普通の夢じゃない）

マリはすぐに首を横に振った。これと言った内容はなかったけど、あまりにも鮮明だった。まるで実際にその女性になったかのように。

「……とりあえず、もう少し寝ないと」

まだ空の向こうが青白く染まり始めたばかりの早朝だ。今日も一日頑張るためにはもう少し睡眠を取った方がいい。でもなぜだろう？　目をつぶって横になってもなかなか眠れなかった。先ほどの夢が残像のように瞼の裏に張り付いている。

（今回の夢にも、何か意味があるのかな？）

マリは目を閉じたまま考えた。今までの経験からして、夢はいつもこれから起こる事件と何かしらの関係があるようだった。でも、お母さんになる夢だなんて。全く見当がつかない。

（私は男の人と手を握ったことすらないんだけどな……）

結局、その後も眠れないまま、マリはそのまま起き上がり、新しい勤務先である白鳥庭園へ向かった。途中でばったり会ったスーザンが心配そうな口調で言う。

「マリ、数日前にも幽霊を見たという人がいたわ。髪が金色の幽霊だそうよ」

「……えーと、この前は白髪だって言ってませんでした？」

「あ！　それは昼に出る幽霊で、金髪は夜に出る幽霊なんだって」

「……」

マリは面食らってしまった。昼は白髪の幽霊で、夜は金髪の幽霊？

「も、もちろん全部デマに違いないけどね。それでも、万が一……幽霊が出たら……」

その時は額の前で手を合わせ大声で祈らなければいけない、などスーザンから色んな対処法を散々聞かされたせいで、マリは予定より遅く庭園に着いた。

「ちょっと不気味かも……」

庭を見回したマリは少し怖気づいた。垂れ下がったつるや枯れた花木、乾いて底が見える白鳥の池。人の手が届かず荒涼としてうら寂しい庭園を見ると、なぜここに幽霊が出るという噂が立ったのか理解できた。

……まさか本当に出たりしないわよね？

「こ、皇宮に幽霊なんか出るはずないわ。余計なことは考えずに仕事しよっ！」

マリは不安な気持ちを振り払うかのように勢いよく首を左右に振った。

「とにかく頑張ろう！」

マリの仕事は荒れ果てた庭園を片付けることだった。難しい仕事ではないけれど、長く放置されていたせいでやることがたくさんあった。

「まずゴミを片付けて、つるを剥がそう。一生懸命やれば、早めに終わらせられるかも！」

そう思ったマリは雑念を追い払おうと、わざとらしく鼻歌を口ずさみながら仕事を始めた。

「一生懸命、頑張ろぉ～」

どれくらい経っただろう。高く昇った太陽のせいで額に汗が浮かんできた頃。

ブゥンッ！

突然空気が破裂するような荒々しい風の音が聞こえてきた。

「……!?」

マリはびっくりしてその場に凍り付く。

(な、なんの音？)

何かおかしい。風の音にしては激しいし、何より今庭園には風なんか吹いていない……。

その時、正体不明の音が再び聞こえてきた。

ブゥワンッ！

マリはゴクリと唾を飲んだ。この状況で頭に浮かぶものは一つしかない。

(まさか、本当に幽霊!?)

「白鳥庭園に幽霊が出るんだって。昼は白髪の幽霊、夜は金髪の幽霊」

「逃げよっかなぁ……」

しかしマリはすぐにブンブンと首を横に振った。

（いや、こんな昼間に何が幽霊よ。絶対違うわ。直接確認してみよう）

マリは音のした方へと足を運んだ。小さな拳を握りしめ、もしかして本当に幽霊だった時のために、心の中で祈禱文を唱えながら。

（天にまします我らの神よ、聖なる名の下……）

生い茂る草木をかき分けて庭園の向こう側に着いた彼女は『幽霊』の正体を確認し、ふぁーと大きく息をついた。

「はぁ、良かった」

誰かいる。ものすごいイケメンが。スーザンが言ってたように白髪、いや、煌びやかな銀髪の若い男が、きれいに整った顔で剣を振っていた。

「あ、お仕事の邪魔をしてしまいましたね。すみません」

男がマリに気づき声をかけた。その優しい言葉を聞いてマリは安心した。

（やっぱり幽霊じゃなかったわ。それにしても……。すごいイケメン）

マリは正面から男の顔を見てわぁと感心した。マリが今まで一番イケメンだと思ったのは、この前水晶宮殿で偶然出会った金髪の男だったけど……。この男も全然負けてない。

まるで彫刻のような線の太い顔のライン。深海を思わせる藍色の瞳。絹のように長く柔らかい銀髪。

(皆この方を見て幽霊だと思ったのね)

遠くからこの透き通るような銀髪を見て、白髪の幽霊が出たと思ったのだろう。

こんなにかっこいい幽霊なんているわけないじゃない。誰が見間違えたのかしら。

「いいえ。こちらこそ稽古の邪魔をしたみたいで申し訳ございません。私はマリと申します」

「マリさんですね。私は……」

男はなぜか少しためらった後、口を開いた。

「私は、皇室親衛隊のキエルと申します」

その名前にマリはびっくりした。

(皇室親衛隊ですって?)

この皇宮には二つの騎士団が存在する。それが近衛騎士団と皇室親衛隊であった。そのうち皇室親衛隊は帝国最高の武装集団であり、今の皇帝であるトーロン二世にのみ忠誠を尽くす騎士団であった。

(爵位を授かった正式な騎士ではなさそう。スクワイアかな)

スクワイアとは、騎士を志す従者のことである。

マリがそう思う理由は簡単だった。相手が皇室親衛隊の制服を着ていなかったからだ。この皇宮内では親衛隊所属の騎士は制服を着ることが義務付けられている。例外になるのはまだ騎士の資格

を持たないスクワイアと親衛隊の隊長のみだった。特に親衛隊隊長は、西北方を守護する辺境伯の職位を兼任していると同時に、帝国最強の騎士でもある存在。こんなところにいる人がそんな親衛隊隊長であるはずはないから、おそらく従者なのだろう。

「キエルさんはなぜこの庭園に？」

「あ、剣の訓練をしに来ました。少し考え事もあったので」

マリはすっかり感服してしまった。剣を訓練するために人が滅多に来ない庭園にまで足を運ぶだなんて。

（さすが親衛隊の従者らしく、頑張っていらっしゃるのね）

男が剣を手にして言った。

「では、私はあちらの方で訓練します」

「あ、はい！　それでは訓練、頑張ってください！」

マリも再び庭園の片付けをし始めた。でも、どうしてもキエルのことが気になってしまい、訓練をしている姿をちらちら盗み見してしまう。

（わぁ、かっこいい）

ブゥンッ！

剣を振り降ろすたびに、空気が破裂するような音が鳴る。マリは剣術については全くの素人だったが、キエルの剣が尋常じゃないほど素晴らしいということだけは分かった。

（あの実力でまだ従者だなんて。親衛隊って、あんなに実力があってもなれないくらいすごいのか

な）

その時、キエルがいきなり剣を止めた。ひょっとして自分が盗み見しているのが気に障ったのかと思いびっくりしたけど、そうではないようだ。キエルが長いため息をつく。

「はあ。難しい……。どうすればいいか……」

そうつぶやいたキエルは遠い空を見つめた。深海のような藍色の瞳には苦悩が満ちていた。そのままどれくらい時間が経っただろうか。キエルは再び剣を振り始めた。

「……」

マリはその姿をじっと見ていた。相変わらず強くて素敵な剣術だったけど、さっきのため息のせいか、どこか息が詰まる気がした。

（何か心配事でもあるのかな……）

ふとそう思ったマリはハッとなり目を逸らした。世の中に悩みがない者なんていない。今日偶然会った人に対して、これ以上興味を持つのは失礼かもしれない。

（それより……。あの方が白髪の幽霊なら、夜現れるという金髪の幽霊は一体誰なんだろう）

マリは訝しそうに首をかしげるのだった。

皇室親衛隊のキエルと名乗った男は、日が暮れて夜になると親衛隊へと帰って行った。

「ではお先に失礼します。あまりお役に立てず申し訳ありません」

「いいえ、お忙しいのにお手伝いまでしていただいて……。本当にありがとうございました」

キエルは剣の訓練を終えた後、マリの掃除を手伝ってくれた。

（いくら従者でも皇室親衛隊所属なら、きっと名高い名家の出身のはずなのに……）

最初はマリも慌てて大丈夫と強く断ったのだが、キエルはこう言って聞かなかった。

「大丈夫です。どうせ暇なので。隣で苦労しているのを見ていると、なんだか申し訳ない気持ちになってしまいました」

マリは思った。キエルはものすごく優しい人だ！　すごいイケメンなのに、性格までいいなんて！

（後々正式な騎士になれば、貴族の令嬢たちが我先にと群がるだろうな）

「最後までお手伝いできなくて申し訳ありません。暗いので、マリさんも気をつけてください。それでは」

「はい、ありがとうございます！」

キエルが帰った後、一人残されたマリは庭園を見回した。

「夜になるともっと不気味ね。私も早く終わらせて帰ろう」

月のおかげで辺りは明るい方だったが、荒涼とした庭園に一人でいるとなんだかゾッとしてくる。

早く帰りたかったけれど、決められた期日までに終わらせなければならないためこのまま作業を続けるしかない。

「で、できるだけ早く終わらせよう！　一生懸命～頑張ろう～」

鼻歌で嫌な気分を吹き飛ばしながら作業を続行した。そうこうしているうちに庭園の一角に辿り着いたマリは、あるものを見つけて小さくつぶやいた。

「あ、ここが第七皇女様の……」

枯れた池のそばにある色褪せたガーデンハウス。ここがあの悲運の第七皇女が亡くなったという場所に違いない。

(とても優しい方だったらしいけど……)

第七皇女については、マリが皇宮に入る前に亡くなったので詳しくは分からない。でも、皇族らしからぬ善良な心の持ち主として名高い方だったそうだ。そして、皇位争いに巻き込まれて殺されたとだけ、噂で耳にした。

(この庭園が暗黙のうちに立ち入り禁止になったのも、第七皇女様がここで毒殺されたからだと言われている……)

なんだか粛然として、マリは静かに黙禱を捧げた後、ガーデンハウスを念入りに掃除し始めた。

周囲の雑草を抜いているその時だった。誰かが低い声でマリに話しかけてきた。

「そこで……何をしている?」

思いもよらない声にマリはびっくりして叫んだ。

「だっ、誰!?」

後ろを向いた彼女の目が丸くなった。見覚えのある人物が背後に立っていたのだ。

(あの時、水晶宮殿で会った人!)

煌めく金髪と白玉のように白い肌、まるで絵画のように美しい顔立ち。この前ピアノ演奏をした後、劇場から抜け出す時、偶然水晶宮殿の廊下で出会ったあの男だった。あまりにもかっこいい人だったので、すぐ思い出すことができた。

(この方がなぜこの白鳥庭園に？　水晶宮殿の侍従じゃなかったっけ？)

男の服装はこの前と同じく地味な平服だった。

「何をしているのか聞いてる」

「えっと！　建国記念祭に向けて白鳥庭園の手入れをしていました」

マリは手に持っていた掃除道具を見せた。男はしばらく黙ってマリをじっと見た。

「……そうか」

マリは不思議そうな顔で尋ねた。

「ところで白鳥庭園にはどんなご用でいらっしゃったんですか？」

男は答えなかった。その代わり、青い瞳で静かに庭園を見回した。

なぜだろう。庭園を見回す瞳が深く沈んでいる。男は庭園、特に第七皇女が最期を迎えたというガーデンハウスを曇った面持ちで見つめていた。

「マリといったな」

「あ、はい」

マリはびっくりした。どうして自分の名前を知っているんだろう。この前一度会っただけなのに。

(あの時、名前を教えたっけ)

何週間も前のことだし、その時はあまりにも慌てていたので正確に思い出せなかった。

「このガーデンハウス、君が片付けたのか？」

マリは当惑した顔で頷く。

「はい、私が。でも、どうして？」

金髪の男はまた、黙ってじっと彼女を見た。

「……？」

マリの目に疑問の色が浮かんだ。すると、男は突然背を向けて暗闇へと姿を消してしまう。

「な、何？」

一人取り残されたマリは唖然としてつぶやいた。

「……なんなの？」

マリは首をかしげる。変な人だとは思ったけど、何か理由がありそうだった。庭園を見回す瞳が憂いに沈んでいたからだ。見る者の胸がズキンと痛むほどに。

「そういえばあの人、金髪だったわ。金髪幽霊ってあの方のことかな？」

間違いない。遠くから見ると、あの煌めく金髪だけが目に入るから。

「白髪の幽霊と金髪の幽霊、まったくのデマではなかったみたいね」

二人とも幽霊ではなくて、幽霊さえときめかせるほどのイケメンたちだったけどね。と、その日の仕事を終え宿舎に帰りながらマリは思った。

「本当に変な一日だったわ。白髪の幽霊と金髪の幽霊の両方に会うなんて。……まさか二人とも明日また来たりしないわよね？」

また来た！　それも翌日だけではなく、その次の日も、また次の日も。しかも二人は初めて会った時と同じことを毎日繰り返している。

皇室親衛隊のキエルは庭園の隅で剣の訓練をして帰って行く。そして正体不明の金髪の男はいつも夜遅く現れては、まるで散歩にでも来たかのように庭園を一周して帰って行った。

「一体なんなんだろう？」

マリはそんな彼らを見て首をかしげた。二人とも何かおかしい。どうしてここに来るのか理解できない。金髪の男もそうだけど、皇室親衛隊のキエルも変だった。白鳥庭園はそんなに魅力的な場所ではない。皇宮内で最も辺ぴな所にある上に、放置されていたため景観がきれいなわけでもない。

（他人の目を避けるためかな？　でも、あえてこんな所で訓練する必要はないんじゃない？　親衛隊専用の訓練場があるのに）

その時、頭の中にキエルの言葉が浮かんだ。

「少し考え事もあったので」

（そういえば……）

剣の訓練の途中、キエルは度々ため息をついていた。それは金髪の男も同じで、庭園を眺める彼の目はいつも深海のごとく沈んでいた。

（二人とも何か悩み事があって、ここに来てるのかな？）

そういう時ってあるよね。頭の中がごちゃごちゃだったり、憂鬱だったりして、人目を避けたい時。白鳥庭園は人目を避けるには絶好の場所だから。

マリはふと、一度理由を聞いてみようかと思ったが、やっぱり聞かないことにした。

（偶然顔を合わせただけの人間が、変に色々聞いたりするのも失礼よね）

そう思って、マリは自分の仕事に戻った。建国記念祭まで時間がない。できるだけ早く終わらせよう。

……う〜ん。でも、やっぱり気になる。

（何か、力になれる方法はないかな？）

知らぬうちにそんなことを考えていたマリは首を振り邪念を払った。

（自分の仕事だって山積みなのに！　人の心配をしてる場合じゃないわ！）

……でも、彼らのもどかしい表情が頭に浮かんで、気になってしょうがない。

（はあ……。キエルさんなんか、名門家出身の貴族らしくない、本当に優しい人なのに）

キエルはしばしば訓練が終わった後、マリの仕事を手伝ってくれた。貴族とは思えないほど優しくて親切な方だった。

（貴族は私のような雑用係のメイドなんか、同じ人間だと思ってない人ばかりだからね）

キエルが他の貴族のような態度を取っていたら、マリも知らんぷりをしていだろう。しかし、メイドになってから、ここまで自分に親切に接してくれた人は、キエルが初めてだった。

だからか、どうしても気になってしまう。

力になりたいと思ったとして、特にできることもなかった。マリは一介(いっかい)のメイドにすぎないのだから。助ける能力もなければ、下手に口を出せば相手が不快に思うかもしれない。

悩んでいると、いいアイディアが浮かんだ。出しゃばりすぎず、彼らを元気づけられる方法。

「ミル、バン。これ食べて行きなさい。危ないから無理しないでね。体に気をつけて」

「そうだ！　この前見た夢！」

マリはその場でぱっと立ち上がった。夢の中の女性は悩みを抱(かか)えて家に帰ってくる息子たちを元気づけようと、おいしい料理を作ってあげていた。

(私も落ち込んでいる時とか、お母さんがおいしいお菓子(かし)を作ってくれてたわ)

マリは頷いた。そうよ。何に悩んでいるのかも分からないのに、変に出しゃばるのは失礼だしね。そんな仲でもないのだし。彼らの悩みは彼らの問題だから。

(それでも元気を出して欲(ほ)しいから。お菓子を作ってあげるくらいならいいのではないかしら。おいしいものを食べると元気が出るもの)

特にキエルはいつも自分の仕事を手伝ってくれていたから、そのお礼だと思ったらいいだろう。

(ちょうど庭園の整理も明日で終わるから、最後の感謝の挨拶(あいさつ)だと言えばいいわ)

そう思ったマリは仕事が終わった後、百合宮殿のマスターシェフであるピーターを訪ねた。

「おお、マリ。どうしたんだい？」

毛むくじゃらのピーターが和やかな顔でマリを迎えた。彼はいつもマリに優しくしてくれる人だった。仕事が下手くそで、厨房の主任メイドに怒られてた時も、優しくかばってくれた。マリはピーターにキッチンを使わせてくださいとお願いする。幸いピーターは快く許可してくれた。

「使ったらキレイに片付けておいてくれ」

「はい！　本当にありがとうございます！　この恩は必ず返します」

「恩ってそんな大袈裟な。いつも一生懸命手伝ってもらってるからのう。キッチンくらい、いくらでも貸してあげるさ」

ピーターは残った材料ならいくらでも使っていいと言ってくれた。

「ところでマリ、君、料理はできるのかい？　わしも手伝おうか？」

彼は皇宮でも指折りの料理人だった。気持ちは嬉しかったけど、マリはそれを断った。

「大丈夫です。私一人でやってみます！」


マリは意気込んで腕をまくった。

「さあ、始めよう！　まず、使える材料が……」

マリはキッチンに残っている材料を調べた。

（肉や果物は当然使っちゃダメだし。高価なチョコレートもダメ。小麦粉と牛乳、卵、バター……。

これくらいかな？）

　質素な材料でも大丈夫。マリが作ろうとしているのは高級なコース料理ではなくて、気分転換を兼ねて気軽に食べられるお菓子なのだから。

（バターを入れたブルターニュクッキーと卵白クッキー、ダックワーズ、タルトってところかな？）

　夢の中の女性はフロックス式のお菓子を好んで作っていた。特別な材料は必要ないし、作るのも難しくはない。多分できるはず。

「よし！　始めるぞ！」

　まず、柔らかいバターとはちみつを混ぜ、小麦粉を入れる。そして塩、卵黄を入れてこねる。

「Etoiles amour……」

　まるで夢の中の女性になったかのように、マリの口がフロックス民謡を口ずさむ。マリの手は絶え間なく動き続けた。ボウルに振るっておいた粉に味を整えるためのラム酒を少し入れて生地を作る。そして形をきれいに整えた後、周りに卵黄を塗る。完成したブルターニュクッキー生地をオーブンで焼きながら、マリは次のお菓子の用意をした。

（次は卵白クッキー）

　卵白クッキーは修道院で初めて作られたもので、パンを焼いた後、残った卵白を捨ててしまうのがもったいないと、それを利用して修道士たちが作り始めたお菓子だ。

（バターを鍋で溶かして……）

いつも料理をしていたかのように、マリの手はよどみなく動いた。バターを溶かし、ふるいにかけた粉と卵白を入れ混ぜ合わせる。それを冷やした後、形を整えかまどで焼く。そうやって次々とお菓子を作っていった。

(でもこれ、ちゃんとできてるのかな?)

夢の中での記憶通りに手を動かしてはいるが、上手にできているのかよく分からない。

(おいしくできたらいいな)

夢の中の女性はいつも息子たちが喜んで食べてくれることを願いながら料理をしていた。その女性ではなくても、食べる人がおいしいと言ってくれるのは、料理をする者なら皆が願うことだろう。マリは夜遅くまで一生懸命お菓子を作り、翌日それを持って白鳥庭園へと向かった。

「これは?」

皇室親衛隊のキエルはマリが差し出した籠を見て目を見開いた。マリはなんだか恥ずかしくなり、少し顔を赤らめながら言った。

「あ、あの……。今まで手伝っていただいた感謝の気持ちです。私、白鳥庭園での仕事は今日で最後なんです」

「今日が最後なのですか?」

「はい。明日からはまた違う場所に配属されるんです」

「……そうなのですね」

キエルは寂しそうな顔で頷いてから籠を開けた。中を覗き込んだ彼は目を丸くする。

「これは、ご自分で作られたのですか？」

「あ、はい。大したものじゃないですけど……」

「いや、本当にすごいですね」

キエルは心から感心した。派手なお菓子ではない。普段、彼が邸宅やパーティーで食べているものに比べたら地味なお菓子だ。でもこのお菓子には誠意が込められていた。

(いつも夜遅くまで働いていたのに、いつの間に作ったのだろう……)

きれいな色、ふわふわした感触、ほのかにバターの香りがするお菓子はとてもおいしそうだった。

「えっと、お、お口に合うか分かりませんが、良かったらどうぞ」

恥ずかしそうに口ごもる彼女を見て、キエルはそっと微笑んだ。

「マリさんは本当にお優しいですね」

「……」

「あと、かわいいですしね」

「え、ええッ？」

思いもよらない台詞にびっくりして言葉を返した。

「からかわないでくださいっ！」

「からかってなんかいませんよ。本当です」

キエルの真剣な表情にマリの顔は燃えそうなくらい真っ赤になった。

(この人もしかして女たらし⁉)

一瞬そう思ったけど、この真剣な顔を見ると、そうではなさそう……。

キエルは籠の中を見ながら言った。

「本当にありがとうございます。あまりお役に立てなかったのに」

大した贈り物ではない。キエルの「身分」からすればなおさらだ。自身の邸宅に積まれている数々の贈り物は珍しくて貴重なものばかり。でも、こんなに誠意の込もった贈り物、一体いつぶりだろう。

(色々複雑な心境だったけど……)

久しぶりに感じた温かさに、キエルは微笑みながらクッキーを一つつまんで口に入れた。

「……!」

キエルの目が少し大きくなった。マリが恐る恐る尋ねる。

「……大丈夫ですか?」

キエルはしばらくしてから答えた。

「とってもおいしいです」

「本当ですか?」

「ええ。元々、甘いものを好む方ではないのですが……。これは、本当においしいです」

お世辞ではなかった。キエルは目を閉じてお菓子を味わい始めた。

（これは……。昔、母が作ってくれたクッキーと似たような味だ……）

幼い頃、今は亡き母も度々お菓子を作ってくれた。その時の、母が作ってくれたお菓子もこんな味がした。愛と真心が込められた味だった。

「良かった！　お口に合うみたいで何よりです」

嬉しそうにニコニコ笑って話す少女を見て、キエルも一緒に笑ってしまった。

「ありがとうございます、本当に。ありがたくいただきます」

そしてキエルは言った。

「何か欲しいものとか、願い事はありませんか？　プレゼントのお返しとして、何かしたいのですが」

「欲しいものですか？」

「はい。私の名にかけて、できることならなんでも叶えますよ」

キエルを知る人が聞くと仰天するような話だった。彼の「名」をかける。その意味は決して軽くないからだ。それでもキエルは真心を尽くしてくれた少女のために、自分も誠意を示したいと思った。

「……」

少女は突然の話に悩んでいるようだった。それもつかの間、彼女はおずおずと口を開いた。

「実は……。願いというより、申し上げたいことが一つ」

「なんですか？」

キエルは少女がどんな願いを言うか期待して耳を傾けた。ところが少女の口から出た言葉は、彼が全く想像していないものだった。

「あの……。何か悩みがあるなら、元気を出してください」

「え？」

キエルが驚いて問い返すと、少女はもじもじしながら話を続けた。

「私の勘違いかもしれませんし、親しくもないのに失礼とは思うのですが……。私はキエルさんに元気になって欲しいです」

「……」

「やっぱりおせっかいですよね。すみません」

キエルはしばらく間をおいてから、優しい声で言った。

「そんなことありませんよ」

キエルは少女の顔をまっすぐ見た。優しくてかわいい人。彼女の顔がはっきりとキエルの目に焼き付いた。

「ありがとうございます。本当に……」

次は金髪幽霊の番だった。

「……なんだ、これは？」

彼の冷たい反応に、マリはお菓子をあげたのをすぐに後悔した。

(やっぱりキエルさんだけにするんだった……)

実は彼の分のお菓子を作るかどうかすごく悩んだ。キエルの場合、自分の仕事を手伝ってくれたお礼という口実があったが、金髪男性の場合はお菓子を渡す理由が全くなかったからだ。それでも、ついでにと思ったけれど……。やはり反応が渋い。

「えっと、ただのおすそ分けです。嫌なら受け取っていただかなくても大丈夫ですので……」

男は黙ってしばらく籠を睨んでいた。いつもの冷たい態度を考えると、マリは当然断るだろうと思った。

「作るのも大変だったろう。ありがたくいただこう」

「……！」

マリは男の意外な反応に驚いた。男は籠の中のお菓子を見ながらつぶやいた。

「これは偶然か？」

遠い昔を思い出しているかのような声だった。

「え？」

「なんでもない」

いつものごとく、男は何も答えず背を向けた。マリが「やっぱり不愛想な人だな」と思いながらふぅと長い息を吐いていると、マリから少し遠ざかっていた男が振り向き、ふとこう言った。

「この庭園の手入れをしてくれてありがとう」

夜の暗闇に消えて行く彼の後ろ姿を静かに見送ったマリが不思議そうな表情で言った。

「ありがとうって、どういう意味なんだろう」

庭園の手入れは私の仕事だから頑張っただけなのに、どうしてあの男がありがとうって言ったのだろう？

白鳥庭園から出てきた金髪の男、皇太子ラエルは手に持っていた菓子の籠を見てつぶやいた。

「菓子か……」

ラエルは自分に菓子をくれた少女の顔を思い浮かべた。菓子作りはこの庭園で無念の死を遂げた妹、第七皇女の趣味だった。彼が最近この庭園をしきりに訪問していたのは、この季節に亡くなった妹を追悼するためだった。それなのに、奇しくもここで菓子をもらうなんて。そう思いながらラエルはクッキーを取り出して一口かじった。

サクッ。

「……！」

ラエルは驚く。思ったよりずっと美味しかった。

（悪くない。必要以上にシロップを入れまくる獅子宮殿のパティシエよりマシだ）

さらにラエルを驚かせたのは、菓子の味がどこか妹が作ってくれたものに似ていたこと。

（もちろん、こっちの方が妹のものよりずっとおいしい。妹は、菓子作りは好きだったものの、あまり上手ではなかったから。だが……。この菓子には妹が作ったものと同じく、真心が込められている。簡単そうな菓子だけれども、一生懸命作ったのが感じ取れる）

「お兄さま！　これ食べてみて！」

「なんだ……。また焦げてる」

「それでも食べてみて。精一杯頑張ったんだよ」


ラエルは妹を思い出し、込み上げるものを抑えるかのように、ぎゅっと目を閉じた。

（マリといったな）

この前の音楽家事件の時に耳にした名前。調べてみたら、彫刻家の件でもあのメイドが現場にいたという。

（どうして俺の行く先々であのメイドに会うんだ？）

ラエルは再び菓子を取り出し、口に入れた。口の中にバターの香りが広がる。

「……ありがたくいただくことにしよう」

しばらくの間、ラエルは夜空を見上げ、妹のことを思いながら菓子を味わった。


「もう時間か」

そうつぶやいて席から立ち上がるラエルの顔には、思い出にふけっていた痕跡など見当たらない。

恐怖の存在として畏敬される『血の皇太子』の顔に戻った彼は、冷たい声で相手に話しかけた。

「久しぶりだな。元気だったか？」

ラエルがそう言った瞬間、闇に埋もれた木々の隙間から人影が現れた。月に煌めく銀髪に彫刻のような美しい顔。キエルが固い表情で礼を捧げた。

「帝国の皇太子殿下にご挨拶申し上げます」

ラエルは跪いた彼を傲慢な目で見下ろしながら言った。

「皇室親衛隊隊長、キエルハーン・ド・セイトン侯爵」

皇太子の口から出た言葉をマリが聞いていたら、びっくりして気絶してしまったかもしれない。

キエルハーン侯爵。その名は帝国最強の騎士団、皇室親衛隊の隊長でありながら、帝国の西北方を守護する辺境伯のものだった。セイトン家に所属する軍兵の数だけでも三万。名実ともに帝国で最も強い騎士であり、皇室を除いては帝国で最も強力な軍事力を持つ家門の当主が、この銀髪の男、『キエル』の正体だった。

ラエルは跪き頭を下げているキエルハーンに向かって言った。

「ここ最近、毎日のように白鳥庭園に来ているようだが」

「……」

「主君を守れなかった犬が、どうして未だにここをウロチョロしているんだ？」

主君を守れなかった犬。それを聞いたキエルハーンの表情が苦しみで歪んだ。第七皇女が毒殺された当時の彼女の騎士は、他ならぬキエルハーンだった。

「……申し訳ございません」

ラエルはため息をついた。

「はぁ……。もういい。天国にいる妹もお前のせいにはしたくないだろう」

ラエルは冷たい声で話し続けた。

「それより、俺がこの前提案した件について意見を聞かせてもらおう」

「……」

うつむいているキエルハーンがぎゅっと目をつぶった。黙りこくっている彼を見て、ラエルは顔をしかめる。

「答えろ。考える時間は充分与えたはずだ」

結局、キエルハーンは唇を噛み締めながら苦しそうに答えた。

「申し訳ございません。提案はお断りさせていただきます」

ラエルの青い瞳が深く沈んで行く。

「……それが、本当にお前が出した答えか？」

「……」

「それがお前の答えなのかと聞いた！　キエルハーン」

「……申し訳ございません」

ラエルはため息をついて、口を開いた。

「キエルハーン。いや、俺の親友だったキエルよ。お前はトーロン二世が本当に目を覚ますと信じているのか？」

トーロン二世。ラエルの父であり、帝国の現皇帝。クローヤン王国との戦争を皮切りに皇家で起こったあらゆる悲劇を生み出した元凶。

キエルハーンはゆっくり首を左右に振った。

「いいえ。陛下の回復は難しいでしょう」

「ではなぜ？　なぜお前は意味のない忠誠を尽くしているのだ？」

「それが……。私の使命だからです」

「使命？」

ラエルの顔が険しく歪む。怒りが火の玉となり彼の声になる。

「理由も考えず闇雲に皇帝を守護する、それがセイトン家の掟なのか！」

「……」

「だから次期皇帝である俺と対立し、目覚めることのない皇帝に無駄な忠誠を尽くし続けるというのか！　トーロン二世が俺を皇太子として認めなかったという理由だけで？」

キエルハーンは何も答えなかった。しかし、ラエルは彼の言いたいことが分かった。

建国当時から皇帝を守護してきたセイトン家は、皇帝が直接任命した正統性のある後継者だけを帝国の皇太子と認める。ラエルは皇太子であった兄を殺し、直接その地位に就いた人物。セイトン家当主であるキエルハーンにとっては、ラエルは皇太子ではなく、血の簒奪者にすぎないのであろう。

「お前の気持ちはよく分かった」

「申し訳ございません、殿下」

「一つだけ言わせてもらおう、キエルハーン。いや、キエル」

「……なんでしょうか」

血の皇太子は淡々(たんたん)とした声で話した。無感情で、だからこそひどく冷たい声だった。

「俺がどうしてお前にあんな提案をしたか分かるか？　膨大(ぼうだい)な軍事力が必要だからか？」

「……」

「違う。俺は望めばいつでもトーロン二世の皇冠(おうかん)を奪(うば)い皇帝になることができる。それはお前も知っているはずだ。にもかかわらず、お前にあんな提案をした理由はただ一つ。かつて親友だったお前を俺の手で殺したくないからだ」

「……！」

「お前は俺がお前を殺せないとでも思っているのか」

「……いいえ。殿下はいつでも望み通りになさるお方ですから」

ラエルは青い瞳を冷たく輝(かがや)かせながら言った。

「最後にもう一度だけ聞く。本当に考え直す気はないのか、キエルハーン侯爵」

キエルハーンは彫刻のようなその唇を、血が出るほどに強く噛んだ。

「……申し訳ございません、殿下」

「そうか。では、君と君の家門の掟を尊重しよう」

ラエルはキエルハーンから背を向けてその場を去った。これで二人は、親友から、いつか互いを殺さなければならない敵となった。

「はあ……」

一人残されたキエルハーンは重く深いため息をついた。

「ラン……」

キエルハーンは苦々しく皇太子の幼名を呼ぶ。彼と皇太子、そして宰相のオルンと第七皇女まで、彼らは大切な親友だった。幼い頃、四人はこの白鳥庭園に集まって第七皇女が焼いた焦げたお菓子を一緒に食べた。幸せだった。しかし、その幸せは長続きしなかった。皇室の残酷な魔の手は第七皇女を死に追いやり、その死と同時に彼らの幸せも終わった。

「もどかしいな」

キエルハーンがつぶやく。

「もどかしい……」

その時なぜかふと、昼に会ったメイドの言葉が頭に浮かんだ。

「何か悩みがあるなら、元気を出してください」

（マリ……っていったっけ）

キエルハーンは彼女の顔を思い出した。自分の体の半分にもならないくらい華奢だが、どこかたくましく、笑顔が愛くるしい少女。

「もう一度、あのお菓子が食べたいな……」

キエルハーンはそうつぶやいた。

色んなことがあったが、いよいよ建国記念祭が数日後にまで迫った。

「皇太子殿下万歳！」

「帝国万歳！」

建国記念祭はセドニア教の開天祭とともに帝国で一番盛大で、重要なお祭りだ。建国記念祭の開始一週間前から建国を祝う行事がいくつも開かれ、首都の街は一気にお祭りムードに包まれる。

「建国記念祭の準備は問題なく進んでいるか？」

帝国の実質的支配者である皇太子ラエルも祭りの準備に奔走していた。宰相のオルンが頷く。

「はい、滞りなく進んでいます」

「そうか。数年ぶりの建国記念祭だ。抜かりなく準備するように。長い内戦のせいで疲弊している民にとっては、今回の祭りは特別なものだ」

クローヤン王国との戦争を皮切りに、数年間続いた皇子間の権力争いによる内戦により、民衆はひどく疲弊していた。ラエルは長い戦争の末やっと訪れた今回の建国記念祭が、民の心の癒しになることを願っていた。

「祭りが始まったら、備蓄しておいた食料や酒を惜しみなく民に分け与えろ」

「はい、分かりました」

「今年に限り税金を減額する。それを念頭に予算の組み直しを。戦争や内戦のせいで税金を払うのもままならない者も多いだろう」

ラエルは減税など、民生を安定させるための様々な措置について宰相のオルンと話し合った。

ある程度話がまとまった後、オルンが別の話題を持ち出す。

「殿下。今度の建国記念祭の件で、一点だけ想定外のことが……」

「なんだ?」

「西帝国がお祝いとして使節団を派遣してきました」

ラエルが鉄仮面の下で驚いた表情をした。意外すぎる話だったのだ。

「西帝国が?」

「西帝国がそんなことをするなんて意外だな。使節団なんて何年ぶりだ?」

「そうですよね。敵対関係にある西帝国が、お祝いだなんて」

西帝国。東帝国と共通のルーツを持つ国で、両国が互いに正統性を主張し、相手の国の存在を認めなかったため、数百年の長きにわたって敵対している。数年前、東帝国がクローヤン王国を占領して以降関係はさらに悪化した。西帝国は東帝国のクローヤン併合を認めず、クローヤン地方を自分たちの領土にしようと、何度も戦を仕掛けて来ている。

（西帝国の奴らもクローヤンの唯一の生き残りであるモリナ王女を探していると言ったな？　無駄ないざこざを避けるためにも、一日も早くモリナ王女を見つけ出す必要がある……）

もし、西帝国側がモリナ王女を先に見つけたら事態は非常に複雑になる。奴らはきっと彼女を盾に、クローヤン地方の領有権を主張してくるだろう。

（モリナ王女を先に探し出して、俺の妃にすれば簡単に片付く話なんだが……。まったく、どこにいるのか分からない）

そこまで考えたラエルはオルンに尋ねた。

「奴らはどうして急に使節団なんか送ってきたんだ？」

「いくつかの可能性があります」

ラエルは鉄仮面を人差し指でトントンと軽く叩いた。

「偵察か」

「ええ、それじゃなければ、あら探しでしょう」

「あら探し？」

オルンがゆっくりと頷く。

「殿下の統治が始まってから初めて迎える建国記念祭です。何かあらを見つけて、殿下をこき下ろそうとしているのかもしれません」

「そうかもな」

オルンの推測には一理あると思った。

「もし建国記念祭の期間中に何か問題が起これば、ちょっかいを出してくるかもしれません」

「……気に食わんな」

ラエルは頬杖を突きながら顔をしかめた。

我が東帝国が西帝国の顔色を窺う必要はない。ただ余計な干渉をされると、外交的に面子が潰される。実質的支配者である自分のプライドにも傷がつく。

「使節団の人数は？」

「それが……」

オルンが困った顔で続けた。

「全部で二百人です」

「に、二百人⁉」

ラエルはその常識外れの人数に驚いて思わず聞き返した。各国の使節団の規模は通常十人以内のはずなのだ。

「しかも、そのほとんどが騎士です」

「騎士だと？　なんだ？　戦闘でもするつもりなのか？」

ラエルが暗闇に身を隠した獣のような低く冷たい声で唸った。

「まあ、いい。少しでも怪しい動きを見せたら、全員の首をはねてやる」

いくら精鋭の騎士だとしても、我が領土内で二百人くらい、どうということはない。

「いや、逆に暴れてくれた方がありがたいかもな。西の奴らにこっちの力を見せつけるいい機会だ」

ますます凶暴な目つきになっていくラエルの勢いに、オルンが慌てて手を振りながら言った。

「いや、護衛のための兵力だと思いますよ！」

「護衛？　誰の？」

「そこまでは分かっていません。偵察に行った守備隊の報告によりますと、まるで重要人物を警護しているかのようだったと。使節団の責任者であるショーバー伯爵以外に、私たちに申告していない重要人物がもう一人同行していると思われます」

「ふむ……」

少し間を置いてからラエルが言った。

「その規模は次期皇帝候補の護衛レベルだ。まさか皇族でも連れて来てるのか？」

「もう少し詳しく調べさせます」

「……奴らの到着はいつだ？」

「二日後に開かれる前夜祭の晩餐会に参加することになっているので、明日には到着すると思われます」

「そうか。晩餐会の会場は？」

「百合宮殿です。皇宮で一番経歴の長い料理長であるピーターが晩餐会を担当しています」

ラエルは何かが引っかかったような様子で聞き返した。

「百合宮殿？」

「はい。貴賓の接客は百合宮殿の役割ですから。どうしましたか？　何か問題でも？」

「……いや、なんでもない」

オルンはそんなラエルを見て首をかしげた。

「大したことじゃない。気にするな」

ラエルが思わず聞き返してしまったのは、百合宮殿で働く誰かを、ふと、思い出したからだった。

（……なぜ今、あのメイドのことを？）

マリ。百合宮殿という言葉を聞いて、理由もなくあのメイドの顔が頭に浮かんだ。メイドの中でも雑用を担当する下級メイド。帝国で最も高貴な人間であるラエルとは正反対の、この皇宮の最下級の少女を、なぜ今突然思い出したのだろう？

（あの子は百合宮殿で雑用をしているメイドにすぎないのに……）

ラエルは意識的に彼女のことを忘れようとした。一瞬、百合宮殿で晩餐会をすれば、その少女にまた会えるかもしれないという考えが脳裏をよぎったが、それもすぐに頭の中から追い払った。どうせ晩餐会の世話はあの子のような下級メイドではなく、貴族出身の中級メイドが担当することになる。あの少女は、見えない所で雑用をこなすだろう。

（雑用か……。体が弱そうだったが、大変だろうな……）

ラエルは、小さな体で一生懸命白鳥庭園の手入れをしていた少女に思いを馳せる。だがそんなことを考えていた自分自身に驚き、雑念を払うかのように首を左右に強く振った。なんだか後ろめたい気持ちになったラエルはひときわ強い口調でオルンに命令する。

「西帝国をはじめ各国の使節団を迎えるための宴会だ。料理長に抜かりなく手はずを整えるように念を押しておけ」

「はい、了解しました」

ラエルとオルンがこんな会話を交わしていたちょうどその時、ラエルが思い浮かべていたかの少女は、料理長のピーターを手伝って晩餐会の準備に励んでいた。


マリが所属する百合宮殿は晩餐会の準備で大わらわだった。

「マリ、ちょっと手伝ってくれんか？」

「はい、シェフ！　なんでしょうか？」

晩餐会に使う食器を磨いていたマリはピーターの方を振り向いた。

「明後日の晩餐会で使う牛肉に異常がないか保管庫に見に行こうと思ってのう。メインディッシュに使われる材料なんじゃが、一緒に行ってくれんかね」

「はい、今すぐ！」

マリは食器を片付け、ランプを手にピーターについて行った。ピーターは笑いながら彼女に言った。

「建国記念祭の直前で忙しいのう。君は大丈夫かい？」

「あ、大丈夫です。ピーターさんも大変ですね」

「まあ、こういう祭りの時が、自分らみたいな人間にとっては一番忙しい時期だからのう。だが働き甲斐があるってもんじゃ」

ピーターは優しい顔でそう述べた。昔から彼は、マリを自分の娘のように可愛がってくれる。

「最近、随分仕事が上手くなったのう。感心するわい。百合宮殿のメイドたちの間でも噂になっとるよ」

「いえ、そんな。とんでもないです」

「前みたいなミスもなく、本当に頑張ってくれておる。晩餐会の準備で大忙しだったのに、君が厨房に来てくれて、とっても助かってるよ」

白鳥庭園の片付けが終わった後、マリは元々所属していた百合宮殿の中でも晩餐会の準備を行っている厨房の担当に割り当てられた。そこでマリはこの前みたいに、メイドマスター級の実力を発揮し、料理人たちを補助していた。

「ただでさえ大変なのに、今回は皇太子殿下から直々に抜かりのないようにと念を押されていての う……。料理人たちも焦っているのじゃ。君が手伝ってくれるおかげでとても助かっておる。ありがとう」

「いいえ、そんな……。ところで、皇太子殿下が直々に、ですか？」

マリは、『皇太子』という言葉を聞いて少し驚いた。

「そうじゃ。今回の晩餐会は各国の代表として訪れる使節団を迎える行事だからのう。絶対に問題があってはならんということじゃ。帝国の威信にも関わる。しかも今回は、珍しく西帝国からも使節団が来るそうなんじゃ。それで殿下も格別に気を遣っていらっしゃるようなんだが……」

大抵のことには動じない性格のピーターだったが、皇太子が注視していると思うと、少なからぬプレッシャーを感じてしまうようだ。それも仕方がない。皇太子は皆にとって恐怖の存在なのだから。

（そういえば、二日後の晩餐会には皇太子も来るんだったわ）

鳥肌が立つ。思い出すだけでぞっとするあの鉄仮面。絶対に顔を合わせたくない。

（当日は台所で皿洗いばかりしてるだろうから、顔を合わせることはないわ。きっと）

その日は絶対に厨房から出まいと心に決めたマリは、ピーターを元気づけようと明るく声をかけた。

「そんなに心配しないでください。ピーターさんの料理の腕前は、皇宮一じゃありませんか」

マリの言葉にピーターが大笑いする。

「ありがとう。皇宮一とまではいかなくても、わしの腕も捨てたもんじゃないぞ」

「晩餐会のグロスピエスは仔牛のステーキですか」

マリは晩餐会の料理について尋ねた。晩餐会のディナーは食欲をそそる前菜のオードブルから始まり、三種のポタージュ、サーモンで作った冷たいアントレ・フロワード、温かい三種のアントレ・ショード、メインディッシュとなるグロスピエスや最後を彩る甘いデーセルに至るまで、二十種類以上の料理が用意されていた。その数多くの料理の中で最も重要視されるのが、『グロスピエス』。グロスピエスには最高級の牛肉ステーキを出すのが、コース料理の定番だった。

「そうじゃ。最高品質の仔牛の肉を一カ月前から低温で熟成させておる」

「低温でですか？」

「そう。いくら品質のいい肉でも、熟成させずに焼くと食感が硬くなって旨味が出ない。旨味を引き出すためには低温で熟成させる必要があるんじゃ。もう保管庫に着くから、直接肉を見てごらん。マリにも違いが分かるはずだ」

キィーッ。

保管庫の入り口に到着したピーターは鍵をポケットから取り出しドアを開けた。ドアの向こう側は地下に向かって延びている。

「暗いからしっかりランプを持って。足元に気をつけて付いて来なさい」

「はい！」

マリは足を滑らせないよう気をつけながら、傾斜のきつい階段をしばらく降りて行った。保管庫に入ったマリは地下の冷たい空気に驚いてピーターに尋ねた。

「なんでここは、こんなに寒いんですか？」

まるで真冬のような寒さに体がぶるぶる震える。

「深い地下だからの。このような寒い場所に肉を置いておくと、腐らずに熟成するのじゃ」

マリは感心した。肉をこんな風に処理するなんて。自分では到底思いつかないやり方だ。

「本当にすごいですね」

「しっかり熟成させると肉の旨味も増して食感もうんと良くなる。これが皇宮料理の技ってもんじや」

「でも、こうやって保管しているうちに傷んだりはしないのですか？」

マリの問いに、ピーターの顔が暗く曇る。

「実はそれが問題なんじゃ……。肉を熟成させる過程で問題が生じると、肉に菌が広がり腐ってしまう。それで肉を捨てる羽目になることも多いんじゃ。温度や湿度などをよく計算して熟成させなければならん」

「では、この肉は大丈夫なんですか？」

マリは心配そうに尋ねる。ピーターがため息をつきながら答えた。

「この保管庫は気温が低く維持されているから肉が腐りにくい。だからこれまでは肉が傷む心配もなく熟成できたのだが……。最近問題があってのう」

「なんですか？」

「ここ数日、雨が降り続けたせいか、この地下保管庫の湿度が急に上がってしまったのじゃ。それで肉が変質しないか、心配しておるんじゃ」

「あっ……」

「晩餐会は二日後……。この肉がだめになったらグロスピエスに使える肉は、もう手に入らん」

マリはピーターが心配している内容を理解した。今回の晩餐会の参加者は数百人に上る。この仔牛の肉を使う料理はまさに晩餐会のメインディッシュとなる『グロスピエス』。良質の肉が大量に必要とされる。しかし、いくら皇宮だとしても、これほどの高品質の肉を一日二日で大量に手に入れることはできない。

「では、ここに来たのは……」

「変質した肉があるか確認しようと思ってのう。今みたいに空気が湿っていると菌が繁殖しやすい。周りに腐敗が広がることもあり得るからのう」

そう答えたピーターは注意深く肉を観察し始めた。腐った部分はないか、匂いがおかしくないか、肉の色が変わっていないかなどを綿密に確認していく。結果、異常のある肉がかなり見つかった。

「これは全部捨てた方がいい」

「腐ってしまったんですか？」

「気候が悪いせいか、昨日よりひどいのう」

ピーターは暗い顔で答える。肉が変質して晩餐会の準備に支障が生じた場合、彼がその責任を問われることになる。

「明日も確認しないといけないのう……」

翌日もマリはピーターと一緒に保管庫へ向かった。今回もやはり変質した肉が見つかった。昨日よりもさらにひどかった。

「大変じゃ。だんだん地下の空気が湿ってきておる。このままだと保管庫の肉全部に菌が広がってしまうかもしれん……」

ピーターは焦っている様子だ。

「明日まで、今日一日だけどうか新鮮な状態を保ってくれれば……」

「一日でそんなに変質してしまうんですか？」

「どんどん腐敗した肉が増えているからの……」

ピーターが悩んでいる時、意外な人が厨房を訪ねてきた。今回の晩餐会をはじめ、皇宮内の大事小事を総括する執事長のギルバート伯爵だった。

「晩餐会の準備は滞りなく進んでいるか？　今回の晩餐会はユロティアのほとんどの国から使節団が訪れる。必ず最高の料理を出さなければならん」

ギルバートは横に伸びたカイゼル髭を指先で触りながら言った。

「皇太子殿下も注視しておられる。絶対に支障がないよう努めよ」

その言葉にピーターがためらいながら口を開いた。

「あの、伯爵様。少し問題がございます」

「何、問題だと？」

ギルバートが片方の眉をつり上げた。

「それが実は……」

ピーターは天候の悪化により地下保管庫の湿度が高くなって肉の一部に問題が生じたこと、そして今後も肉の腐敗が広がる可能性があることを説明した。その話を聞いたギルバートが激怒する。

「それはどういう意味だ！　一体どう保管したらそんなことになるんだ！　正気か？　お前！」

ピーターは真っ青になった顔で頭を下げた。湿度が上がってしまったのは別にピーターのせいではなかったが、彼が責任者である以上、追及から逃れることはできない。

「も、申し訳ございません」

「天候がなんだ！　そんなの言い訳にならん！　それをなんとかするのがお前の仕事だろうが！」

ギルバートがイライラした顔でピーターに話した。

「明日の晩餐会には最高級の肉が出せないということか？」

「そ、それは違います。細心の注意を払っているので、現段階では問題はないかと……。ただ……依然として湿度が高いので、念のため追加の肉を用意しておくべきではないかと思います」

ギルバート伯爵が首を横に振った。

「それは無理だ」

「どうして……」

「数人ならまだしも、数百人分の肉を明日まで用意することはできん。質の低い肉ならいくらでも用意できるが、建国記念祭の前夜祭である晩餐会で、そのような肉を出せば各国の使節団から笑いものにされるに違いない。明日の晩餐会の料理に使う材料は必ず最高級でなければならん」

「……」

ピーターは口をつぐんだ。執事長の言葉に間違いなどない。各国の使節団を招いておいて、晩餐会のグロスピエスとして品質の悪い肉で作った料理を出すなど、許されないことだ。

「とにかく肉が変質しないよう万全を期すように。もし何かあった際にはお前の責任だからな。分かったか？」

「……はい。承知いたしました」

ギルバートはぶつぶつと愚痴をこぼしながら帰って行った。マリはピーターを心配そうな目で見つめる。

「ピーターさん……」

ピーターは心配するなと言わんばかりに、青ざめた顔でマリを見ながら微笑んだ。

「大丈夫じゃ。ちゃんと見ておるから……」

しかし、マリもピーターも知っていた。湿度の変化による肉の腐敗は、注意深く監視したからといって防げるようなものではないことを。しかも、保管していた肉が所々変質しているという今の状況は間違いなく危険信号だった。

(時間が経つにつれて変質した肉の量も増えてきてる……)

もしかしたら、すでに保管庫の肉の全部に菌が広がっているかもしれない。そうなったらおしまいだ。

(肉の腐敗を防ぐ方法はないかしら)

マリは自分に奇跡をもたらしてくれる、あの夢のことを思い出した。

(ピーターさんを助けられそうな夢を見られたら……)

しかし、いくら夢を通じて能力を得ることができたとしても、肉の腐敗を防ぐ方法なんかあるはずない。今できることは、ただこれ以上肉が腐らないことを神に祈るのみだった。

(我が神よ。どうかこのまま、なんの問題もなく晩餐会を終わらせられますように)

祈りのおかげか、その夜マリは「夢」を見た。別の人物になる、あの明晰夢だった。

（今回はどんな夢だろう？）

これまでの経験からして、この夢は今後起こりうる事態と関連があるに違いない。ピーターを助けるためのヒントが隠されているのでは……。でも、夢の内容が少し変だった。肉に関する夢ではあったが、マリが望んでいる内容ではなかったのだ。

「紳士淑女の皆様！　お待たせいたしました。いよいよ『グランドビーフマスター』の勝者を決める瞬間です！」

牛肉料理の大会に参加する夢。マリは口をぽかんと開けて周りを見渡した。

（これは？　どうして料理大会の夢を……？）

マリは決勝に残った二人のうちの一人になっていた。相手は金髪の男、マリは黒髪の、おそらく東方大陸出身の女性。二人は自分が作った牛肉料理に対する審査員の評価を待っているところだった。

「最初の料理はジョセフのＦｉｌｌｅｔ　ｍｉｇｎｏｎです。無駄な技はすべて排除し、最高級のヒレ肉から溢れ出る旨味だけで勝負に挑む！　丁寧に焼かれた肉の肉汁はまろやかかつ深みのある至福の味！」

大会の司会を務める男が、今度の夢でのマリである、黒髪の女性の料理を紹介した。

「一方、こちらの料理は全く逆のスタイルです。使用した肉は家庭でもよく使われる二等級の牛肉！　しかし、彼女は独自の技術で二等級の肉を最高級の肉に勝るとも劣らないほどの味に仕上げています。濃厚で深い旨味は、これが本当に『あの肉』なのか疑わせるほど！」

そう言った司会者は黒髪の女性が作った料理の名前を大きく叫んだ。

「皆が知っているこの料理の名は……！」


「マリ！　マリ！　起きて！」

「……！」

マリは自分を呼ぶ声にぱっと目を覚ました。夢について考える暇もなく、ジェーンの切羽詰まった声を聞いて、急いでベッドから立ち上がる。

「マリ、大変だよ！　今すぐ百合宮殿に行かないと！」

「え？　どうしたの？」

マリはジェーンの泣きそうな顔を見て目を見開いた。

「……まさか!?」

「今日の晩餐会のグロスピエスに使う肉に問題があるみたい！　今、百合宮殿全体が非常事態だよ！」

「……！」

結局肉が腐ってしまったんだわ！　急いで百合宮殿の厨房へ駆(か)けつけると、ピーターが真っ青な顔で立ちすくんでいた。

「……ピーターさん？」

ピーターとアシスタントシェフたちが声を震わせながら会話をしていた。

「昨夜確認した時には、まだ大丈夫だったのにのう……」

「はい、シェフ。間違いなかったと思います」

「なのになぜ……。はあ」

「夜の間、保管庫の湿度がさらに上がってしまったようです……。元々腐敗気味だった肉がそれで一気に腐ってしまったんじゃないかと。こうならないように、昨日空気穴を目いっぱい開けておいたのに……」

「匂いに気づかれないように、香辛料(こうしんりょう)を強く効かせるのはいかがですか」

「そんなので誤魔化(ごまか)せるとは思えん」

ピーターは苦しそうに唇を噛んだ。

「この肉はもう使えん」

「じゃあ、どうしたら……」

「食材の仕入れを担当する部署に知らせて、新しい肉を急いで仕入れてもらうしかあるまい」

「シェフ、そうすると料理の質が落ちてしまいますよ！」

アシスタントシェフたちが驚いて聞き返した。料理長であるピーターは苦しそうな表情で言った。

「知っておる。しかし、この状況では仕方がない……」

ピーターは心の中で嘆(なげ)いた。

(晩餐会が終われば、責任を問われることになるだろう。どんな処罰(しょばつ)を受けることになるのやら……)

ピーターは腹違(はらちが)いの兄弟たちを惨殺(ざんさつ)し、皇太子の座に就いたラエルのこと思い出した。今回の晩餐会は帝国の皇太子である彼の威信がかかった宴会。『血の皇太子』と畏敬されるあのお方が、自分の威信を落とすような真似(まね)をした者を生かしておくとは考えられない。

「今回がわしの最後の料理になるかもしれんの……」

その悲しく苦しい言葉にアシスタントシェフたちは皆シクシクと涙(なみだ)を流した。

(ピーターさん!)

マリも泣きそうな顔でピーターを見た。ピーターがどんな罰(ばつ)を受けるか心配でならなかった。

(何か手伝う方法はないかしら?)

マリは焦っていた。ピーターが皇太子に罰(ばっ)せられる姿は見たくない。グロスピエスに使う肉がきちんと保管できていなかったのは、確かに彼の責任ではあるけれど、厳密に言えば、これは不可抗力(ふかこうりょく)なのではないだろうか。湿度を自在に調節するなんて人間ができることじゃない。いや、そんな理屈(りくつ)より、ただただ、いつも優しく接してくれたピーターを助けたかった。

(何か、方法が……)

その瞬間、マリはひらめいた。質の落ちる肉を使いながらも、最高のグロスピエスを作る方法が！　昨夜見た夢の中で黒髪の女性が作っていた料理なら、質の悪い肉でも最上級の味を出すことができる。

（でも、この料理がグロスピエスとして認められるだろうか……）

少し心配になったが、夢の内容を思い出し自信を取り戻す。

（夢の通りなら認めるに違いないわ。他のグロスピエスに比べても劣らない味だから）

夢の中の女性は一般家庭で親しまれている料理を最高の一品に仕上げていた。だからこそ、最高級の食材を使った料理を抜いて、決勝にまで進むことができたのだ。彼女の料理ならきっと、使節団の舌を満足させられるに違いない。

（問題はこれをどうやってピーターさんに伝えるかだわ）

マリは悩んだ。自分は台所の雑用をしている下級メイド。料理は料理人の領域。いくら彼女がピーターに可愛がられているとしても、料理について口出しするなんて身のほど知らずと思われるだろう。

（どうしよう？）

マリが悩んでいると、背後から予想外の声が聞こえてきた。

「晩餐会の準備に何か問題でもあるのか」

「……！」

その声を聞いたマリの体が一瞬強張（こわば）った。マリだけではなく、シェフのピーターも、アシスタントシェフたちも、メイドたちも、嘘のように動きを止めその場で固まった。

（なぜここに？）

絶対忘れられない声。心に深く刻まれた恐怖にマリの指先が小刻みに震える。声の主が誰か気づいた一同が急いでひざまずいた。

「皇太子殿下！　ご挨拶申し上げます！」

象徴ともいえる鉄仮面を着けた皇太子が、そこに立っていた。

厨房が重い静けさに包まれる。彼らのような者たちにとって、皇太子は元から死神のごとき存在。問題が起こった今は言うまでもない。皇太子が口を開ける。

「私が来たら邪魔になるだろうと迷っていたんだが。ちょうど百合宮殿の近くまで来たから寄ってみれば……。来て正解だったな。何か問題が起きたんだろう？」

「……」

皆返事ができずお互いの顔色ばかり窺っていた。

「早く言ってみろ」

結局、責任者のピーターが口を開いた。

「実は……」

グロスピエスに使う肉が腐敗したと告げたピーターは、死罪を犯した罪人かのように額を床へと押し付けた。

「申し訳ございません、殿下！　すべて私の責任でございます！」

皇太子はしばらく何も言わずピーターを見下ろしていた。顔の半分を覆った鉄仮面のせいで表情は見えない。厨房の人々はどんどん恐怖に飲まれていった。皆の頭の中で、血の皇太子が剣を取り出しピーターの首をはねる場面が繰り返し再生される。

その時、皇太子が低い声で述べた。

「……それで？　グロスピエスは晩餐会の中核だ。仔牛のステーキの代わりにどんな料理を出すつもりだ」

ピーターが唾をごくりと飲んだ。

「一応、食材担当者に他の肉を用意してもらうことにしました」

「他の肉？　質の低い肉を使うと、料理の質も下がるだろう」

皇太子は鉄仮面の中で困った顔をした。晩餐会には数多くの料理が出されるが、中でも最も重要なのはメインディッシュである牛肉料理、『グロスピエス』。各国の代表らが出席する場でそれにふさわしくない料理を出せば、バカにされるに違いない。

（他はともかく、西帝国の奴らにバカにされるのだけは許せない……）

皇太子が黙っている間、厨房の人々は生きた心地がしなかった。この沈黙が、罵倒されるより恐ろしい。

「グロスピエスで質の低い肉を出すと？」

「申し訳ございません！」

「謝るのはもうやめろ。今は解決策を見出す時だ。他に考えられる方法はないか？」

「他の方法とおっしゃいますと……？」

「質の低い肉で、最高級のグロスピエスを作り出す方法はないかという意味だ」

皇太子の問いに厨房の料理人たちがざわついた。質の低い肉で最高級の料理を作り出すなど、彼らには不可能なことだった。ピーターは落ち込んだ様子で頭を下げた。

「申し訳ございません。質の低い肉でグロスピエスになるような最高級料理を作る方法など、今まで聞いたことがありません……」

「牛肉を使ったグロスピエスはステーキ以外もあるだろう？」

「そうではありますが、どんな方法を使っても、牛肉本来の味を生かすステーキを凌駕（りょうが）する料理はありません……」

「そうか……」

皇太子ラエルは鉄仮面の下でため息をついた。

(困ったな……)

その時、ラエルの目に見慣れた顔が飛び込んできた。小柄で優しそうな表情、可愛らしい顔立ち。この前から妙（みょう）に出くわすことの多い、メイドのマリだった。

(ここの厨房に配属されていたのか)

「お前は？」

「メイドのマリと申します、殿下」

皇太子からいきなり声をかけられたマリはびっくりして頭を下げた。

（どうして急に私を？）

特に何か言われたわけではないが、後ろ暗ければ尻もちつくというか、神経を尖らせていただけに緊張で胸がドキドキした。一方、ラエルはマリを見てこの前のことを思い出していた。

（先日の菓子、とてもレベルが高かったな……）

白鳥庭園であのメイドからもらった菓子の味は、皇宮のパティシエにも劣らないほど優れていた。

（もしかして、菓子以外に他の料理も得意なのだろうか？）

そう思ったラエルはマリに尋ねた。

「何かアイディアはないか？」

その言葉に周りの料理人たちが目を丸くした。

「殿下、あの者は下級メイドでございます。料理については……」

「私はあの少女に聞いている」

「……！」

ラエルが鉄仮面の隙間からまっすぐマリを見つめる。

「もう一度聞く。マリ、君は質の低い肉で最高級のグロスピエスを作る方法を知っているか？」

「……！」

マリの心臓が弾けそうなくらい鼓動が高鳴った。

（ど、どうして私にこんな質問を？）

もちろん解決法は知っている。昨夜の夢が、答えを教えてくれたから。

グロスピエス。コース料理においてのメインディッシュを意味し、ほとんどの場合牛肉を焼いたステーキが出てくる。料理の味は素材となる牛肉の品質に絶対的な影響を受けるため、なるべく最高品質のものを使用するのがセオリーだ。でも、必ずしも直火で焼いたステーキを出す必要はない。グロスピエスとは「大きな塊の肉料理」という意味だから、それに該当するならどんな料理を出してもいいのだ。

もちろん他のシェフも、知らないわけではない。それでも、最高級のコース料理のグロスピエスとして通常ステーキが出される理由は、高品質のステーキを凌駕する「塊肉」料理を作るのが難しいからだった。

でも夢の中の女性が作ったあの料理なら……。たとえ質の低い肉でも高級肉のステーキに劣らない味を出すことができる……。

その時、冷たい声が再びマリを呼んだ。

「なぜ黙っている」

マリはうつむいたまま、ぎゅっと唇を噛んだ。

(どうしよう……)

いつもならピーターを助けるためにすぐに答えたはずだ。しかし、皇太子に直接問われているというこの状況が彼女を躊躇させた。

(皇太子の注意を引くのはまずい……)

彫刻家や音楽家の件もそうだし、これ以上彼の興味を引いてはいけない。皇太子はきっと、まだモリナ王女を探しているはず。自分の顔を知っている者がいない以上、簡単に正体がバレることはないだろうけど……。それでも、最大限彼の目に入らないようにしないといけないのに……。

(これ以上関心を引いたら、正体がバレるかもしれない)

そうなればおしまいだ。だから、今、マリができる最善の策は、知らないふりをすることだ。そうすれば皇太子もこれ以上自分に関心を持たないだろう。

「……」

真っ青な顔でひざまずいているピーターがマリの目に映る。マリが知らないふりをすれば、ピーターは処罰を免(まぬか)れない。

(ダメよ、それは)

マリはスカートをぎゅっと握った。目立ちたくはないけれど、だからといってピーターを見捨てることも、私にはできない。

(神よ、私はどうすればいいでしょうか……)

色々な思いがマリの中で浮かぶ。

(料理くらいなら大丈夫じゃないかな?　メイドの中でも料理が上手な人はたくさんいるし……。ひょっとしたら、そこまで怪しいと思わないかもしれない……)

結局、マリはため息をつくかのように言葉を吐いた。

「一つだけ……知っている料理があります」

「マ、マリ?」

料理人たちが驚いてマリを見る。皇太子も目を光らせ尋ねた。

「言ってみろ」

マリは皇太子への恐怖で震える両手を胸の前で合わせ、ぎゅっと握りしめながら言った。

「私の母が時々作ってくれた料理で、多少質の低い肉でもまろやかで濃厚な旨味を引き出すことができます」

「その料理とはなんだ？」

マリは夢の中の女性が作った料理を思い浮かべた。マリも初めて聞く、おそらくこの世界には存在しない料理……。

「ソールズベリー・ステーキです」

「ソ……ルズベリー、ステーキ？」

聞き慣れない料理名に皇太子が首をかしげた。マリが小さく頷く。

「はい、殿下。肉を包丁で叩いて細かく切り刻み、それに色んな材料を刻んで入れた後、大きな塊に成形して焼く料理です」

皇太子は訝しげに尋ねた。

「それは本当においしいのか？　肉を細かく切り刻むなんて」

料理人たちにとっても、初めて聞く調理法だった。マリも夢の中で経験していなかったら、受け入れられなかっただろう。

……でも、この料理はきっとおいしい。

最上級のステーキより優れているかは分からない。そもそもの素材の差がありすぎるから。しかし、ソールズベリー・ステーキにはソールズベリー・ステーキならではの良さがある。

（それに、初めての料理だからこそ、食べる人にアピールできるかもしれない）

ソールズベリー・ステーキは誰が料理するかによって味が千差万別になる料理。そして夢の中の女性の腕前は群を抜いて素晴らしかった。特別な材料を使わずに作ったソールズベリー・ステーキで、最高級肉を使ったステーキに勝ち、決勝まで進んだのだから！

「私が食べたところでは、普通のステーキとはまた違った味わいがあります」

「聞いただけじゃ想像がつかないな。肉を切り刻むなんて。正直言って、良い調理法とは思えない」

厨房の料理人たちも、マリをはらはらしながら見ていた。とんでもない調理法に皇太子がマリに怒りをぶちまけるのではないかと心配したのだ。ところが、続く皇太子の言葉は全くもって意外なものだった。

「ならばこうしよう」

「え？」

「マリ。その料理を作るのにどれくらい時間が必要だ？」

マリは慌てて答えた。

「そう長くはかかりません」

「では今すぐ調理してみせろ。私が自ら食べて判断する」

「……！」

皆がびっくりして皇太子の方を見た。得体の知れない料理を、皇太子が直接試食するだと？　皆の気持ちとは裏腹に、皇太子はマリを急かした。

「何をしている？　時間があまりない。今すぐ取りかかれ」

「はい、かしこまりました！」

マリはあたふたと料理を始める。

皇太子の前で料理をしてもいいのかな？　怪しいと思われたらどうしよう？

しかし、マリはすぐに「よしっ」と覚悟を決めた。今自分がやらなければ、ピーターがひどい目にあうかもしれない！

（料理する姿くらいは大丈夫よ、きっと！）

彫刻家や音楽家の時とは違うわ。メイドでも料理が上手な人はたくさんいるもの！

そう意気込んだマリは本格的に料理を始めた。

（まず、肉に入れる野菜を刻んで……。ワインも必要だわ）

初めて作る料理だけど、まるで夢の中の女性になったかのように自然と体が動いた。

トントントン。

包丁がまな板を叩く音がし、あっという間に玉ねぎが細かく刻まれていく。それを見た厨房の皆は目玉が飛び出そうになるほど驚いた。皿洗いや台所の掃除、生ゴミの処理のような雑用ばかりしていたメイドの手捌きが、まるで一流のシェフのようだったからだ。

「あ、あれは？」

「一体どうなっているんだ？」

マリは彼らの声が全く耳に入ってこないくらい料理に夢中になっていた。完璧(かんぺき)な料理を作ることにだけ全力を注いだ。

「おい、お前は『最高の料理』とはなんだと思う？」

夢の中の女性の師匠(ししょう)が彼女に問いかける。

「最高の素材を、素材本来の味を一番よく引き出すようにして調理されたものではないですか？」

「それはその通りだな。でも、俺は誰もが簡単に手に入れられる材料で作られた、誰もが幸せになれる料理こそが、最高の料理だと思うぜ」

タンタンタンタン。

マリの手は動き続けた。包丁で叩いた肉に、みじん切りにした玉ねぎ、卵、牛乳、パン粉などを混ぜ込む。香りと風味を出すためにワインを少々。

(肝心(かんじん)なのは配合比率！)

ソールズベリー・ステーキは誰でも作れる簡単な料理だ。しかし、何をどのくらい入れるかによって、その味は大きく変わる。夢の中の女性は師匠とともにこの平凡な料理を芸術といえる境地にまで昇華させた。そんな彼らのレシピが、今、マリの手によって花開く。

(火を通すのも丹精を込めて。肉の食感を損なわないように、風味も殺さないように火を通さないと)

肉が焼ける香ばしい香りが厨房の中に広がった。思わずよだれが出てしまうくらい、とても甘くおいしそうな匂い。

(仕上げのソースは高級感溢れる味わいに)

高級なワインを混ぜて上品な味わいに仕上げたデミグラスソースをかけ、その上にきれいな半熟卵を乗せた。最後にマッシュポテトと焼き野菜で周りを彩り、料理の完成。

「完成いたしました、殿下」

こう言いながら振り返ったマリを、厨房の皆が口を開いて見ていた。あの下級メイドのマリとは到底思えない。皇太子も驚いて目でマリを追った。菓子の出来映えからして、料理もできるかもしれないとは思ったが。あんな手捌きを見せてくれるとは……。

(手捌きだけでなく、料理自体もとてもおいしそうだ)

マリが持っている白い皿の上には細かく叩いた肉を丸めて作った丸いソールズベリー・ステーキと焼き野菜、半熟卵がきれいに乗っていた。食欲を刺激する一皿だった。

「こっちに持って来い」

「はい、殿下」

大事なのは見た目ではなく味。皇太子はナイフで肉の端を切り、ソースをつけて口の中に入れた。

その瞬間、皇太子の体に雷（かみなり）に打たれたような感覚が走った。

（こ、これは？）

予想だにしなかった素晴らしい味に、皇太子は心の中で何度も感嘆（かんたん）する。

（切り刻んだ肉がこんな味になるとは！）

低品質の肉とは思えない柔らかな食感。そして肉を噛むたびに溢れ出る肉汁が香ばしくて濃厚で、とても甘い。

ややもすると、安っぽくなる危険性も感じるが、適度に配合されたワインが料理の風味を補ってくれている。そして各素材の味の調和が、かつて経験したことのない世界へと彼を導く。

（これは……。本当に素晴らしい。最高だ）

それは食にさほど興味のない彼を一気に魅了（みりょう）してしまうほど素晴らしい味だった。

もちろん最上級の材料で作ったステーキより優れた料理とは言えないが、これはこれなりの価値がある立派な料理だ。

そう結論付けた皇太子は目の前のメイドの少女を見つめた。マリをはじめとした、厨房の皆がはらはらしながら皇太子の言葉を待つ。

「マリといったな。役職は下級メイドだと」

「はい、殿下」

「今日の晩餐会でこの料理をグロスピエスとして出すことはできるか」

「……！」

その言葉に厨房の人たちは驚いて顔を見合わせた。マリは深々と頭を下げる。

「微力ながら最善を尽くします」

「晩餐会が成功裏に終わったら、私が直接君に褒美を与えよう」

その言葉にマリは慌てて首を横に振った。

(私はピーターさんが処罰されなければそれでいいのに！　皇太子から直接与えられる褒美なんて、絶対にお断りだ)

「い、いえ、殿下。微力な私の能力が、少しでも殿下と帝国のお役に立つなら、それで満足でございます」

「君主として功績を立てた者を見過ごすわけにはいかない。晩餐会が終わった後、個別に呼ぶことにしよう」

(ああ！　やってしまった！　皇太子とまた会わなければならないなんて！)

マリは心の中で悲鳴を上げた。そうとも知らない皇太子は心中でこう思っていた。

(どんな褒美を与えるか考えておかないと)

皇太子は賞罰に厳しかった。たとえ過ちを見逃すことはあっても、褒めるべきことは絶対に見過ごさない。

「では、後で」

そう言って皇太子は、獅子宮殿へと戻って行った。マリは再び皇太子に会わなければならないという現実に、呆然として立ちすくむ。

（皇太子にまた呼ばれるの……？）

大丈夫です！　どうかそのまま忘れてください！　と叫びたかったけれど、皇太子はすでに百合宮殿から出て行ってしまった後だった。その時、誰かがマリを呼んだ。

「マリ！」

「ああ、ピーターさん」

「本当にありがとう。恩に着るよ」

ピーターが泣きながらマリの前でひざまずいた。マリは慌てて彼を立たせた。

「ピ、ピーターさん。どうしたんですか」

「君のおかげで助かった。君じゃなかったら、きっとわしは死刑にされてたに違いない。君はわしの命の恩人じゃ……」

他の料理人たちもマリに感謝の言葉を述べた。

「そうだ、マリ。君のおかげで災難を避けることができたんだ。君がいなかったら、大変なことになってたよ」

「あ、いえ。私はただ……」

「一体いつそんな料理を学んだの？　包丁の扱い方とか、俺より上手いんじゃない？」

マリは首を横に振った。実は料理なんてほとんどしたことないのに……。

「え、あっ、これはただ……。わ、わあ！　早く晩餐会の準備をしなきゃあ！」

こうして百合宮殿の厨房では慌ただしく料理の準備が始まった。マリはひたすら熱心に自分に任されたソールズベリー・ステーキを作るばかりだった。


そしていよいよ待ちに待った晩餐会が始まった。

席に着いた各国の代表たちが互いに挨拶を交わしている。

「お久しぶりですな、伯爵」

「ああ、お久しぶりです、ドレイク侯爵。お元気でしたか？」

各国の貴族たちは顔見知りである場合が多い。イベリスのドレイク侯爵と西帝国のショーバー伯爵もそうで歓談している。

「私はこの通りさ。伯爵も相変わらずなようで何よりだ」

「ありがとうございます」

ドレイクは晩餐会場のテーブルをぐるっと見回してから、ひそひそ声で話し出した。

「皇太子はまだのようだな」

「晩餐会が始まる直前に来ると思います」

「君はこの東帝国の新たな支配者となった皇太子が、どんな人物なのか知っているか？」

「皇太子ですか？」

「そうだ」

東帝国と敵対関係にある西帝国から来たショーバーは、小さく鼻をふんと鳴らした後、ささやくような小さい声で答えた。

「噂では恐ろしい人物だとか言われてますが、大したことないでしょう。うちのヨハネフ三世陛下に比べると、ただの小僧に決まってます」

　西帝国の皇帝であるヨハネフ三世と東帝国のラエル皇太子はちょうど同じ年頃。そんな二人がそれぞれの帝国で君主になったものだから、二人は人々の噂の種になっていた。

　ショーバーが嘲笑混じりに晩餐会についての噂話を始めた。

「聞いたところによると、今日の晩餐会の肉が管理不足で全部腐ってしまったとか……。はたしてどんな料理が出てくるのか見物です。いくら野蛮な東帝国でも、まさか我々に腐った肉を出したりはしないでしょうね」

　ショーバー伯爵が皮肉を言っていると、皇太子と宰相のオルンをはじめとする東帝国の大臣たちが入場してきた。こうして出席者が揃ったところで、ついに晩餐会が始まった。

「遠くまでご足労いただいたことに感謝する。東帝国に来てくれた各国の諸君のための晩餐会だ。存分に味わい楽しんでくれ」

　皇太子の言葉を聞いて、ショーバーは鼻で笑った。

（東の田舎の食い物なんて、たかが知れてる。少しでも料理の味が悪かったら、思いっきりバカにしてやろう）

　しかし、料理を口にしたショーバーは何も言い出せなかった。思いのほかレベルが高かったのだ。

（ふむ……。前菜は悪くない。東の料理人め、なかなかの腕前だ）

　晩餐会らしく、数多くの料理が順番に出されたのだが、どれにも欠点が見つからない、おいしい料理だった。

ショーバーは不満げな態度を隠そうともしない。

（他の料理がどんなに良くても、コース料理で最も重要なのはグロスピエスだ。さて、どんな料理が出てくるか楽しみだな）

グロスピエスに使われる予定だった肉はダメになったと聞いていたので、東帝国がまともなグロスピエスを出せるとはショーバーには思えなかった。

やがて、晩餐会のハイライトであるグロスピエスの番になった。

ショーバー以外にもグロスピエスの準備に問題が生じたという情報を知っている者は多く、皆どんな料理が出てくるか興味津々だった。

「……あれは？」

しかし運ばれてきた料理はそんな皆の予想を覆すもの。初めて見る料理に、その場にいた全員が目を丸くした。

「殿下、これは？」

誰かが上座にいる皇太子に尋ねた。

皇太子が優雅な手つきで肉を切りながら答える。

「今日のために特別に準備した特製ステーキだ」

「……」

「食べてみてくれ、悪くないぞ」

皆、半信半疑でナイフを肉にあてた。西帝国のショーバーも、嘲笑を浮かべながら肉を切る。

(これはひき肉じゃないか？　晩餐会のグロスピエスにひき肉を出すなんて！　バカバカしい)

そう思いながら肉を嚙んだその瞬間。

「……!?」

頭の中で鐘が鳴ったかと思えるほど衝撃的なおいしさ。

晩餐会に出席している要人たちも信じられないという表情をしている。

「これは……？　どうやってこんな味を？」

……素晴らしい味だ。まろやかな食感、甘くて濃厚な肉汁。これまで飽きるほど食べてきたステーキとは全く違う。

経験したことのない風味が出席者の舌を虜にする。

ようやく誰かがため息をつくかのように言葉を吐いた。

「こんな形の料理は初めてです……」

「直火で焼いたステーキとは全く違う……。これは細かく叩いた肉でしょうか。最高級の肉ではないと聞いていたのに……。どんな技法を使ったのか、塊肉のステーキと比べても全く引けを取りません。柔らかい食感が絶品です」

「これこそ、新しい美味と言えるでしょう」

各国の代表らが先を争って賛辞を送った。思いっきりバカにしてやろうと思っていたショーバーも、この料理は認めざるを得なかった。

また別の誰かが皇太子に尋ねる。

「殿下、これはなんという料理でしょうか？」

皇太子は会場を見渡すと、無愛想な声で答えた。

「ソールズベリー・ステーキ。またはハンバーグステーキとも呼ばれる料理だ」

「ハンバーグ、ステーキ……」

その場にいた皆がその料理名を繰り返した。

ハンバーグステーキという料理がユロティア大陸中に知れ渡る瞬間だった。

晩餐会は大成功に終わった。その後、ハンバーグステーキの味を忘れられなかった使節団が各国に戻ってその調理法を伝え、ユロティア全域にハンバーグステーキが広まることになるが、これはまだまだ先の話。

晩餐会の成功で名を上げたラエルは、今回の立役者であるメイドのマリのことを考えていた。彼女がいなかったら、世界中の笑いものになるところだったに違いない。

ラエルは功を立てたマリにどんな褒美を与えたらいいか悩んだ。

（メイドに褒美を与えるのは初めてだから、何がいいか分からないな）

悩んでいた彼の頭の中に雑用をしていた彼女の姿が浮かぶ。

(力仕事をするには小柄だったな。体も弱そうだ……。ふむ。獅子宮殿の配属にするのはどうか)

獅子宮殿。

皇太子である彼が生活する、皇宮メイドなら皆が憧れる場所。皇居の中心である獅子宮殿で働くのは使用人にとって最も名誉なことだった。彼女も大いに喜ぶに違いない。

(ただ、身分が気掛かりだな。何しろクローヤン王国から連れてこられた捕虜だからな)

彼はマリについての報告を思い出した。

獅子宮殿で働くメイドたちは、ほとんどが帝国貴族出身の令嬢。一方のマリは平民ですらない捕虜なのだ。

ラエルは悩んだ末に結論を出した。

(大事にはならないだろう。規定上の問題はあるだろうから、執事長に確認しよう)

こうしてマリに贈られる褒美が決まった。

皇太子が起居する獅子宮殿での勤務――。

マリが聞いたら別の意味で気絶してしまうほどのご褒美だった。

一方、マリが勤務する百合宮殿の近くに設けられた使節団の宿舎では、東帝国の長年の宿敵である西帝国から使節として訪れたショーバーが、誰かと話をしていた。

「晩餐会は思ったより良かったな。そうじゃなかったか、伯爵?」

ショーバーと一緒にいるのは、黒髪に黒眼の、柔らかい印象の青年。目元の眼鏡が知的な雰囲気を際立たせている。皇太子とはまた違った感じの美青年だが、肌が青白くて病弱に見えるのが唯一の欠点だった。

ところが、その青年と話すショーバーの態度がおかしい。

ショーバーは西帝国内でも指折りの権勢を持つ大貴族。それなのに、この一人の病弱そうな青年に対して、落ち着きのない態度を取っていた。

「は、はい。おっしゃる通りでございます。陛……」

ショーバーが陛と発音した時だった。青年の柔らかな顔がしかめっ面になった。

「公子、と呼べと言っただろ？　忘れるな。今、俺はお前についてきたただの公子にすぎない」

「でも、私の口からはとてもそんな風には……」

「俺の命令に従えないと言うのか」

ショーバーは泣きそうな顔になった。彼がこうなるのも仕方がない。

青年の名前はヨハネフ三世。

彼こそがショーバーの主君であり、あの西帝国の皇帝なのだから！

(なんでまた陛下は、このようなとんでもないことを！)

ショーバーは心の中で泣き言を言った。

ヨハネフ三世。

わずか十五歳で皇帝になり、混乱に陥った西帝国をたったの十年で安定させた名君。美しい外見と優れた知性、そして民を思う心。まさしく完璧な君主。

しかし、そんな彼にも致命的な欠点があった……。

それが、突拍子もないことをしでかす、この自由な性格。

（一体なぜ西帝国の皇帝が敵国の東帝国に！　何かあったらどうするつもりなんだ！）

「陛……、いや、公子様。ここは危険です。今すぐ西帝国にお戻りになった方が……」

「危険？　何が危険なんだ？」

ショーバーはそのとぼけた返事に、息苦しさを覚えた。

「いくら変装していても正体がバレることもあります」

「まあ、正体なんていつかバレるだろう。東の奴らの目が節穴じゃない限りな」

「陛下の正体がバレれば、あの血に飢えた皇太子がどう出るか分かりません」

「お前は心配性だなぁ。大丈夫だ。正体がバレたところで、東帝国がこっちと戦争する気がなければ、俺を殺したりしないさ」

青年が平然と答える。

「それはそうですが……。だからといって、わざわざ陛下が使節団に紛れ込んでまで、こちらにいらっしゃる必要は……」

ヨハネフ三世が微笑みながら言葉を返した。

「東帝国の記念祭を祝いに来たわけじゃないってことは、お前も分かってるだろ？」

「……」

「俺はクローヤン王国最後の王女、顔なき聖女モリナがここ東帝国の皇宮にいるという噂の真相を確かめに来たんだ」

　マリが聞いたら仰天してしまいそうな話だった。

　あの西帝国皇帝の口からマリに関する話が出るなんて。しかも、ヨハネフ三世はマリがこの東帝国の皇宮に身を隠しているということまで把握していた。

　ヨハネフ三世がくすくすと笑いながら話す。

「モリナ王女。王女として王宮にいた二年余りの間、数多くの善行を施したが、実際に顔を知る者はいない。だから、クローヤンでの彼女の異名は『顔なき聖女』」

　彼はゆっくりと話し続ける。

「おかげで追跡するのも一苦労だった。偶然にして、彼女がこの東帝国の皇宮にいるという情報を摑んだが、それも奇跡のようなものだ」

「東の奴らは気づいていないのでしょうか」

「知らないだろう。知っていたら彼女を放っておくわけがない」

　ショーバーがため息をついた。

　この皇帝が描いている遠大な計画にモリナ王女が必要なことは彼も知っている。それだけ重要な事案だから直接来たのだろう。

　ショーバー伯爵が心配そうな顔でヨハネフ三世を見た。

「でも、お体の調子も良くないわけですし……。もしここで発作が起きたら」

　発作という言葉にヨハネフ三世の表情が固まった。

「薬を飲んでいるから大丈夫だ。それにこの半年は発作が起きていない。念のために侍医も同行させているしな」

「ですが……」

「しつこいな」

ヨハネフ三世が窓の外で輝く月に目をやりながらつぶやいた。

「俺の嫁にするのがどんな女性なのか、この目で確認するべきだろ？」

ピュ―ン！　バン！

東の空に打ち上げられた花火が夜空を彩る。ついに祭りが始まったのだ。

「わあ！」

「帝国万歳！　皇太子殿下万歳！」

「神に栄光あれ！」

皇宮も街も喜びに包まれた。これから一週間、帝国の人々は日常を忘れ、祭りを楽しむだろう。

平民は街で催し物を楽しみ、貴族たちは皇宮に出向いて宴会三昧になる。

皆が幸せそうに盛り上がっている裏で、普段より何倍も忙しそうに働く人たちがいた。

「ここのゴミを片付けて！」

「はい！」

「この料理の順番は次の次よ。間違えないで！」

それは皇宮のメイドたちだ。

「さあ！　気を引き締めて！」

建国記念祭が始まると、仕事が多くて目が回りそうだった。宴会場の片付けから料理の配膳、お客様の接待に、宮殿や周辺の掃除、次の行事の準備などなど。建国記念祭の準備をしていた時が天国に思えるほど、仕事が押し寄せて来る。

メイドたちは皆食事をする暇もなく走り回っていたが、その中でもマリのように雑用を担当する下級メイドたちの事情は特に厳しかった。貴族の世話をする中級メイドの働く場所は宴会場のような楽しい場所だが、下級メイドは身分上、そういう場所に近づくことすら禁止されていた。

「マリ、ご飯食べた？」

「ううん……。ジェーンは？」

「私も今日、朝から何も食べてない……。もう死にそう」

同じ部屋を使う同僚のジェーンが、宴会場から出たゴミを片付けながらため息をついた。

「上のメイドたちは、宴会場でおいしいものをたくさん食べてるんだろうな」

ジェーンがうらやましそうに言った。

同じメイドと呼ばれてはいるものの、雑用を担当する下級メイドと貴族を相手にする中級メイドでは格が違う。担当している仕事も全く違うし、身分も、中級メイドはほとんどが貴族出身の令嬢だ。

「いいなぁ。私も祭りが終わる前に、一目でいいから宴会場の中を見てみたいな。飾りつけは全部私たちがやったのに、いざ宴会が始まると、近づくのもダメなのね」

そう言ったジェーンは、マリが返事もせずにぼーっとしていることに気づいた。

「マリ？　どうしたの？」

「え？　ううん、なんでもない」

「大丈夫？　何か顔色悪いけど」

ジェーンが心配そうにマリを見た。

普段がたくましくて活発なだけに、ずっと何も言わずに黙りこくっていると気になって仕方がない。

「本当に大丈夫だよ」

「本当？」

「うん！　私、あっち片付けてくるね！　また後でね！」

ジェーンは逃げるように走っていくマリを見て首をかしげた。

「急にどうしたんだろう？」

一人になったマリは、はーっと、大きくため息をついた。

ジェーンが言っていたように実は心配事があったのだ。

「一体どうしてあんな夢を見たんだろう？　はあ……」

マリは昨夜見た夢のせいで悩んでいた。誰にも分かってはもらえないだろう。たかが夢のことで悩んでいるだなんて。でも、これはマリにとって本当に深刻な問題だった。

（私が夢を見たら、必ずその夢に関係する事件が起きる……）

マリの顔は苦悩に満ちていた。自分が見る夢には何かしらの理由がある。

夢を見た以上、周りできっとそれに関係する事件が起こる。

「でも、どうしてあんな夢を？」

マリは昨夜見た夢を思い出した。


「うああっ！　助けて！」

「俺の腕！　腕が！」

煙が上がり人々が悲鳴を上げる。

数え切れないほどの人が怪我をし、死んでゆく、阿鼻叫喚の地獄。

誰かが叫んだ。

「軍医！　軍医はどこだ⁉」

「ここです！」

ここまで思い出したところで、マリは目をぎゅっとつぶった。

「どうしてこんな夢を……」

マリが見たのは戦争の夢。マリは夢の中で、戦場で働く軍医になっていた。

怪我をした兵士たちに応急処置をする役割。

「一体これから、何が起こるの？」

不安で身震いがした。皆が幸せな祭りの最中に……。

なぜこんな夢を見たのか、マリには到底理解ができなかった。


一方、ラエルは疲れた表情で獅子宮殿の執務室のソファにもたれかかっていた。

「忙しい」

「ウイスキーでもお出ししましょうか」

近衛騎士アルモンドの言葉に、ラエルが首を振る。

「いや、もう充分飲んだ」

ラエルは鉄仮面を取って机の上に置いた。

この世のものとは思えない、美しい顔立ち。彼の顔は酒のせいで少し赤くなっていた。

「祭りか……。二度はやりたくないな」

ラエルが舌打ちをしながら言った。

楽しい建国記念祭の中、メイドたちより忙しい人がいるとすれば、それは皇太子であるラエルのことだろう。

宴会や行事に参加したり、外国の使節の相手をしたり、上京した地方の貴族たちと様々な問題について意見を交わしたりと、やることが数え切れないほどある。

体が二つあっても、いや三つあっても足りないくらいだ。

ラエルが疲れてぼーっとしていると、隣にいた宰相のオルンが笑いながら言った。

彼も酒を飲んで顔が赤くなっていた。

「これは全部殿下が独り身だからですよ」

「独り身？」

「ええ。皇太子妃様がいらっしゃればここまで忙しくはないでしょう。こういうお祭りは本来、皇后様もしくは皇太子妃様の管轄ですからね」

東帝国では本来、皇帝や皇太子は政治や軍事、外交などを担当し、その妃である皇后や皇太子妃が建国記念祭などの祭りの開催や皇宮の運営、貧しい民への福祉などの業務を担当することになっている。皇帝や皇太子と皇后や皇太子妃が仕事を分担することにより、互いの負担を減らすことができる。こうして国の隅々にまで手が届く統治の体制を維持してきた。

しかし今は、帝国の実質的な支配者である皇太子が独り身なため、すべての業務を彼一人でこなすしかなかったのだ。

「殿下、皇太子妃はいつお迎えになるつもりですか？」

「……まだ考えてない」

「でも、元老院からの圧がすごいですよ。今回の建国記念祭が終わったら、どの方を皇太子妃として迎えるか、決めなければいけないと思います」

ラエルが頷く。

彼も充分に理解していることだった。結婚というものに乗り気になれなくて先延ばしにしてきたが、これ以上先送りするのは難しい。

「誰か、気になる方はいませんか？」

オルンがそれとなくラエルに探りを入れる。

「先ほどの宴会の時の、コゼリン侯爵令嬢とスピナ公女が皇太子様を見つめる目つき。ただならぬ気配を帯びてましたよ。彼女たちだけじゃなくて、使節としてやってきたドミニン王女とかも……」

オルンがラエルに関心を示す令嬢たちの名前を次々と並べた。

いずれも社交界で名高い者ばかりだ。

しかし、ラエルは全く興味を示さない。

「いや。皇太子妃は帝国にとって最も役に立ちそうな相手を選ぶつもりだ」

ラエルは思った。

(モリナ王女を見つけられなかったのが残念だな)

王女のことは話で聞いたことしかないが、帝国の国益を考えれば、皇太子妃としてモリナ王女ほどの適任者はいない。皇太子妃として彼女を迎えた時のメリットは、数え切れないほど多かったのだ。

まず、西帝国と東帝国の間に位置し、大陸の火薬庫となっているクローヤン地方への支配を強固にすることができる。また、彼女には親戚がいないため、外戚を警戒する必要がない。それに加えてモリナ王女本人も、人から尊敬される資質を持っていたようだった。

まさにラエルにとって理想的な皇太子妃候補。

……唯一の問題は、一体どこにいるのか分からないということだ。

(もし妃にするのが難しいようなら、殺すしかない)

モリナ王女はクローヤン王家唯一の生き残りであって、クローヤンを象徴する人物。

自分のものにできないのなら……。その時は、クローヤンの血をこの世から消すしかない。

(妃にするにせよ殺すにせよ、どちらにしても彼女を探し出さないと)

ラエルはそう思いながら目を閉じた。

すると、酔っているせいか、急に疲れが噴き出してきた。

「では、ゆっくり休んでください、殿下」

「そうだな。また明日会おう」

オルンが帰った後、アルモンドがラエルに尋ねた。

「寝室に行かれますか？」

「まだ寝ない。どうせ不眠症のせいで簡単には眠れないんだ。残っている書類でも見るさ」

（あの時のピアノを聴いたら、少し眠れそうな気もするけど……）

ラエルはふと、水晶宮殿で聞いたピアノの演奏を思い出した。

田園風景を描写した曲。自分の不眠症も治せそうなくらい、心が癒される演奏だった。

（結局、あの演奏者は見つからなかったな。団長が新しく作曲した『田園風景交響曲』も、それなりに悪くないけど、あの日聴いたものには及ばない……）

近衛騎士団まで動員して探したが無駄だった。いくら調べても、その日に水晶宮殿にいたのはメイドのマリのみ。彫刻家事件といい、理解できない出来事ばかりだ。

皇宮の中に本当に天使でもいるのか？

「ははっ、天使なんか」

ラエルは思わず失笑した。

無数の命を奪ってきたこの俺が、天使だとかほざいて、バカバカしい。

（もしかして、あの少女が演奏したんじゃ……）

……あり得ない話だ。

突然、頭に浮かぶ疑問。

（はぁ……。散歩にでも行こうか）

ラエルはいつものように目立たない服に着替えて獅子宮殿を出た。

（どこに行こうかな……。百合宮殿の方に行ってみようか）

百合宮殿を思い浮かべると、自然と一緒に思い浮かぶあの少女。

……マリ。

今から百合宮殿に行ったら、彼女がいるだろうか？

そう思う自分にびっくりした。

百合宮殿にあのメイドがいようといなかろうと、なんの関係があるというのか。

（最近、何度も出くわしたせいか、余計なことを考えるようになったな）

ラエルは邪念を払うかのように首を振ってから、百合宮殿の方へ向かった。

……俺はただ散歩を楽しんでいるだけだ。

そう思いながらしばらく歩いたラエルは、百合宮殿の近くで足を止めた。

（騒がしいな……）

皇宮の客をもてなす百合宮殿は、建国記念祭を迎えて上を下への大騒ぎだった。メイドたちも夜遅くまで働いていて、それを見たラエルはつい、またあの少女のことを考えてしまった。

（いないな……）

ラエルはハッとした。

彼女に会いに来たわけでもないのに、どうしてまた余計なことを。

（酒を飲んだせいかな。今日は何か、調子がおかしいようだ……）

ラエルはもう散歩をやめて獅子宮殿に帰ることにした。

しかし、百合宮殿の敷地から出る所で、百合宮殿の方を振り返った。

やはり彼女は見当たらない……。ラエルは自分で自分の行動に呆れてしまった。

(何をしてるんだ、俺。あのメイドなんか探してどうする？　早く帰ろう……)

その時、百合宮殿にその名前がはっきりと聞こえた。

「マリ！　これ、ちょっと、あっちに持って行ってくれる？」

「はい、スーザンさん！」

元気で明るい声！

彼女に違いない。

ラエルは思わず木の後ろに身を隠した。

しばらくすると百合宮殿から小柄な少女が出てきた。

マリだった。

(何を運んでいるんだ？)

ラエルは眉をひそめた。

マリは自分の体ほどの大きさのゴミ袋を持っていた。建国記念祭の宴会場から出たゴミだ。

重いのか、うーんと唸りながら一生懸命に運んでいる。

(体も弱そうなのに、あんなことまでしなければならないのか？)

下級メイドなら当然の仕事であることくらい、ラエルも知っている。

でも、酒のせいなのか、なんだか気に入らない。

「よいしょ！」

片付けが終わって、手をパンパンと叩いて埃(ほこり)を払う姿が見えた。

「ふぅ、やっと終わった」

ラエルは思った。

(話しかけてみようか)

ラエルはマリに近づこうとして、ぴたっと立ち止まった。

……何を話したらいいんだ？　あの子は自分の正体も知らないのに。この前の菓子ありがとうとか？　お礼でも言ったらいいのか？

ラエルがあれこれ悩んでいるうちに、誰かが彼女を呼んだ。

「マリ！　厨房の方を手伝ってくれ！」

「はい！　今行きます！」

マリは呼ばれた方向に消えて行った。

「あっ……」

ラエルはマリに向かって手を伸ばして、そのまま固まってしまう。

「一体何してるんだ、俺……」

混乱した表情のまま、血の皇太子はつぶやくのだった。

その晩、また夢を見た。前日の続きだ。夢の中でマリはまた軍医になっていた。

「あ、あぁ……」

「た、助けて」

戦争は残酷だった。

かつてマリが経験したのと同じように……。

不意に誰かが軍医の肩をポンと叩いた。

「何をそんなに湿っぽい顔をしているんだ？」

「あ、分隊長」

「罪悪感か？　あいつらが死んだのはお前のせいじゃない」

その言葉に軍医は頭を下げた。

彼の目に涙がにじむ。

「それでも……。僕の腕がもっと良かったら、助けることもできたんじゃないかって……」

分隊長がそんな軍医の頭をわしゃわしゃ撫でた。

「そんなこと考えるなよ。お前は軍医として最善を尽くした」

軍医の肩が小さく震える。

……今日戦死したのは、彼の親友だった。

「もう、誰も、死なせたくない……」

夢の中の軍医は、止まらない涙を必死で拭いながら言った。

「僕がもっと応急処置が上手くなったら。そうすれば、一人でも多く助けられるのかな……？」

そのつぶやきを最後に、マリは目を覚ました。


「一体……」

マリがため息をつく。

「祭りの最中だっていうのに、どうして戦場の夢なんか……」

これまでの経験からすると、きっとこの夢と関係のある事件が起こるはず。

でも祭りに関連した夢ならまだしも、戦場って？

マリはひどく困惑していた。

「大事にならないといいけど……」

何が起こるかは分からないが、それに対処するすべもない。

ふぅと息を吐いたマリは、ベッドから立ち上がって身支度を始めた。

「おはようございます」

百合宮殿に着いたマリは、憂うつを晴らすように明るく挨拶する。

ところが、スーザンの反応がどこか変だった。

「マリ？　事前に聞いてなかったの？」

「え？」

マリが不思議そうな顔をして聞き返した。

なんの話？

「やっぱり知らなかったのね」

「どうしたんですか？」

「それが……。私もびっくりしてね」

マリの表情が険しくなった。

「あなたの勤務場所が変更されたのよ」

「え？　なぜですか？」

マリがびっくりして尋ねた。

急に勤務場所の変更だなんて……それもこんな大忙しの祭り期間中に？

「それが……。私が決めたわけじゃないのよ。とにかくあなたも知らなかったということよね？」

……話に頭がついていかない。

上司のスーザンが決めたことじゃないなら、誰が所属を変えたというのだろうか。

「とにかく、あなたは今日から百合宮殿じゃなくて、グローリアホールで勤務することになったわ」

「グローリアホールですか？」

マリは首をかしげた。グローリアホールは建国記念祭の期間中、皇宮の宴会が行われる場所だ。

「そこで宴会場の後片付けをすればいいのでしょうか？　それとも厨房ですか？」

マリはグローリアホールで下級メイドがしそうな仕事を言ってみた。

しかし、スーザンは真面目な顔で、重々しく告げる。

「いや、あなたは宴会場で宴会の給仕をするの」

「え？　でもそれは？」

「そう。それはあなたのような下級メイドじゃなくて、中級メイドの仕事だわ」

中級メイドは雑用を担当する下級メイドと違い直接貴族たちの相手をする。

中級メイドの多くが準貴族や下級貴族、あるいは没落した貴族の一族で、下級メイドとして長年勤めていた者が昇級することもないわけではないが、それはとても稀なことだった。

「では、どうして私が？」

スーザンは大きく息を吸って、こう告げた。

「おめでとう」

「……はい？」

「あなたは今日付けで、下級メイドから中級メイドに昇格したのよ！」

「……ええっ？」

マリの目が丸くなった。

いや、急にどういうこと？

スーザンが顎に手を当てながら言った。

「私も驚いたけど……。うん。命令書に皇室の印が押されていたし、間違いないわ」

マリはただ呆気に取られている。

（……もしかして、これも夢？）

この事態に戸惑っていたのはマリだけではなかった。

スーザンは今朝、命令書を渡された時を思い出していた。


「マリを中級メイドに昇格ですって？」

驚くべきことに、その命令書を持ってきたのは執事長のギルバート伯爵だった。

ギルバートも、自分がなぜこんなことをしているのか理解できない様子である。

「そうだ。マリ？　マリだっけ？　名前も本当に下民そのものだな。とにかく、そのマリというメイドを中級メイドに昇格させる」

「……どうしてですか？」

「理由は機密事項になっていて、私も知らん！　これ以上聞くな」

こういういきさつだったため、スーザンもどうしてマリが昇格したのか分からなかった。

もしかしたら執事長のギルバートよりも偉い人物が、マリに興味を持ったのかもしれない。

（ギルバート伯爵より偉い人って誰かしら？）

該当しそうな人物は数人しかいない。ギルバート自身が「執事長」という役職を担っていて、かなり高位なのに、さらにその上……？

（マリがどうやってそんな方の関心を？）

スーザンは首をかしげた。

戦争捕虜だから身分も低いし、偉い方に注目されるほど外見が魅力的なわけでもない。もちろんそれなりに可愛いけど、マリより魅力的な女性は、この皇宮の中に数え切れないほどいる。

その時マリが尋ねた。

「では、建国記念祭の後はまた百合宮殿に戻ったらいいですか？」

スーザンが首を横に振る。

それに関しても別に下された命令があった。

「いえ、建国記念祭が終わったら、また別の場所で働くことになるわ」

「それでは、どこで？」

スーザンはおめでとうと言わんばかりに、よく響く声で答えた。

「獅子宮殿よ。そこがあなたの新しい配属先なの！」

……それは、マリにとって絶望的なお知らせだった。

（えええええっ⁉　獅子宮殿⁉）

あまりに衝撃的で、昨夜の夢のことなんて、頭からふっ飛んでしまった。

（獅子宮殿って皇太子がいる所でしょう⁉　絶対ダメ！）

皇太子の鉄仮面が脳裏をよぎる。

考えるだけでハラハラするのに、彼と同じ場所で過ごさなければならないなんて！

最悪の場合、皇太子のすぐ側で仕えることになるかもしれない。

（一体、どうしてそんな命令が？）

スーザンに聞いても、自分も正確には分からないと困り顔で答えるだけ。

（獅子宮殿だけはダメ。どうにかしないと！）

ただでさえ、最近皇太子の関心を引いてしまっている。

獅子宮殿に行くなんて、危なすぎる。

（機会を見て、勤務場所の変更の申し立てをしてみよう。メイド長に話せば、きっとそうしてくれるはずだわ。私以外にも獅子宮殿で働きたいメイドは山ほどいるんだから）

皇太子が生活する獅子宮殿で働くことは、本来メイドたちにとって大きな名誉だ。

獅子宮殿に行けるとなると、誰もが喜ぶだろう。……マリ以外は。

（そもそも、私みたいな戦争捕虜は獅子宮殿にそぐわないし。きっと誰かが代わってくれるはず）

そう思うと気持ちが少し楽になった。

……でも、どうしていきなりこんなことになったのか、理由が分からない。

（一体誰が、私を中級メイドに昇級させて、獅子宮殿に配属したのかしら？　……もしかして？）

しばらく悩んでいたマリの頭の中に、先日厨房であった件が浮かんだ。

（まさか……。あの時の料理のことで？）

自分の料理で、晩餐会が無事大成功に終わったという話は聞いた。

その功を称えての栄転ってこと？

まさかと思ったが、それ以外の理由が見つからない。

マリはふと皇太子が言った言葉を思い出した。


「私が直接君に褒美を与えよう」


（これはご褒美なんかじゃないよ！）

マリはむしろ泣きたかった。

普通のメイドにとっては、獅子宮殿は夢の職場かもしれないけれど、マリは今や獅子宮殿の近くに行くだけで鳥肌が立つ。

もし何かしでかせば、その時は本当に首が飛ぶかもしれない。

（怖すぎる……。絶対誰かに代わってもらおう……）

こう心に決めたマリは、一旦ユニフォームを着替えに行った。

下級メイドと中級メイドは担当する業務が全く異なるため、ユニフォームも違う。

雑用担当の下級メイドの服は作業着のような感じだけど、皇族や貴族たちを相手にする中級メイドの服は、もっとドレスに近かった。

(私がまた、こんな服を着ることになるなんて……)

……今さらこんな服を着たって、似合わない。

スカートのレースとフリルに違和感がある。

(仕事がきつくても、人目につかない下級メイドの方がいいのに……)

マリは小さくため息をついた。

誰のせいでもない。おせっかいをして、あれこれ首を突っ込んだ自分が蒔いた種だ。

(知らんふりした方が良かったのかな……。そしたら、こんなに不安な気持ちにならずに済んだかもしれない)

でも、後悔はしない。

もう一度ため息をついたマリは、グローリアホールへと向かった。

グローリアホールのメイド長であるブランシュは、マリを上から下まで舐め回すように見た。

「あなたがマリさん?」

「はい、マリです。はじめまして」

「元々百合宮殿で働いていたって? クローヤン王国出身って聞いたけど」

ブランシュは疑うような目でマリを見た。

こんな子がなぜ中級メイドに昇格できたのか、理解できないという目。

マリも全く同感だった。

（私もそう思います……）

本当は、今すぐにでも百合宮殿に戻して欲しい。

「宴会が始まったら、参加者に付き添って、彼らの世話をしてください。いくら下級メイドでも皇宮で三年も働いたんだから、礼法は熟知してますよね？」

「はい」

ブランシュが頷いた。

「スーザンから仕事だけはしっかりできる子だと聞いています。あなたの仕事ぶりを見させてもらいますわ」

こうしてグローリアホールでの勤務が始まった。

宴会の華やかな光景に、マリは目がくらみそうになった。

（ここが宴会場……）

おかしな話だが、マリは王女だった頃にも宴会場に行ったことがなかった。

王妃から生まれた嫡流の兄弟たちが、平民の母を持つ庶子である彼女をひどく嫌っていたからだ。彼女が王宮に入ってから、帝国の侵略によってクローヤン王国が滅びるまでの二年余り、彼女は宮殿の中に籠り息をひそめて静かに過ごしてきた。

たまにはこっそり塀を越えて、正体を隠したまま宮外の人に会うこともあったが、それ以外は幽閉されているような生活だった。

でも、そのおかげで生き残ったかと思うと、実に皮肉なことである。

「カクテルを」

「はい、かしこまりました」

マリは流れるような動きで宴会の世話をした。初めての仕事だったが、以前見たメイドマスターの夢の影響で上手くやれた。

宴会場の中を見回してマリは思った。

(ここも貴族、あそこも貴族。貴族ってこんなに多いんだ。皇族とか他の国の王族もいるし)

おしゃれに着飾って宴会を楽しんでいる人たちは皆、有名な貴族ばかり。皇宮で長い間働いていたにもかかわらず、貴族たちと直接会う機会がなかったマリにとっては、別の世界に来たかのようだった。

その時、マリはあることに気づいた。

(え、ちょっと待って。私が宴会場にいるってことは、あの夢と関係のある事件がここで起こるってことじゃない?)

思わず唾をごくりと飲み込んだ。

(いやっ、まさか……違うわよね? こんなに貴族がたくさんいるのに、何も起こらないわよね?)

必死にそう思おうとしたが、自分でも屁理屈だってことくらい分かってる。事件や事故は貴族や平民を問わず公平に訪れるものだ。

近衛兵の力強い声が響き渡った。

「皇太子殿下のご入場です！」

驚いて振り返ると、長いマントを肩に羽織った皇太子が宴会場の入り口に立っていた。

シャンデリアの明かりが鉄仮面に白く反射する。

皇太子は皇族のために準備されている席の中でも、一番の上座に着席した。

「皆、楽しんでくれ」

皇太子の登場で静かになっていた宴会場に再び音楽が流れ、会場は楽しい雰囲気に包まれた。

その一方で、マリは困り顔になっていた。

(なんでこんなに近いの!?)

マリが担当している区域と皇太子の席との距離が近すぎて、振り向いたら目が合ってしまいそうだった。

(わぁ〜。意識しちゃダメ、意識しちゃダメ)

マリはそう心の中で繰り返しながら仕事を続ける。

参加者の様子を見て、足りない食べ物を厨房に頼んだり、飲み物を持って来たりと、様々な仕事をこなしていくうちに、夢中になりすぎて、つい皇太子の方を振り向いてしまった。

「……！」

……心臓が止まるかと思った。

目がばっちり合ってしまった。鉄仮面の穴から、光る青い瞳がマリをまっすぐ見ている。

マリが慌てて頭を下げた。

（き、気にしちゃダメよ。きっと偶然だから）

相手が相手なだけに恐怖で心臓がドキドキした。

（と、とにかく仕事を……）

マリはできるだけ皇太子に背を向けて仕事をした。だが飲み物を取ろうと思い、ふと振り向いた瞬間、またしても目が合ってしまった。

「……！」

（なんで、ずっとこっちを見ているの⁉　こっちに何かあるのかしら⁉）

マリは泣きそうになった。

本当、心臓に悪い……。もう、皇太子のいない場所に行きたい……。

（他の所に行こう……）

そう思ったマリは、できる限り皇太子の席から離れようと立ち上がった。

ところが後ろから、冷たく低い声が彼女を呼び止める。

「マリ」

「……⁉」

一瞬、空耳かと思った。

でも、聞き間違えじゃない。明らかに自分を呼ぶ声だ。

マリはゴクリと唾を飲み込んだ。

(なんだろう？)

皇太子が席に座ったまま、マリをじっと見つめている。その側には宰相のオルンもいた。

「殿下にご挨拶申し上げます」

心臓の鼓動が耳元で聞こえるかのようだ。体中から嫌な汗が吹き出る。

(なんで私を呼んだんだろう？　もしかして？)

マリはひどく緊張したが、皇太子の口から出た言葉は、ごく普通の言葉だった。

「飲み物を持ってきてくれるか？」

「……」

「マリ？」

「あ！　はい！　どのような飲み物がよろしいでしょうか？」

「イチゴのジュースを」

マリは口をぎゅっと閉じた。

緊張していた自分が、なんだか恥ずかしい。

それにイチゴジュースだなんて！

生娘の生き血ならともかく、あの『血の皇太子』には全然似合わない。

「……少々お待ちくださいませ」

マリはイチゴジュースを皇太子に持っていった。

「イチゴジュースでございます」

「ありがとう」

さっさと逃げ出そうとしたら、皇太子がじっとこっちを見ていることに気づいた。

どこかで見たことがあるような、深い深い、青い瞳。

マリはぎこちなく笑いながら皇太子に尋ねる。

「殿下、他にご入用なものがございますでしょうか？」

皇太子の唇がピクッと動いたのをマリは見たが、結局彼は何も言わなかった。

「……？」

皇太子の言葉を待ったものの返事がないので、一旦この場から離れることにした。

「また、何か必要なものがございましたら、お申し付けください」

「……分かった」

マリがいなくなった後、皇太子ラエルの隣の席に座っていたオルンが尋ねた。

「殿下、何か問題でもありましたか？」

「うん？」

「いつもと少し、様子が違うような気がしまして」

オルンが不思議そうな顔で首をかしげる。

何がとは言い難いが、ラエルの様子が何かいつもと違う。

ラエルはしばらく黙り込んだ後、一点を見つめたまま口を開いた。

「……いや、なんでもない」

オルンはラエルの視線を追った。

そこには小柄なメイドが宴会の給仕をしている姿があった。

イメージにそぐわないイチゴジュースを飲んでいるラエルと、仕事をしているマリ。

二人を交互に見ていたオルンは、不意にある可能性に思い当たる。

（え、ま、まさかそんな？）

オルンの頭に電撃が走るのだった。


やがて宴会の前半が終わった。オーケストラがテンポの遅い穏やかな曲を演奏し始め、参加者は休息を取りに行く。メイドたちは会場内を行ったり来たりしながら、足りない食べ物や飲み物を補充して回った。

マリが飲み物を持ってバルコニーの方に向かっている時だった。

突然バルコニーから飛び出してきた人とぶつかってしまった。

「きゃあ！」

小さく悲鳴を上げたマリは、ぶつかった相手を見て真っ青になった。持っていた飲み物が相手のジャケットにこぼれてしまったのだ。

「大変失礼いたしました！　本当に申し訳ございません。私のせいで……」

マリは慌てて頭を下げた。

いきなり飛び出してきたのは向こうの方だけど、相手は貴族だ。マリが頭を下げ、許しを請う。

幸い、その貴族は気性の荒い人ではないようだった。

相手はジュースまみれになったジャケットを脱ぎながらこう言った。

「私は大丈夫です。お怪我はありませんか？」

その言葉にそーっと顔を上げると、すごい美男子がマリを見ていた。

黒髪に黒眼、柔らかな目元。それに知的な雰囲気を醸し出す眼鏡。

（最近、イケメンによく会うな……）

高貴な貴族たちが集まっている宴会場には数多くのイケメンがいるけれど、誰もこの男には及ばない。彼に匹敵しそうなイケメンと言えば、以前白鳥庭園で見た、皇室親衛隊のキエルと、あの正体不明の金髪の男性くらいだろう。

青白くて病弱に見えるけど、それ以外は完璧な容姿だった。

「本当に申し訳ありません……」

「いえいえ。飛び出したのは私です。服は着替えればいいですから、気にしないでください。そちらこそお怪我がないようで何よりです」

男がにっこりと笑った。

優しく穏やかな笑顔に、思わず胸がドキドキした。

紆余曲折の多い人生だけど、マリもまだまだ十代の女の子。こんな魅力的な笑顔を見ると、胸もときめくというものだ。

「あっ！　服！　すぐにお着替えをお持ちします」

「ありがとう。このジャケットは洗濯してもらえますか？」

「かしこまりました」

「では、ここで待っています」

マリはジュースまみれになったジャケットを男から受け取り、代わりのジャケットを取りに急いでバルコニーから降りて行った。


「可愛いメイドさんだね」

そんな彼女の姿を見て男がくすくすと笑った。

「小さいし可愛くて、ちょうど俺の好みな子だな。ランに言って、私の宮殿に連れて行こうかな？」

マリとぶつかった男の口から出た言葉は驚くべきものだった。

「ラン」とは、皇太子の幼名である。東帝国の支配者である皇太子の幼名を平然と呼ぶこの男は「ヨハン」。またの名を「ヨハネフ三世」。言わずと知れた西帝国の皇帝である。

「ダメって言われるだろうけど」

肩をすくめたヨハネフ三世がバルコニーの外に視線を向ける。いたずらっ子のような笑みを浮かべていた時とはうって変わって、真剣な目になっていた。

「冗談を言っている場合じゃないか……。早くモリナ王女の件をなんとかしなければ」

彼は皇帝でありながら、変装をしてまで東帝国に潜入したのは、すべてモリナ王女を探すためだった。

「俺の計画のためには彼女がいる。でもなかなか見つからないな」

ヨハネフ三世は小さな手帳を取り出した。

その手帳には数十人もの女性の名前が書かれていた。

「レイナでも、ケニアでも、ソニーでもない」

彼は手帳に目を通してから、やれやれと首を横に振った。

「全部違う。情報が間違っているのか？」

彼が見ているのは、クローヤン王国が滅亡した当時、この皇宮に連れて来られたメイドたちの名簿だった。

「モリナ王女がこの皇宮に、メイドとして連れて来られたのは確かだ。それは間違いない」

偶然手に入った、奇跡のような情報だった。

ヨハネフ三世は情報を入手したその日のうちに、クローヤン王国から東帝国の皇宮に連れて行かれた捕虜の名前をすべて調べた。その名簿を基に一人一人の素性を調べたが、思わぬ難関にぶち当たったのだ。

「疑わしい人物が、一人もいない」

最初から簡単に見つかるとは思わなかった。

情報は「皇宮に連れて行かれたメイドの中に、モリナ王女が紛れ込んでいる」ということだけで、モリナ王女の正確な顔までは分からない。

「顔を知らなくても、誰も知らないメイドとなるはずだから、すぐ分かると思ったが……」

全く見当がつかない……。

モリナ王女は見た目では絶対に気づかれないほど、自分を完璧に隠しているのだろう。

「それでも……。どんな手を使ってでも探し出す」

計画には彼女が絶対に必要だ。ヨハネフ三世の黒い目が冷たく光った。

「俺には時間が……」

そう彼がつぶやいた時だった。

ズキッ！！！

ヨハネフ三世の顔が凍り付いた。

「……ほ、発作か」

突然襲ってきた胸を締め付けるような激痛に、彼は血がにじむほど強く、唇を噛んだ。

ただでさえ白い顔が、死人のごとく青ざめていく。

「は、早く薬を……」

ヨハネフ三世はずっと昔から原因不明の持病を患っていた。これは西帝国内でもごく一部の人間だけが知っている機密中の機密。侍医が処方した秘薬だけが、この発作を抑える唯一の方法だった。

彼は震える手でベストのポケットの中を探った。

最近はずっと、体調が良かったから安心していた。この半年、一度も発作を起こさなかったのに、よりによって今、こんなにひどい発作が……。

胸の奥から広がる激しい痛みに、意識が朦朧としてくる。

(は、やく……)

手が震えて薬がなかなか見つからない。

気を失いそうになるのを必死に耐えながら、やっとの思いで薬入れを取り出し、白い薬を口に入れた。ところが、薬を飲んだ後も、症状は悪くなっていくばかりだった。

(なぜ薬が……)

いつもなら、薬を飲んだらすぐ心臓の痛みが治まるのに、なぜか今回は全く効かない。

ガタン!

絶え間なく続く激痛に、手から薬入れが転げ落ち白い薬が床に散らばる。

「陛下、発作がひどい時は、白い薬だけでは発作が治まらなくなります」

「じゃあ、どうすればいいんだ?」

「その時は、この青い薬を飲んでください」

「青い薬? 白い薬と何が違うんだ?」

「効果が全く違います。忘れないでください。白い薬が効かない場合は、必ず青い薬を飲んでください」

侍医の言葉を思い出したヨハネフ三世は歯を食いしばって、必死に手を動かした。
「あ、青い薬を……」
青い薬は反対側のポケットに入っている。
しかし、彼がポケットに手を入れようとした瞬間だった。
「くはっ」
耐え切れなくなりついに崩れ落ちた。
(ダメだ……)
目の前が次第に暗くなる。
少しずつ脈が遅くなって、意識が、暗闇に沈んで行く……。
(ここで……倒れる、わけ、に、は……)
それを最後に、彼は意識を失った。
こうして、西帝国の皇帝ヨハネフ三世は、一人でバルコニーに倒れたのだった。

濡れたジャケットを洗濯に出して、代わりのジャケットを持って宴会場に戻ってきたマリは、足早にバルコニーへと向かった。黒髪の男を待たせているから、できるだけ急いだのだ。
「お待たせして申し訳ございません！　ただいま服を……」

そう言いながらバルコニーのドアを開けたマリは、びっくりしてその場に凍り付いた。

黒髪の男が倒れている！

（これは一体⁉）

想像もしていなかった事態にひるんだのもつかの間、マリは何をすべきか考えた。

（早く応急処置を！）

マリは驚いて悲鳴を上げるとか、普通の人がしそうな反応はせず、適切な医学的措置を取り始めた。

倒れた男の頸動脈を指で触り、体の状態を確認する。

……まるで「夢の中の軍医」になったかのように。

（脈がほとんどない！　心停止寸前！）

呼吸もない。

このままでは、完全に心臓が止まってしまう。

（すぐに処置を！）

マリが辺りを見回すと、男が床に落とした白い薬が目に入った。

マリは素早く拾いどんな薬か確認した。幸いにも、夢の中で見たことがある薬だった。

（心臓発作が起きた時に発作を鎮めるために使う血管拡張剤だ。でも、この薬は心停止直前に使うと、症状を悪化させる）

マリは男性が別の薬を持っていないか調べた。

ポケットの中に青い薬があった。

（強心剤！　この薬だ！）

マリは薬入れから青い薬を二錠取り出して男に飲ませた。

意識がなくて自力では薬を飲み込めない状態だったので、口移しで直接飲ませるしかなかった。

唇と唇が触れることに一瞬だけ戸惑う。

薬を飲ませなければ、この男は死んでしまう。恥ずかしいと言ってる場合ではない。

薬を飲ませた後、脈をもう一度確認したマリの顔が真っ青になる。

（脈が完全になくなった！）

わずかに動いていた心臓が、今、完全に止まった。

心停止だ。

「ダメ！」

緊迫した状況で、マリの体が本能的に動く。

（心肺蘇生法！）

マリの小さい手が、力強く男の胸を押し始めた。

（薬が効くまで心臓を圧迫する！）

マリは体を上下に動かしながら、体重を乗せ心臓マッサージを施した。

マリの頭に、夢の中の軍医が言っていた言葉が浮かぶ。

「……誰も死なせたくない」

(死なせない！)

心臓が止まった原因は、衝撃による心機能の低下。

心臓は薬を投与すれば時間の経過とともに回復するが、心機能が低下したまま患者を放っておくと、回復する前に死亡してしまう。心臓が止まっている間、酸欠による多臓器不全に陥るからだ。

それを防ぐためには心機能が戻ってくるまで、外部から直接心臓を押してあげなければならない。

そうすれば血が全身に届き、心機能が戻ってくるまでの時間を稼ぐことができる。

「助けられる！　もう少し！　もう少しだけ！」

マリは必死に心肺蘇生法を施した。胸の圧迫とともに人工呼吸も行った。

唇が触れるのを恥ずかしく思うほどの余裕はない。

マリの額から汗が滝のように流れる。

しばらく心肺蘇生法を続けていると……。

ドクン、ドクン……。

男の心臓が再び動き始めた！

「はあ……」

マリが長いため息をついた。

心機能が戻った。呼吸も戻っている。

「良かった。本当に良かった……」

全身の力がすっと抜けるのを感じた。

一息ついた彼女は、汗でびしょ濡れになった顔を袖で拭ってから他の人を呼びに行った。

「なんだ⁉　これはどういうことだ⁉」

人々が驚いて駆けつけ、男はすぐ別室に運ばれた。

男は皇宮の医師の診療を受けることになるだろう……。

運ばれていく男の顔を見た何人かが騒ぎ始めたが、マリにはどうでもいいことだった。

マリは安堵のため息をつきながら思った。

(……この前の夢は、この方のためだったんだ)

どんな事件が起こるのかと、すごく心配したけど、とにかく助けられて良かった。

心停止してからすぐ処置したから、問題なく回復できるはずだ。

それに、今回は誰にも見られなかった。

(皇太子の目にもつかなかったし)

男が倒れた場所が、誰もいないバルコニーで助かった。

メイドである自分が心肺蘇生法で男を助けたとは、誰も思うまい。

マリからしたら、完璧な結末だった。

(無事に終わって、本当に良かったわ)

……しかし、この時のマリには想像もつかなかった。

男がずっと意識を失っていたわけではなく、うっすらと、マリのことを覚えていたということを。

「陛下！」

「大丈夫ですか？」

翌日、目覚めたヨハネフ三世の耳に心配そうな声が聞こえてきた。

しばらくそのままぼんやりと天井を見つめていたヨハネフ三世は、自分の状況に気づいた。

「生きているのか……俺は」

「だから！　宮殿から出るのは危険だって、何度も申し上げたじゃありませんか！」

ショーバー伯爵が泣きそうな顔で叫んだ。

秘密裏に同行していた、侍医のガルト男爵が長いため息をつきながら言った。

「今回は本当に危なかったです」

ヨハネフ三世が頷いた。

今回の発作は以前とは比べ物にならないくらいひどかった。

彼自身も意識を失う瞬間、すべてが終わったと思ったくらいだ。

「ここ最近発作がなかったから安心して外出したのだが……。大変なことになるところだったな」

いくら自由を楽しむ性格でも、発作が続いている時に宮殿から離れる度胸はない。

それは度胸なんかじゃなくて、ただの無鉄砲だ。

ヨハネフ三世が今回の東帝国行きを決めたのは、モリナ王女の件が重要ということもあったが、病状が好転して宮殿を離れても大丈夫と判断したからだった。

それなのに、こんなにひどい発作が起きるなんて……。

「おそらく、発作を抑える薬の用量を減らしたせいでしょう」

侍医のガルトが言った。

「やっぱりそうか。じゃあ、薬の量をまた増やさなければいけないな」

「はい。薬を以前と同じ用量で服用すれば、これほどの発作が起こることはないでしょう」

「嫌(いや)だけど、仕方ない」

ヨハネフ三世が眉(まゆ)をひそめた。

発作を抑える薬は副作用がひどい。それで量を減らしたのだが、また増やさざるを得なさそうだった。

「それ以外に問題はないんだな？」

「はい。診察(しんさつ)したところ、他には何も問題ありません。心臓が完全に止まる前に陛下が青い薬を服用されたおかげです。本当に良かった」

侍医の言葉にヨハネフ三世は驚いた。

「青い薬？　俺がそれを飲んだと……？」

「はい、きちんと二錠、服用されていました」

ヨハネフ三世が首を横に振った。

「その薬を飲んだ記憶(きおく)はない」

はっきり覚えている。

自分は青い薬を取り出せず、そのまま意識を失った。

侍医は彼に青い薬が入っていた薬入れを見せた。

「いいえ。陛下は確かに薬を服用されました。それも正確な用量で、二錠」

薬入れには青い薬が八錠残っていた。元々十錠あったから、ちょうど二錠がなくなっているという計算だ。

「そんなはずはない……。俺は確かに……」

混乱していると、記憶の中の声が聞こえた。


「助けられる！　もう少し！　もう少しだけ！」


意識を失っていた間、かすかに聞こえた声。

そして、誰かが自分の胸を押して息を吹き込んでくれた。ぼやけた記憶の中で、自分の唇に触れたあの感触だけが、はっきり残っている。

「……あれは夢じゃなかったのか？」

「どうされましたか、陛下？」

ヨハネフ三世はその時のことを侍医に説明した。

青い薬を飲む前に倒れたけど、誰かが応急処置をしてくれたようだという話を聞いて、侍医は驚き、深く息をついた。

「はあ、さようでございましたか。神様が助けてくださったのですね」

「どういう意味だ？」

「その方がいなければ、最悪の事態になっていたと思われます」

「そうなのか？」

「はい。それくらい危険な状態でした。その方がどんな応急処置をしたか、覚えてらっしゃいますか？」

ヨハネフ三世がうっすらと覚えていることを話すと、ガルトが感嘆の声を上げた。

「本当に素晴らしい。完璧な応急処置でございます。そのおかげで、無事に回復されたのでしょう」

ヨハネフ三世は静かに、続くガルトの言葉を待った。

「……応急処置をした方が誰なのかはわかりませんが、きっと私に劣らないほど医療に精通した人物なのでしょう」

ヨハネフ三世は頷いた。そのような人物に助けられたから自分は死なずに済んだのだろう。

ところが、彼の頭に一つの疑問が浮かんだ。

(では、俺に息を吹き込んでくれた人は女性ではなかったということか？　あの時の感触は確か、女性の唇のような感じだったのに……)

侍医に劣らないほどの実力を持った医師が、女性であるはずはない。

ヨハネフ三世は自分が勘違いしたのだと思った。

「奇跡だな。俺が倒れた時、そんな優れた医師が近くにいたなんて」

「はい、神様のご加護のおかげでございます」

「お礼をしなければ。それで、俺を助けたその名医は誰だ？　東帝国の侍医か？」

あの状況でも無理なく応急措置が行える人物なら、きっと名のある医師だろう。

そう思ったヨハネフ三世はガルトに尋ねた。ところが、ガルトの答えは意外なものだった。

「それが、分からないのです」

「分からない？」

「当時、現場にいたのは陛下を発見したメイドだけでした」

「メイド？」

ヨハネフ三世が首をかしげた。

「ふむ……。そのメイドを呼んでくれ」

彼は自分を救った名医を探すために、メイドを連れてくるように命じた。


ヨハネフ三世の部屋に連れて行かれたマリは、青ざめていた。

(あの方が西帝国の皇帝、ヨハネフ三世ですって!?)

男の正体が、西帝国の皇帝であるヨハネフ三世であることは、すでに皇宮中に知れ渡っていた。

あんな騒ぎが起きたのだから、正体がバレて当然だ。

(よりによってまた……)

マリは動揺を隠し切れない。

どうにか皇太子を避けられたと思ったのに、なんでこうなっちゃうの？

一難去ってまた一難ってやつなのか⁉

……ヨハネフ三世。

十五歳という若さで皇帝となり、僅か十年で、混乱に陥っていた西帝国に平和をもたらした人物。

だからといって心優しい聖君というわけではなかった。彼が西帝国を安定させる過程で行ってきたことは、東帝国で『血の皇太子』と呼ばれるラエルと同じように残酷だった。

彼が皇帝に即位した初日、自分に無礼な振る舞いをした公爵の首をその場で斬り落とし、領地を火の海にしたことは、大陸の誰もが知っている有名な話だ。

ヨハネフ三世も皇太子と同じく、目的のためには手段を選ばない、冷酷な君主なのだ。

(どうして私はいつもこうなるのよ！)

何かするたびに、血の皇太子と絡む羽目になって辛いのに、今度は他の国の皇帝にまで……。

誰にも知られないようにひっそりと生きていけたらそれでいいのに！

……本当、もう泣きたい。

「西帝国の皇帝陛下にご挨拶申し上げます。メイドのマリと申します」

ベッドにもたれかかって座っていたヨハネフ三世がマリを見てにっこり笑った。

「あの時のメイドさんですね。私のジャケットは洗ってくれましたか？」

「えっ……」

その優しい声にマリは当惑した。

西帝国の皇帝に謁見する事態になってとても緊張していたのに、思ったより親しみやすい話し方だったのだ。しかもメイドの自分に敬語なんて。

「陛下、敬語をお使いいただく必要はございません」

「ああ、気にしないでください。ただの癖だから。私は元々自分のテリトリーに入っていない人には敬語です」

自分のテリトリーに入っていない人？　なんだか意味深な言葉だった。

「陛下のジャケットはきれいに洗濯して保管しております」

「そうですか。ありがとうございます。今日マリさんをここに呼んだのは、一つお聞きしたいことがあるからなんです」

その言葉に、マリは唾を飲み込んだ。

(しっかりしないと。相手は西帝国の皇帝だ)

優しい笑顔で敬語を使う相手。

ああいう話し方の方がむしろ怖い。彼がどんな人なのか、マリはよく知っている。

皇太子ラエルが圧倒的な力で敵の上に君臨するライオンのような人なら、このヨハネフ皇帝は笑いながら人を絞め殺す蛇のような人。

優しい黒眼の下には血の皇太子にも負けない、冷酷さが潜んでいる。あっという間にマリの正体もバレてしまうかもしれない。

「マリさんが倒れていた私を発見したと聞いています。その時、他に誰か見ませんでしたか？」

「他の人ですか？」

「そうです」

マリはできるだけ淡々と答えた。

「あの時、バルコニーには陛下が倒れていただけで、誰もいませんでした」

その答えを聞いて、ヨハネフ三世はしばらく考え込んだ。

（誰もいなかった？　そんなことあり得るのか？）

誰もいないというなら、ヨハネフ三世を助けた人は応急処置をしておきながら、そのまま患者を放置して姿を消したということ。常識的に考えてあり得ない。応急処置が上手く終わったとしても患者はまだ油断できない状態だ。少なくとも患者が安定した措置を受けられるように、他の人を呼んでからいなくなるのが普通だろう。

自分を助けられるほど優れた医学的知識を持つ者が、果たしてそんな無責任なことをするだろうか。

（他の誰かを呼ぶのが難しい状況でもなかったはず）

そう思ったヨハネフ三世はマリの目をまっすぐ見つめた。

しかし、マリからは嘘をついている気配は感じられない。

（ふむ……。嘘をつく理由もない。じゃあ、なんだ？）

皇帝になってからずっと、熾烈な暗闘を乗り越えてきた彼の勘は確かだ。

何かおかしい。

ヨハネフ三世はあの時のことを、もう一度思い返してみた。

「助けられる！　もう少し！　もう少しだけ！」


あの時聞こえた声。

両手が自分の胸を押していたことや誰かが口に息を吹き込んでくれたこと。

……そして、女性のような、柔らかい唇の感触。

そういえば胸を押していた手も小さかった。まるで少女の手のように。

考えれば考えるほど何かおかしい。自分の記憶は本当に正しいのか？

その時だった。

ヨハネフ三世の視界に黙って立っているマリの姿が入ってきた。

……正確には彼女の手と唇が。

（ちょっと待てよ）

あのマリというメイドは小柄な方だ。

手もとても小さい。彼がうっすらと覚えているのと同じだ。

そして唇……。優しく可愛い雰囲気の顔にある小さな唇は、赤くて柔らかそうに見えた。

（まさか？）

ヨハネフ三世の頭に一つの仮説が浮かんだ。しかし、彼はすぐにそれについて考えるのをやめた。

あまりにも突拍子もない仮説だったからだ。

（あんな少女に俺を助けられるはずがない。気を失った影響か。俺がこんなとんでもないことを考えるなんて）

彼は再び頭の中で状況を整理した。

自分の記憶に間違いはないか。

（いや、間違いない）

朦朧としていたが、あの手と唇の感触だけははっきりと覚えている。

緊迫した状況とは真逆の異質な感触が、むしろ鮮明に脳裏に焼き付いていた。

（でも、あり得ないじゃないか……）

ヨハネフ三世はもう一度マリをじっと見つめた。

誰も見ていないという証言。自分の応急処置をしてくれた人とそっくりな手と唇。

常識的に考えてそんなはずはないのに、なぜかどんどん疑わしく思えてきた。

（まさか本当に……？）


一方、ヨハネフ三世にじっと見つめられたマリは、緊張で息が詰まる思いだった。

まるで猛獣に狙われているようだった。

（……最近、なんでこんなに上手くいかないんだろう）

せっかく周りの人を助けてあげられる力が宿ったのに、日に日に状況がややこしくなっていくばかりだ。

「マリさん」

ヨハネフ三世が彼女を呼んだ。

マリは、はらはらしながら答える。

「はい、陛下」

(お願い！　もう何も聞かないで！)

しかし、ヨハネフ三世の口から出た言葉は彼女の願いとは正反対のものだった。

「私の近くまで来ていただけますか？」

マリはびっくりして目を大きく見開いた。

ヨハネフ三世が再び優しい声で言った。

「こちらに来てください。ちょっと確認したいことがあるので」

「……え？」

マリは不安に包まれた。

「長くはかからないと思います」

マリはもじもじしながら歩を進めた。

猛獣に自ら食べられに行く感じ……。

すぐにでもドアを開けて逃げたかったが、この男は『西帝国の皇帝』だ。自分は身分の低いメイドにすぎない。いくら相手が他国の皇帝だとしても、彼の言うことには逆らえない。

「こ、これでよろしいでしょうか？」

「もう少し近く」

「……もっとですか？」

今も、冷や汗が出るくらい近いのに。

「はい、もっとこちらに」

あと数歩近づくと、彼が腰かけているベッドに体が触れた。

「これで、よろしいでしょうか……？」

マリがヨハネフ三世から目を逸らしながら口を開いた時だった。

ヨハネフ三世がいきなりマリの手を握った。

「ちょっと失礼します」

「へっ、陛下⁉」

マリは驚かずにはいられなかった。

「一体、何を？」

「もう少し。すぐに……、済みますから」

マリは慌てて手を振り払おうとしたが、彼は手を強く握って離してくれない。

ヨハネフ三世は手を握りしめたまま、じっとマリの顔を覗いた。

瞳に異様な光がこもっている。

その瞳のせいか、それとも慌てていたせいなのか、マリの顔は真っ赤に燃え上がった。

「陛下、離してください……」

マリはすすり泣くかのような声でお願いした。

その声を聞いたヨハネフ三世は、ようやく彼女の手を離した。彼は申し訳なさそうに言う。

「すみません。どうしても確認したかったことがあったので……。失礼しました」

「何を……？」

マリが高鳴る胸を、両手で押さえながら尋ねた。

ヨハネフ三世はにっこりと笑った。

「とてもきれいだったので、実際に触って確認したかったのです」

ヨハネフ三世はこう続けた。

「私が思った通り、小さくてきれいな手ですね」

マリはギュッと口をつぐむ。

美しい容貌を持つ男の、甘い言葉。

本来なら胸がドキドキしそうな場面だったが、マリの心臓はむしろ凍り付いた。

彼の意図がそんなものではないことを、ひしひしと感じたからだ。

(どうして急に私の手なんか……？)

ヨハネフ三世がまたマリの顔を覗き込む。

相変わらず異様な光のこもった瞳……。

危険な美しさを持つその瞳に、マリの背筋が凍る。

ヨハネフ三世は瞬きもせずマリの目をじっと見つめ、何かを言おうと口を開いた。

「マリさ……」

ところがその時、突然ドーンという大きな音とともに、部屋の扉が荒々しく開いた。

そして響く低い声。

「おい……。何をしてる？」

「……！」

マリはびっくりしてベッドから離れた。

ヨハネフ三世も驚いた様子で部屋に入って来た人物を見る。

「今、何をしているのかと聞いた」

ひどく不快そうな声。

現れたのはこの帝国の皇太子であるラエルだった。彼は冷たい鉄仮面の奥からヨハネフ三世を睨み付けた。

「答えろ、ヨハン」

東西それぞれの帝国の支配者であるヨハネフ三世とラエル。二人の間にしばらく重い沈黙が流れた。

あまりの出来事にその場に凍り付いていたマリは、はっと気がつき礼をした。

「皇太子殿下にご挨拶申し上げます」

「お前はこっちに来い」

「え？」

「そこにいないでこっちに来るんだ」

　マリは不快感に満ちた皇太子の声に当惑した。

（どうしてこんなに怒っているんだろう？）

　あれほど不機嫌な皇太子は初めて見た。

　理由は分からないけれど、とにかくマリは命令に従い急いで皇太子の後ろに行った。いつもは怖い皇太子だけど、今だけは彼が来てくれたことが嬉しかった。ヨハネフ皇帝の前から一刻も早く逃げたかった。

　……皇太子に会えたのが嬉しいだなんて。

　皇太子はマリが自分の後ろにいるのをちらっと確認した後、ヨハネフ三世に向かって吐き捨てるように言った。

「体調が悪いと聞いたが、嘘だったみたいだな」

　皇太子はヨハネフ三世に敬語を使わなかった。両帝国はお互いの皇室を公式に認めていないからだ。

　ヨハネフ三世は笑いながら言葉を返す。

「お会いできて嬉しいです、ラン。ところで、どうしてそんなに怒っているんですか？　久しぶりだっていうのに、少し寂しいですね」

「無礼な客が俺のものに手を出したというのに、怒らないわけがないだろう」

ヨハネフ三世が首をかしげた。

「それはどういう意味ですか？」

「このメイドのことだ。俺のものに、なぜ貴様が手出ししているのだ」

「……!?」

皇太子の言葉を聞いた全員が面食らった。

ヨハネフ三世はもちろん、当事者であるマリもひどく驚いた。

（え？　今、なんて？　俺のもの？）

……よく考えると、皇太子の言葉はあながち間違いではない。

マリは皇宮に所属するメイドだし、皇太子は皇宮の主なのだ。だから彼女が彼のものであることは、間違いではない。

（……まあ、そういう意味で言ったのでしょう。……だよね？）

マリは必死にそう思うように努めた。

誤解されかねない表現だけど、あの血の皇太子が別の意味であんなことを言うはずがない。そうするほどの仲でもないし、きっと敵国の皇帝が自分の使用人に手出ししたのを不快に思っているだけなのだろう。

「今すぐにでもここから追い出したいが、貴様の体調に免じて、今回だけは見逃してやろう。だが、この皇宮にいる間はもっと言動に気をつけろ」

ヨハネフ三世が肩をすくめて答えた。

「肝に銘じましょう」

「回復したら即刻国へ帰れ」

そう言って皇太子は、部屋から出て行く。マリも空気を読んで、皇太子の後を追った。

彼らが去って、ヨハネフ三世がふっとため息をつく。

「ふぅ、相変わらず怒りっぽいな」

さっきのことを思い出したヨハネフ三世が、小さく微笑みながらつぶやいた。

「面白いな」

ラエルはメイドの前に立っていた。まるで彼女をかばうかのように。

普段の彼の性格から考えると、驚かざるを得ない光景だ。

(俺のものか。ははっ、ランにあんな一面があったとは)

興味深いのはそれだけではない。

「さっきのメイドも、何か怪しい」

ヨハネフ三世はメイドの手の感触を思い出す。昨夜、自分を応急処置してくれたのと、ほぼ同じ大きさの手だ。これはただの偶然だろうか?

「違うと思うけどな」

ヨハネフ三世が小さくつぶやいた。

根拠のないただの勘だった。でも、いくつもの修羅場を乗り越えてきた彼の勘は、どんな合理的な判断よりも正確な時がある。

「唇の感触まで確認してみれば、一発で分かったのにな。キスして確認するべきだったか？」

そう言ったヨハネフ三世の微笑みが一層深くなった。本当は、キスしたかった。

手を握った時、緊張で震えている姿が、とても可愛かったから。

衝動的にキスして確認しようとした瞬間、皇太子が部屋に押し入ってきたのだ。

「俺がもし彼女にキスしていたら、首が飛んでいたかもしれないな」

ヨハネフ三世は面白そうに笑った。

ラエルが怒った理由は明白だ。窓の外から自分があのメイドの手を握ったのを見たのだろう。手だけでもあんなに怒っていたのに、もし自分があのメイドの唇まで奪ったとしたら、どんな反応をしただろう。

「ははは。体調が回復し次第、すぐに帰るつもりだったんだが……」

ヨハネフ三世が静かに言った。

「もう少しこの宮殿に留まることにしよう」

マリは小走りで皇太子の後を追った。
さっさと仕事に戻りたかったが、皇太子から「持ち場に戻れ」という命令が下されなかったので、

そのままついて行くしかなかったのだ。

(皇太子は、どうしてこんなに怒っているのかしら?)

敵国の皇帝と話をしたせいかと思ったが、そうではないようだった。

部屋を離れてからもずっと機嫌が悪い。

(仕事に戻らないといけないんだけどな)

ヨハネフ三世の部屋に長居しすぎた。そろそろ帰って残った仕事をしなければ。

それに、仕事じゃなくても皇太子と二人きりでいるのは息が詰まる。助けてもらったのはありがたかったけれど、マリにとって最も恐ろしい存在であることに変わりはない。

「あの……殿下。申し訳ございませんが、仕事に戻ってもよろしいでしょうか」

マリの言葉を聞いた皇太子がその場に立ち止まった。

「……」

こちらを見る皇太子の様子が少しおかしい。

当たり前のように「帰れ」と言うと思ったのに、何も言わずじっーとマリを見つめている。

「……殿下?」

マリが怪訝な顔で聞き直した。

「……いや」

皇太子はそのままマリから視線をそらさずに静かにため息をつく。

「……?」

「行っていいぞ」

マリが頭を下げお辞儀をした。

相変わらず変な様子だったけど、帰っても良いと言われて内心ほっとした。

(もうこれ以上面倒なことに巻き込まれたくないわ。ヨハネフ皇帝にも、皇太子にも、誰にも関わりたくない……)

そう思いながらマリがその場から離れようとした時だった。

後ろから、皇太子の低い声が聞こえてきた。

「……これからは気をつけろよ」

マリは思わず振り返った。

「ん？　今、何か？」

普段の皇太子とは違う、小さな声だったので聞き逃してしまった。

何を言ったか尋ねようとしたが、皇太子はすでに廊下の向こうに行ってしまう。

マリはしばらくの間、皇太子が消えて行った方向を眺めていた。

時が過ぎ、その夜の宴会が始まった。
マリは先輩メイドにお願いして、担当区域を変わってもらった。

「宴会場の外で働きたいって？　私はいいけど、本当に大丈夫？」

　宴会場の外で働きたい中級メイドはいないだろう。

　宴会場の中は、限られた自分の区域だけ担当すればいいから仕事量が少ないし、仕事の合間に公演とか音楽などを楽しむこともできる。一方、宴会場の外だと特に決められた区域がなく、ずっと歩き回りながら貴族に言いつけられる様々な仕事をこなさないといけない。

　それでもマリは嬉しそうに先輩に答えた。

「はい！　宴会場の中は、なんだか息苦しいんですよ」

「そうなんだ。じゃあ、私が中で働くね！」

「ありがとうございます！」

　宴会場の外の方が目立たないので、マリにとっては中にいるよりずっと楽だった。

（これからはもっと気をつけよう。もう誰の目も引きたくないしね）

　今までだって、わざと目立とうとしていたわけではない。

　でも、マリの意図とは裏腹に、何をやっても状況が望まない方向に流れて行く。最近は何度も皇太子と顔を合わせる羽目になり、マリはとても不安な気持ちだった。

　いくら可能性が低いとはいっても、万が一にも自分が王女モリナであることがバレたりしたら……。

　すべてが終わりだ。

（今日は『夢』も見ていないし、きっと大丈夫よ）

そう思いながらマリは次々と仕事をこなしていった。

「宴会場はこちらでございます。足元にお気をつけてお入りくださいませ」

宴会場を訪れた人々の案内をし、それが終わった後は宴会場の周辺で休憩を取っている人々の世話をする。

「そこの君、ワインを持ってきてくれ」

「はい。かしこまりました」

「ねぇ。これ、片付けてくれるかしら」

「はい」

「寒いから、宴会場の中に置いてある私のショールを持ってきて」

「はい、奥様。少々お待ちください」

「ちょっと、これを……」

たくさんの人が宴会場の中と外を行き来していた。マリに仕事を頼む人も多く、それを一生懸命こなしているうちに、あっという間に時間が過ぎていった。

「やっぱり宴会場の外の方が中より忙しいのね」

確かに、あちこち行ったり来たりするのは体力を使う。

(でも、人の目につかないのはいいわ)

正確に言うと、皇太子の目につかないのがいい。

しばらく仕事を続けていたマリは、意外な人にばったり出会った。

それは、ある貴族夫人のお使いで、宴会場から離れた城壁近くの庭園に行った時だった。

「あれ？　あの方は？」

マリはここで会うと思っていなかった意外な人物を見て、思わず声をかけた。

「キエルさん？」

シルクのように波打つ銀髪と、彫刻のような顔立ち。

以前、白鳥庭園で会った皇室親衛隊のキエルだ。

キエルもマリを見つけて驚いた様子だった。

「マリさん？」

「お久しぶりです。お元気でしたか？」

マリが明るく笑いながら挨拶した。久しぶりに会えて、とても嬉しかった。

キエルも目元を緩ませる。

「はい。マリさんもお元気そうで何よりです。中級メイドに昇級したんですね。おめでとうございます」

「ありがとうございます。ところで、どうしてここに？」

「勤務中です」

「あ……」

マリは改めてキエルの服を見た。きちんとした正装。

考えてみれば皇室を守護する「皇室親衛隊」なのだから、建国記念祭の間も皇宮内で勤務をしていて当然だ。

（建国記念祭の期間中は、たくさん皇宮に人が来るから、いつもより忙しいわよね）

そう思ったマリが言った。

「そうですよね。大変ですね」

その言葉にキエルが笑いながら答えた。

「ははっ、ありがとうございます。マリさんもせっかくのお祭りなのに大変ですね」

「私はまぁ……。メイドですから。キエルさんはこの辺りの担当なんですか？」

「元々は担当ではないんですが……。事情があって、しばらくここで働くことになりました」

「そうなんですね」

そうしてキエルと話していたマリは、はっと夫人のお使いのことを思い出した。

彼と会えたのが嬉しくて、ついおしゃべりが長くなった。

「あっ！　すみません。私もう行かなくちゃ」

「私の方こそ、お忙しいところを引き留めてしまいましたね」

「とんでもないです！　また来ますね！」

マリは急いでお使いを済ませて、グローリアホールの近くへと戻った。

その後、別の貴族のお使いをしているうちに、またキエルが勤務している辺りにお使いに行くことになった。

（何か差し入れでもしようかな。まだ、ご飯食べていないみたいだったし）

マリは厨房に入って、宴会用に準備されている山のような食べ物の中から、サンドイッチを選んで、キエルの所に持って行った。

「マリさん、これは？」

「お腹が空いた時に食べてください」

ありがたいと言った表情でキエルは礼を述べた。

「この前のお菓子もそうですし、いつも気遣ってくれてありがとうございます」

キエルが近くのベンチを指差す。

「ご一緒にいかがですか？」

「あ、私は大丈夫です……」

「マリさんも、夕食、まだですよね？」

そういえば、昼はヨハネフ皇帝に呼び出されて、夜はずっと仕事だったから、今日は何も食べていない。そう思うと、急にお腹が空いてきた。

「……では、失礼して」

二人はベンチに座り、サンドイッチを半分こして食べた。

「今日は涼しくて、いい天気ですね」

「ええ。暑い夏が終わって、過ごしやすい季節になりました」

「夜風が心地良くて、月もきれいですね」

ベンチに座ってサンドイッチを食べながら二人はたわいもない話をする。

マリはとても穏やかな気持ちになった。

(友達といるみたいで楽しいな)

長い付き合いでもないのに、キエルの隣にいるだけで気持ちが落ち着く。

皇太子とヨハネフ皇帝のせいで溜まっていたストレスが、発散されるような感じがした。

(私にもこんな友達がいたらな……)

そう思ったマリは、これからも彼に会えたらいいなと思い、キエルに尋ねた。

「キエルさんは、ずっとここで勤務するんですか?」

「いいえ。元々ここを担当していた団員は別にいるんですが、事情があって休まざるを得なくなったんです。人手不足なので、ちょっと異例ではあるのですが、私がここを担当することになったんですよ」

その言葉を聞いたマリは、「あれ?」と首をかしげた。

マリはまだキエルのことを、スクワイアだと思い込んでいたのだ。

スクワイアのはずなのに、正式な騎士に対する言い方が、まるで目下の人のことを話しているような感じだと、マリは不思議に思った。

(もしかしてキエルさんは正式な騎士なのかしら? それなら、どうして騎士団の制服を着てないんだろう……)

頭の中がこんがらがった。

皇室親衛隊の騎士は皇宮内では必ず制服を着ることが義務付けられている。例外が認められるのはただ一人、皇室親衛隊の隊長だけで……。

マリがキエルの身分について考えている時だった。

突然、幼い子どもの声が二人の会話に割り込んできた。

「キエル！」

「あっ」

キエルが困り顔で言う。

「面倒な人が来ましたね」

マリが声のする方を振り向くと、そこには金髪の小さい子どもがいた。

（わぁ、可愛い～）

七歳くらいかな？

女の子だと言われても分からないほど、とっても可愛い人形のような男の子だ。

（でも、皇宮にどうして子どもが？）

珍しい宝石で彩られた、高級そうな服装からして、身分の高い貴族の子息のようだった。

もっとも、たとえ貴族であっても幼い子どもを皇宮まで連れてくることはほとんどない。

（……誰かな？）

マリが知る限り、皇宮内で唯一同じ年頃の子どもといえば……。

（まさか、この子は……？）

その時、キエルが頭を下げて口を開いた。

「オスカー殿下にご挨拶申し上げます」

やっぱり、この子がオスカー。

それは、内戦当時、皇太子によってその兄弟たちが惨殺される中、唯一生き延びた幼い皇子の名前だった。

「第十皇子殿下にご挨拶申し上げます。メイドのマリと申します」

子どもであっても皇族は皇族。

マリは急いで頭を下げた。

しかし、皇子はそんなマリに対して、

「お前は誰だ⁉」

と、怒鳴った。

「メイドの分際でキエルと遊ぶなんて！　キエルと遊べるのはこの僕だけなのに！」

マリは突然浴びせられた罵声に、慌てて答えた。

「ええと、キエルさんとは……」

「キエルは僕のものだ！　誰にも渡さない！」

「……」

全く予期していなかった展開に、呆気に取られて口をつぐんだ。

(……オスカー殿下はキエルさんが大好きなのね)

大好きな友達が違う友達と遊んだ時の、小さい子によくある嫉妬。

（キエルさんはとてもハンサムだし、親切だもの。子どもに好かれて当然だわ。でも、キエルさんとオスカー殿下はどうやって知り合ったのかしら？）

知り合いというより、もっと親しく見えた。

オスカーがキエルのズボンをぎゅーっと掴んで、マリを睨み付けている。

まるで母犬の陰に隠れて吠えている、やんちゃな子犬みたいだ。

キエルが諭すような声でオスカーに話しかける。

「オスカー殿下、こちらの方は私の恩人なのです」

「なんだと？　あのブサイクなメイドが、僕より大事だって言いたいのか⁉」

その後、何度も何度もブサイクだと罵られて、子どもの言うこととは分かっていても元々外見に自信のなかったマリは、ちょっと傷ついた。

キエルはマリにだけ見えるように、申し訳ないというジェスチャーをしてから、オスカーにこう言った。

「もちろん、私にとって一番大事なのは殿下ですよ。殿下は私の親友ですから」

「でしょ？」

オスカーが得意げな顔になる。

キエルは彼の頭を優しく撫でて言葉を継いだ。

「でも、マリさんも私の友達です」

「……キエルの、友達？」

「ええ。ですから、殿下もマリさんと仲良くしていただけませんか？」

小さい子どもにはキエルの言葉がよく理解できないようだ。

オスカーはうーんと顔をしかめながら考えていたが、やっぱり無理だったのか、大声を上げて駄々をこねた。

「知らない！　僕はキエルがいいんだ！」

その姿にマリは少し眉をひそめた。

(可愛いけど……ちょっと我が強いのね)

あの針で刺しても血の一滴も出なさそうな皇太子と、同じ父親の血を引く兄弟とは思えない。

仕方ないなあという雰囲気でキエルがマリに言った。

「マリさん申し訳ありません。私は殿下を宮殿までお送りするので、ここで失礼します」

キエルの謝罪に、マリはびっくりして首を振った。

「そんな、私は大丈夫です。お気をつけて」

「はい。それでは、またお会いしましょう。あ、今日の差し入れ、本当にありがとうございました」

キエルが歩き出すと、オスカーがすぐに後を追う。

キエルが隣に来たオスカーに手を差し出すと、オスカーがその手をぎゅっと握った。

「へへっ」

オスカーの顔がぱっと明るくなる。

キエルは、そんなオスカーと一緒に宮殿の方へと歩いて行った。

その夜、マリはまた夢を見た。

（この頃、どうしてこんなによく夢を見るの……）

マリは自分が夢の世界に入ろうとしていることを自覚して、泣きそうになった。

今度は、どんな事件が起ころうとしているんだろう……。

「どうか、今回は変な夢じゃありませんように！」

切に願いながら、マリは夢の世界へ落ちていった。


「これ見てみて」

「また、何？」

「新しく開発したトリックだよ」

夢には二人の男女が登場した。男は堂々とした態度で女に手を広げて見せた。

「何もないだろう？」

「で？」

「さあ、よく見てて。じゃん！」

男は手を握ってから広げた。すると、何もなかった手のひらにコインが現れた。

でも、女はにやりと笑うだけで、全く驚かない。

「何それ？　基本の中の基本じゃん」

女が得意げに席から立ち上がった。

「よく目を開けて見てて。私が本物のマジックを見せてあげるから」


「今度はマジシャンか……」

夢から覚めたマリがつぶやいた。

毎回のことだが、今回の夢も、なぜこんな夢を見たのか見当もつかない。

「まさか宴会場でマジックショーをする羽目になるとか……」

マリは身震いした。

人前でマジックショーだなんて。想像するだけでも最悪だ。

唯一の心の支えは、夢の中の人物がプロのマジシャンではなさそうだということだ。

趣味でマジックを習ったアマチュアとでもいうのか、男も女も、その程度の実力だった。

「でも、そうだとしたら、夢を見た理由が思いつかないな。プロでもない、こんな中途半端な能力をどこで使うんだろう」

このくらいの実力では大したこともできそうにない。人前で公演をするなんてもっての外だ。

「まぁ……。今度は絶対に出しゃばらないように気をつけよう」

マリは固く決心した。今度だけは目の前で何が起きても、気にしない。

絶対に。

身支度を整えたマリはグローリアホールに向かった。昨日と同じく、今日も宴会場の外で働くことにする。

(大変だけど、その代わり目立たないからね)

それに宴会場の中にいたら、「マジック」に関係した事件に巻き込まれるかもしれない。

比較的(ひかくてき)人の少ない外の方が、その危険性は低いだろう。

「飲み物をお願い」

「はい。かしこまりました」

今日も相変わらず忙しかったけど、事件が起きそうな気配はない。

(うん。この調子!)

しかし、世の中そんなに上手くいくはずがなかった。

マジック絡(がら)みの事件はなかったけど、別の問題が起こったのだ。

「あっお前! 昨日のブサイクなメイドだな?」

どこから聞こえてきたのかと、マリは辺りを見回した。

すると庭の木の枝に、お人形のように小さくて可愛い子どもが乗っている。

マリに向かって唇を尖(とが)らせているこの子は……オスカー皇子だ。

「第十皇子殿下にご挨拶申し上げます」

マリはオスカーに頭を下げる。

オスカーはふーんと、バカにするように鼻を鳴らして、マリに言った。

「ここで何してんだ？」

「お客様に飲み物をお配りしておりました。殿下はどういった御用で……？」

「見て分かんないのか？　僕も宴会に参加するんだよ！」

オスカーがおしゃれな礼服をパタパタさせた。

顎を上げる姿が、まるで「僕素敵でしょ？」と言ってるようだったが、こんな愛くるしい顔では、素敵というよりは可愛いだけだ。

「ゴホン！　お前に聞きたいことがある。僕に質問してもらえるなんて光栄だと思えよ」

偉そうにしていても、やっぱり可愛い。マリはにっこりと笑いながら答えた。

「はい、なんなりと」

「宴会場はどこだ？」

「宴会場はあそこのグローリアホールで……」

そう答えながら、マリは違和感を覚えた。

（あれ？　どうして一人なんだろう？　お付きの人がいるはずだけど）

子どもでも皇子なのだから、宴会に参加するのは不思議じゃない。でも、付き添いもなしに一人で宴会場に行くなんて。そういえば、昨日も一人だった。

「殿下、お付きの方やメイドはどちらに……」

オスカーが顔を真っ赤にして怒り始めた。

「そんなのいない！」

「え？」

「そんなことどうでもいいだろ！　余計なこと聞かないで、さっさと僕を宴会場に案内しろ！」

突然の怒りに、マリは何か言ってはいけないことを言ったのかもしれないと思った。

（どこが気に障ったんだろう？）

とにかく、マリは言われた通り、オスカーを宴会場に案内した。

「こちらでございます」

「ふん！　ご苦労！」

おかしなことに、宴会場の入り口で身分の高い人物の来訪を知らせるラッパ手が、オスカー皇子をチラッと見ただけで知らんぷりをする。

「……」

マリはしばらく静かに、宴会場に入ったオスカーを見ていた。

あんな可愛い子が、大人ばかりいる会場を歩き回ってるのに、誰も声をかけない。

気づいていないわけではない。皆、横目でちらちらとオスカーを見ている。

オスカーは宴会場をぐるりと回ったが、結局彼に話しかける人は誰もいなかった。

まるで、幽霊扱い。

「……」

マリはようやく、自分の失言に気づいた。

そして……。オスカーが今、皇宮内でどう扱われているのかを理解した。


その日、マリはまた夢を見た。


「このブサイクが私の妹だって？」

「何、このみすぼらしい奴（やつ）は」

いつも見ていた明晰夢（めいせきむ）ではなかった。

普通の夢……。クローヤン王国にいた頃の夢だった。

「チッ、父上はどうしてこんな子を産ませたんだか。まったく、王族の血が流れているから、捨てるわけにもいかないしな。しょうがない。なんて名前か知らないが、下民として呼ばれていた名前などここで使うなよ」

クローヤン王国の皇太子であった一番上の兄の言葉だった。

彼が舌打ちをしながら言った。

「今日からお前はモリナだ」

マリをどう扱うか悩んだ末、皇太子はこう告げた。

「モリナ、お前はこれから痛元の宮で暮らすんだ」

「……!?」

これには他の王子たちも驚く。

「兄上、あそこは……」

痛元の宮。

そこは昔、罪を犯した王族を閉じ込めていた所で、長らく放置されていた場所だった。

皇太子がにやりと笑って言った。

「問題でもあるのか？　こいつにぴったりな場所だと思うが？　あそこなら人目につかないし、気兼ねなく暮らせるだろ？」


夢から覚めた後、マリは黙々とベッドの布団を片付けた。

クローヤン王城の夢は久しぶりだった。こんな夢を見ても、今さらなんとも思わない。

「もうあの人たちはいないのよ。忘れないと」

身支度を終えたマリは、再びグローリアホールに出勤した。

「建国記念祭も半分終わったわね」

大変だった建国記念祭も、もう後半戦。

明日最も大きな式典があり、次の日がお休み。そして最後に仮面舞踏会が開かれて、祭りは終わる。

(どのメイドが仮面舞踏会に招待されるだろう)

祭りの最終日に開かれる仮面舞踏会には、メイドたちが楽しみにしているイベントがあった。

建国記念祭の期間中に、貴族から気に入られたメイドが舞踏会に招待されるのだ。

仮面を着けるため、身分が低くても気軽に宴会を楽しめるし、この舞踏会を機に高位貴族と結婚した例もあり、メイドなら誰もが招待されたがっていた。

「まあ、私には関係ないけどね」

どうせ自分が舞踏会に招待されることはないだろう。

(それより、その後が問題だわ)

建国記念祭の後に行われる、「皇太子妃の選抜」。

皇位を継ぐ皇太子は、まだ独り身。帝国として、これは深刻な問題と言わざるを得ない。

建国記念祭が終わり次第、皇太子妃の選抜を行うと聞いた。

(誰が選ばれるのかなんて、全く興味ないけど……。皇太子妃の選抜が始まる前に、異動させてもらわなくっちゃ)

建国記念祭が終われば、マリは獅子宮殿で勤務することになる。そしたら、あの恐ろしい皇太子と毎日同じ空間で過ごさなければならない。

皇太子妃の選抜で獅子宮殿が騒がしくなる前に、他の場所に異動しなければ。

(本当なら、この皇宮から出て行くのが一番なんだけどね……)

マリが戦争捕虜である限りそれは不可能だ。

何か特別な理由で、捕虜から自由人に格上げにならない限り、一生この皇宮から離れることはできない。

「とにかく今日も一日頑張ろう」

頭を切り替えて、マリは仕事に取りかかった。

その時、聞き覚えのある可愛い声がマリを呼ぶ。

「おい、ブサイク!」

ぶっきらぼうな態度。オスカーだった。

「第十皇子殿下にご挨拶申し上げます。建国記念祭の宴会場においでですか?」

「当たり前だろ? こんな所にそれ以外の用などない」

彼がふんと鼻を鳴らした。

相変わらず高慢な言い方だけれど、悪気がないのを知っているからか、なんだか愛しく思えてしまった。

(子どもだものね)

マリが笑いながら尋ねた。

「今日も宴会場にご案内いたしましょうか?」

「いらない。もう行ってきたから」

いつもと違って、しょんぼりした声。

「殿下?」

「……あそこには、二度と行かない」

声が震えている。

小さな皇子が、必死に涙をこらえながら言った。

「絶対に、行かない……」

マリは奥歯を噛み締めた。

オスカーが宴会場でどんな目にあったか、想像に難くない。

(また、誰にも相手にされなかったのね……)

内戦で唯一生き残った、しかし、いつ死ぬかも分からない悲運の皇子、オスカー。

正妻の子どもではない皇太子ラエルと違って、オスカーは亡くなった皇后陛下の実子。

本来なら、オスカーこそが皇太子になるべき血統である。

そのため内戦中に殺されて当然な存在なのだが、なぜかラエルは、この幼い弟の首を斬らなかった。

……でも、あの血の皇太子が、自分の皇位を脅かすかもしれない存在を生かしておくはずがない。

(いつまで生きていられるかも分からない皇子に忠誠を尽くす者などいない……)

貴族だけではなく使用人やメイドたちもオスカーを目に見えない、幽霊のように扱っていた。

……皇太子の怒りに触れないために。

「宴会は飽きた。つまんない」

今にも涙がこぼれ落ちそうなオスカーの目。マリは胸が痛んだ。

オスカーは政治的な事情を理解できるような歳ではない。

(なんの罪もない子どもなのに)

昔、自分がクローヤンの王宮で受けたいじめを思い出した。

それでも私は、この子よりは年上だったわ。まだこんなに幼いのに、かわいそう……。

(慰めてあげられないかしら)

昔の自分を思い出したせいか、そのまま帰したくなかった。

誰にも言えず一人で泣くかもしれない。

……昔の自分のように。

「殿下、おいしいジュースをお持ちしましょうか?」

「いらない。さっき飲んだ」

「では、お菓子はいかがですか?」

「食べたくない」

気分転換に甘いものを勧めてみたが、オスカーは欲しくないの一点張りだった。

子どもをあやすのは難しい……。

(うーん。どうしよう? 何か、いい方法はないかな)

マリの頭の中にふと、ある方法が浮かんだ。

(あ、そうだ!)

「殿下」

マリはにっこり笑いながらこう話しかけた。

「私と面白い遊びをしませんか？」

「……遊び？」

オスカーが遊びという言葉に興味を示した。マリは得意げに言う。

「マジックです」

マリの手のひらには、いつの間にか一枚のコインが乗っていた。

「マジック？」

「はい。マジックはご存知ですか？」

オスカーが頷く。

「サーカスとかで見るあのマジック？」

オスカーはマジックを見たことがない。生まれてこの方、一度も皇宮から出たことがなかったのだ。

「ええ、私はいくつか、マジックができるんですよ」

「お前が？」

オスカーは信じられないといった顔をした。

「嘘つくな。お前なんかにマジックができるわけないだろ！」

確かに、マジックができるメイドなんて、ユロティア大陸中を探しても見つけられないだろう。

マリは夢で見たマジシャンになったかのように、優雅（ゆうが）な動作でオスカーの前でポーズを決める。

「それでは、実際に見てお確かめください」

何か、それっぽい雰囲気を漂わせる動きに、オスカーが目を見開いた。

「う、嘘だったら、大きな罰を下すぞ！」

「はい。それでは、始めにコインを使ったマジックをお見せしましょう」

マリは右手の親指と人差し指でコインを持って皇子に見せた。

「ただ、マジックを披露するだけでは面白くありませんから」

「え？」

「賭けをしましょう」

「どんな？」

「今からお見せするマジックの種を見破ってください。種が分かれば殿下の勝ち、分からなければ私の勝ちです。負けた人が勝った人のお願いを一つ聞くというのはどうですか？」

「よし！　いいだろう！　どうせ僕が勝つからな！　勝ったら尻文字をさせる！」

「分かりました。それでは、始めます」

マリが左手でコインを持った右手を隠した。そしてゆっくりと、とてもゆっくりと、左手で動かしオスカーの視線を惑わせる。

「よく見ててくださいね」

オスカーが唾を飲み込みながらマリの手をじーっと見つめる。

マリが素早く左手を下に降ろし、それと同時にコインを持った右手を広げた。

「……！」

オスカーがびっくりした顔をした。

マリの右手にあったコインが消えたのだ！

「え？　どこ？」

「はい！　コインが消えるマジックでした！」

「ええ!?　教えて！　コインはどこに行ったの？」

オスカーがマリにしがみ付いてねだった。もちろん、マリは教えてあげない。

（種明かしするほどのマジックでもないんだけどね）

マジックはトリックを知らない時が一番面白いものだ。

実際、コインを消すマジックのトリックはすごく簡単だった。最初の左手の動きは目くらまし。

左手に視線を集中させてから手を降ろすタイミングで、右手に持っていたコインを一緒に落とす。

こうすると左手だけ見ていた方からは、まるでコインが消えてしまったかのように見えるのだ。

（道具があれば、もっとすごいマジックもできるけど）

本格的なマジックショーをするわけではないし、皇子様を喜ばすくらいならこれで充分だ。

「さあ、次は水でコインを溶かしてみせましょう」

「水でコインを溶かす？　お前、錬金術もつかえるのか？」

オスカーがまたびっくりした。

もちろん、マリが今しているのは錬金術じゃなくてマジックだ。

「さあ、グラスの中にコインが入っています。ご覧になりましたか？」

「見た！　早く続けて！」

マリは宴会場にあった黒い布でグラスを覆った。

そして神秘的な雰囲気を演出するかのように、グラスの周りで両手を動かす。

「アブラカタブラ～」

手の動きと呪文がなかなかに本格的で、オスカーはますますマジックにのめり込んでいく。

「これから水でコインを溶かします」

さっと布をどかしたマリが、ゆっくりとグラスに水を注ぐ。

ちょろちょろ。

グラスを見ていたオスカーの目が真ん丸になった。

本当にコインが水に溶けてなくなったのだ！

「お、お前！　本当に錬金術師なのか⁉」

「錬金術ではなくマジックですよ」

やはり今回も簡単なトリック。光の屈折を利用したごまかしだ。

「さて、次のマジックは……」

その後もいくつかマジックを披露した。

ハンカチを使ったマジックに、カードを使ったマジック。

最後にロウソクの炎を一瞬で消す「Ｆｌａｍｅ ｖａｎｉｓｈｉｎｇ」まで。

「うわあ！　わあ！」

オスカーはマリのマジックに夢中になった。目をキラキラと輝かせ、大興奮だ。

「どうやったんだ！　教えて！　僕にも教えてよ！」

マリにしがみ付いてマジックを教えて欲しいとせがむ姿は、子どもそのものだった。

（良かった。元気になったみたいね）

マリはふっと息をついた。「びっくりマジックショー」は大成功のようだ。

「殿下、それでは私の勝ちでいいですか？」

「か、勝ち？」

オスカーがぎくりとした。

マジックが始まる前、賭けをしたことを思い出す。

「負けた人が勝った人の願い事を聞くって約束、しましたよね？」

「そ、それは……」

オスカーは慌てた表情で目をそむけた。この状況をどう切り抜けたらいいか、必死に考えている顔。その可愛い姿にマリは思わずくすくす笑ってしまった。

難しい頼み事をするつもりはない。

皇子の姿がクローヤンにいた頃の自分を思い出させるから、その時自分が励みになった話を聞かせてあげたかったのだ。

（私がしてあげられるのは、これくらいだから……）

できることなら、皇子をすぐ側で支えてあげたい。でもそれは叶わないことだから。

(少しでもお役に立てたら)

そう思ったマリは口を開いた。

「私の願い事は……」

その時、オスカーがマリの言葉を遮るように叫んだ。

「俺は負けてない！」

「え？」

「ずるいぞ！　マジックが得意なお前と、初めて見る僕が対決するなんて、不公平だ！」

マリが慌てて言う。

「え、でも、そんな難しい願い事ではないんですけど……」

「知らない！　今日見せてくれたマジック勉強してくるから、その時は覚悟してろよ！」

そう叫んだオスカーは、飛ぶように自分の宮殿に逃げて行った。

「まぁ、何はともあれ元気が出たみたいだし、これで良かったかな？」

自分の意図とは違ったけど、これはこれで悪くない。

「神様。どうか皇子様に幸せをお与えください」

マリが窓の向こうに広がる空を見上げ、祈りを捧げる。

「さあ、仕事に戻ろう」

そう言ってマリが振り向くと、そこに男性が立っていた。

「あっ！　キエルさん！」

シルクのような流れる銀髪。皇室親衛隊のキエルだった。

「オスカー殿下がいらしたんですね」

「あ、はい。今お帰りになりました」

キエルは遠くに走って行く小さな影を目で追った。

彼の目にはオスカーに対する温かさと切なさが宿っている。

オスカーの姿が完全に見えなくなるまで見守ったキエルは、マリに向かって深く頭を下げた。

「キ、キエルさん？」

皇室親衛隊である彼がメイドのマリに頭を下げるなんて。

「お気遣いいただきありがとうございます」

「いえ。特に何もしていませんので」

マリが慌てて手を振った。

いくらありがたかったとしてもやりすぎだ。この前、白鳥庭園で自分を助けてくれた時から感じていたが、明らかに彼は普通の貴族とは違う。優しすぎるし、礼儀正しすぎる。

(悪いことではないけど……。いえ、とてもいい性格なんだけど……本当に貴族？)

キエルはマリがびっくりしているのを見て、にっこりと笑った。

……心臓に悪すぎる。なんて素敵な笑顔なのだろう。

「マリさんは優しくてかわいいお方ですね」

可愛いという言葉にマリの顔が真っ赤になった。

「無邪気な顔してそんなこと言わないでください！」

下心なしの、純粋な褒め言葉だろうけど、こんなカッコいい顔でそんなことを言われたら照れてしまう。

キエルが話題を変えてこう切り出した。

「ご存知かと思いますが、オスカー殿下はとても寂しい思いをしています。私以外、誰からも相手にされませんから……。でもマリさんは殿下を受け入れてくれました。本当にありがとうございます」

キエルの言葉に違和感を覚えたマリは黙りこくった。

（あれ……？　それならどうしてキエルさんはオスカー殿下に？）

自分のように、偶然親しくなったわけではないようだ。

オスカーはキエルを頼りにしていた。

……まるで本当の家族のように。

（まさか……）

以前から気になる点はいくつかあった。その点と点がつながり、一つの結論に辿り着く。

（つまり、キエルさんはスクワイアじゃなくて）

マリがキエルを見上げた。彫刻のような顔をした彼が、純粋な目でマリを見ている。

「……？　マリさん？」

「キエルさん、前から気になっていることがありまして……。お伺いしてもよろしいですか？」

「ええ。なんなりと」

「失礼ですが、キエルさんのフルネームを教えていただけませんか？」

「……」

キエルの動きがピタッと止まる。マリは彼の返事を真剣に待った。

「私のフルネームは……」

ためらいながらも、キエルは名を告げた。

「キエルハーン・ド・セイトン……です」

「……！」

キエルハーン・ド・セイトン侯爵。

帝国でその名を知らない人は誰もいない。

皇室親衛隊の隊長であり帝国最強の騎士。そして、皇室に次ぐ軍事力を持つ辺境の雄。

（キエルさんが、あのキエルハーン侯爵ですって？）

マリは驚きのあまり、その場に凍り付いた。

キエル、いや、キエルハーンが申し訳なさそうに言う。

「すみません。隠してたわけではないんですが……」

その言葉を聞いたマリはハッとなってひざまずいた。

「帝国の盾、キエルハーン侯爵閣下にご挨拶申し上げます。今までのご無礼をお許しください」

「マリさん、やめてください」

マリのかしこまった態度に、キエルハーンは焦った様子だった。

「言わなかった私が悪いんです。それに、私たちは友達じゃないですか。今まで通り普通に接してください」

マリはその言葉に唖然としてしまった。

メイドの私に気楽に接して欲しいって……どういうこと？

「そういうわけにはいきません」

マリが頑なに断った。

キエルハーンと一緒にいると、友達といるような安らぎを感じた。彼のような友達がいたらいいのにと、心からそう思っていた。

でも、帝国最高の大貴族とメイドの自分が友達だなんて、そんなことあり得ない。

マリの頑固な態度に、キエルハーンは少なからず傷ついた様子だった。

「私はマリさんのこと、友達だと思っていたのに……」

寂しそうな彼の反応に、マリは呆れてしまった。

(まさか本気で私たちが友達になれると思っている？)

本当に……変わった方だわ……。

「申し訳ございません」

マリの返答にキエルハーンが苦笑いした。

「そうですか。これ以上私が無理を言ったら、マリさんを困らせてしまうだけですよね」

マリは否定しなかった。

キエルハーンはしばらく黙りこくっていた。どうすればいいか悩んでいるようだった。

「それではこうしましょう」

「……？」

「私はこの出会いを無駄にしたくはありません」

「……なぜ、ですか？」

キエルハーンは答えた。

「優しいし、かわいいし……。何より、マリさんといると心が安らぐんです」

「……！」

「マリさんとは不思議と心が通じ合うような気がするんです。少ししか話したことはありませんが、マリさんと一緒にいるのが心地良かった」

(それは私も同じだけど……)

彼が自分と同じ気持ちだったと知って、マリの胸の奥から何かが込み上げた。

「だからといって、私の考えをマリさんに押し付けるのも良くないですから」

キエルハーンはそこでにっこりと笑って、こう告げた。

「心の中で友達だと思っておきますね」

「……！」

マリの瞳が小さく揺れる。

キエルハーンが自分の手をマリに差し出す。

「今までみたいに接するのは難しいかもしれませんが、心の中だけでもいいので、私のことを友達だと思っていただけませんか？」

言葉にならない感情が、体中に吹き荒れる。

クローヤンの王宮に連れて行かれてから今に至るまで、ここまで自分のことを大事に思ってくれた人がいただろうか。

マリはキエルハーンが差し出した手を長い間見つめていた。そして……。

「……はい、閣下」

躊躇しながらも、その手を取った。

小さくて柔らかい手。でも、仕事のせいで荒れている手。

キエルハーンはマリの手に刻まれた人生を察して、もどかしい気持ちになった。

「マリさん」

「え？」

彼は手を握ったままマリに言った。

「それでも、二人きりの時はキエルと呼んでくださいね」

マリとキエルハーンがいる庭に、とある人物が隠れていた。

「一体なんの話をしているんだ」

不機嫌そうな声。鉄仮面を着けた皇太子ラエルだ。

そのラエルが眉をひそめながらつぶやく。

「なんでこんなに胸が苦しいんだ……？」

好きで彼らのことを盗み見ていたわけではなかった。

宴会が続く中、息苦しさを感じて宴会場の外に気晴らしに出たのだ。

そこで偶然、メイドのマリがマジックショーをするのを見た。

「マジックを？」

想像できなかったマリの姿にラエルはびっくりした。

マジックの腕前も悪くないようだ。

ラエルは首をかしげた。マジックなんて、練習すればできそうではあるが、メイドとマジックの取り合わせはどうにも奇妙だ。

「料理の腕もいいし、多才だな。メイドとして置いておくのがもったいないくらいだ」

そう思った瞬間、ラエルはあることに気づいた。

（もしかして、あの時の音楽家や彫刻家の事件も、あのメイドか？）

迷宮入りした二つの事件。

近衛騎士団まで動員したにもかかわらず、当人を見つけられていない。

（あの二つの出来事は、どちらもマリの周りで起きている）

ラエルの頭に疑惑が浮かんだ。

しかし、あまりに突拍子もない話であることには違いない。

直接目で見れば信じられるかもしれないが、普通のメイドが、あの天使が舞い降りたような演奏と彫刻をしただなんて、やはり度をすぎた考えだ。

ラエルが考えにふけっていた時だった。

「ちょっと待って」

キエルハーンがマリに近づくのが目に入った。

「あいつ……マリと仲がいいのか？」

ラエルが顔をしかめた。

偶然近づいただけかと思ったが、違うようだ。挨拶を交わす姿がとても親しく見えた。

ラエルは思わず拳をぎゅっと握る。

……なんだ。

さっきから感じるこのいらだちは……。

マリがキエルハーンに笑って見せるたびに、いらだちがどんどん大きくなっていく。

「……気に食わんな」

思わずそうつぶやいたラエルは、自分の言葉にびっくりした。

何がだ？　何が気に食わないんだ。

あのメイドが誰と話そうが、誰に笑って見せようが、俺が不快になる理由はないのに。

混乱していると、今度はマリがキエルハーンの前でひざまずくのが見えた。

「ひざまずかせるなんて……ふざけやがって！」

頭に血が上る。

必死に怒りを抑えたラエルは、やっと落ち着きを取り戻した。

キエルハーンは侯爵だ。メイドがひざまずくくらい普通のこと。

「……人を盗み見して、みっともない」

そう思って帰ろうとした時。

今度は、キエルハーンが手を差し出し、マリがその手を取る姿が見えた。

「……」

ラエルは唇を噛み締める。

赤い唇が、真っ白くなるくらい、ぎゅっと。

マリがひざまずいた時よりも、ずっと腹が立った。

怒りで怒鳴り散らしてしまいそうなくらい。

「……冷静になれ」

手を握っただけだ。特別な仲じゃなくても交わすような握手。気を悪くする必要はない。

……いや、仮に彼らが本当に特別な仲だったとして、俺となんの関係があるというんだ？

マリがヨハネフ三世と一緒にいた時から感じていた、言葉にならないあの感情が、胸いっぱいに吹き荒れる。

「……酒の飲みすぎだ。帰って休もう」

そう思ったが、ラエルはその場を離れることができなかった。足が地面にくっ付いてしまったかのように突っ立ったまま、二人の姿を見つめ続ける。

「はぁ……」

結局、ラエルはマリがキエルハーンと別れて宴会場の方に姿を消すまでそこにいた。

気晴らしに散歩をしに来たはずなのに、ラエルはますます憂うつになってしまった。

その夜、マリは気分上々でベッドにくつろいでいた。

「ふふっ」

マリがニヤニヤしていると、ルームメイトのジェーンが尋ねた。

「マリ、何かいいことでもあったの？」

「なんでもないわ！　おやすみ！」

「……？」

ベッドに潜り込むマリを、ジェーンが不思議そうに見ている。いつもと違って、何か浮かれている。事実、マリは今とっても気分が良かった。

マジシャンの夢を見た時は、またどんな大事件が起こるのかと気が気ではなかったが、特に目立つこともなく、オスカーにマジックを披露するだけで終わった。

(これくらいなら、何回でも大丈夫よ！)

それに……。


「二人きりの時はキエルと呼んでくださいね」


友達ができた！

マリは布団の中でふふっと笑いながら思った。

(普通の友達とは言えないけれど)

彼と自分の間には、天と地ほどの身分の差がある。だから、普通の友達のように振る舞うことはできない。でも、そうすることだけが、本当の友達の条件ってわけでもないから。

気兼ねなく過ごすのは無理かもしれないけど、キエルハーンのような優しくて心穏やかな人と友達になれたこと自体が、とても幸せだった。

(毎日今日みたいだったらいいのに)

マリは目をつぶった。

とても気分がいいので、今夜はいい夢を見られそうな気がした。

その夜、マリはまた例の夢を見た。

そしてそれは、彼女が望んでいた可愛らしくて幸せな夢とは程遠いものだった。


「ワトソン君、これを見てくれ」

「これは?」

「被害者の家で見つかったマフラーだ」


それは探偵になる夢だった。

(……また?)

夢の中でマリは絶望した。

やっと一日、幸せに過ごせたと思ったのに!

よりによって、今度は事件を捜査する夢だなんて! しかも、凶悪犯罪だ。

(また何か起ころうとしているの?)

マリの不安とは裏腹に、夢は淡々と続いた。

「君はこのマフラーを見て何か気づいたか？」

「さあ……。普通のマフラーだね。街に出れば似たようなマフラーを百枚は探せるだろう」

ワトソンと呼ばれた助手の言葉に、探偵が首を振った。

「このマフラーは私たちに色んな情報を教えてくれている。犯行が偶発的だったことや犯人が一人暮らしをしていること。また、犯人は左利きで、大柄な体形、外で働く職業を持っていることが分かる」

彼の「プロファイリング」を聞いたワトソンはびっくりして尋ねた。

「どうして分かるんだ？」

「簡単なことさ」

タバコをふかしながら探偵が言った。

「計画的な犯罪なら、マフラーを現場に放置したりはしないだろう。偶発的に罪を犯して慌てたに違いない。そしてこのマフラー、古いのに一度も手入れした痕跡がない。妻や親のように一緒に住んでいる人がいたら、こんな古くて汚いマフラーをそのままにしておくはずがない。洗濯するだろう」

探偵は一つ一つ自分が推測することを並べた。

「すべての手がかりは観察すれば分かることだ。誰にでもできる、簡単なことさ」

助手のワトソンが呆れた顔で探偵を見た。

「誰にでもできることではない。君だからできるんだ……。シャーロック・ホームズ、君だけだよ」

「……！」

マリは驚いてベッドから飛び起きた。

「探偵になる夢だなんて。宴会場で何か事件でも起きるの？」

この前の戦場の夢もだが、この夢もとても不吉だ。

まさか、近衛騎士団があんなに徹底的に警備しているというのに。

（いや……。いくら警備が徹底していても安心できないわ）

眠る前までは幸せだったのに、昨日の出来事が嘘のように気が重くなった。

（どうすればいいんだろう？）

何かが起こるからといって、事前に防ぐ方法なんてない。

夢と関係のある事件が起きるのは確かだ。でも、それが必ずしも犯罪や事故だとは言い切れない。

この前のマジシャンのように、夢に関係した出来事というのがどんなものなのかは全く分からないのだ。

「だからといって安心できないわ。でも、どこで何が起こるかも分からないのに、どうしたらいいんだろう」

マリはため息をついた。毎回だけど、この状況が歯がゆく感じる。

「とにかく、宴会場に怪しい人はいないか、気をつけて見てみよう」

そう結論付けたマリは宴会場へと向かった。グローリアホールは、建国記念祭のクライマックスである大式典を控(ひか)えて慌ただしい様子だった。

(今日の大式典と、二日後の仮面舞踏会さえ乗り切れば、建国記念祭も終わりだ)

多くの人たちは建国記念祭が終わるのを残念に思うかもしれないが、メイドたちからしたら、早く終わって欲しくて仕方がない。

(私が仮面舞踏会に招待されることなんてないだろうから、今日さえ無事に終われば楽になるわ)

マリは心の中で祈った。

(どうか何事もなく建国記念祭が終わりますように)

何度も昨夜の夢が浮かんで、不安な気持ちになったが、今のところ不審(ふしん)な気配はなかった。式典が始まる前の宴会場は、穏やかで楽しい雰囲気に包まれている。

(とりあえず式典の準備を急ごう。やることがいっぱいあるわ)

マリが式典の準備をしていたら、誰かが彼女に話しかけてきた。

「マリさん!」

振り返ると、指揮棒を持った優しい印象の青年が笑っていた。皇室オーケストラの団長、バーハンだ。バーハンは嬉しそうに笑いながら話した。

「お久しぶりです。お元気でしたか?」

「はい!　バーハンさんもお元気でしたか?」

久しぶりに会った二人はしばらく近況(きんきょう)を語り合った。

「正式な団長になったと聞きました。おめでとうございます」

「お恥ずかしい限りです。私のような者ではなくてあの方が団長になられるべきだったのに」

どこか切なそうなバーハンの言葉に、マリはぎこちなく笑った。

バーハンは、まだ『田園風景交響曲』を完成させた正体不明の音楽家を探しているようだった。

「必ず見つけ出して、音楽について教えていただかなくては！」

あの時の彼の言葉を思い出して、マリは冷や汗をかいた。バーハンはその音楽家が今目の前にいるメイドだとは夢にも思わないだろう。

「今日の式典で演奏されるんですよね？」

「はい。もうすぐ始まるので、準備をしていたんです」

式典や宴会で演奏することは宮廷楽団の大事な業務の一つだった。今日の大式典も皇室オーケストラが演奏する予定になっている。

「演奏家の皆さんはどこに？」

「あ～。楽器を取りに行きましたよ。ですが、ちょっと遅いですね」

「そうなんですか」

マリが頷いたその時、先輩メイドがマリを呼んだ。

「マリ！　ちょっと手伝って。三階からテーブルクロスを持ってきてくれる？」

「あっ、はい！」

マリはバーハンに頭を下げる。

「私はこれで失礼します。今日の演奏会も楽しみにしていますね」

「ありがとうございます。それではまた」

　マリは宴会場の隅にある階段を上って、三階へ向かった。

（明かりがついてない……）

　グローリアホールには大きな宴会場がある一階を中心に、宴会場の周りを囲むようにして、二階と三階が造られている。二階と三階は吹き抜けになっており、宴会場が見下ろせる構造で、そのうちバルコニーがある二階は、宴会中に休息を取る場所として使われていた。

　一方、三階は上るのが大変なので、客が出入りする場所ではなく宴会に必要な物を保管する用途で使用されていた。

　そのため三階は日の光も届きにくく、とても暗かった。

「あれ～　どこにあるんだろう？　ここにあるって言ってたのにな」

　マリは三階の倉庫で珍しい物を見つける。

「わあ、これ仮面舞踏会の時に使う仮面だ！」

　三階の片隅に、きれいな仮面が並べられていた。

　仮面舞踏会では自分の仮面を持ってくるのが普通だが、予備として皇宮でも仮面を用意していた。

「これは目元だけ隠れるんだ。すごい！」

　マリは楽しそうに仮面を眺める。顔全体を覆うもの、顔の一部だけを覆うもの、革でできた仮面やヒョウ柄、宝石で飾られたものまで、色んな仮面があった。

「あ、ピアノもあるんだ」

ピアノを見つけたマリは少し嬉しくなった。ホールに置かれたピアノと違って古びている。ホールのピアノを新しい物に交換（こうかん）して、古いものをここに置いているようだった。

「音色大丈夫かな？」

マリはそっと鍵盤（けんばん）を押してみた。

タン！

思ったより大きな音に、マリはビクッとする。

「音がすごく大きいのね」

吹き抜け構造で、天井で音が増幅（ぞうふく）するように設計されているため、三階で演奏すると宴会場全体に音が降り注ぎそうだった。

マリは興味をそそられ、ピアノのあちこちを見回した。

「きしむし、古いけど、まだ演奏に使えそうだわ」

モーツァルトの夢のせいかな？　演奏してみたい。

そんな衝動に駆られたマリは、慌てて自分の頬（ほお）を叩いた。

(ちょっとマリ、何考えてんの！　仕事中でしょ！)

マリは急いでテーブルクロスを探し出し、一階に戻った。

もう時刻は、午後五時五十分。あと十分で大式典が始まる。

宴会場はすでに貴族たちでにぎわっていた。

「テーブルクロスを持ってきました」

マリは先輩にテーブルクロスを渡した。

「そんなことより、大事件よ」

「ええっ⁉」

先輩メイドの言葉にマリの顔が青くなった。

「楽団の楽器を保管してた倉庫が火事になって、楽器が燃えてしまったんだって！」

「……！」

想像を絶する出来事だった。

「火が広がる前に発見したから、怪我をした人はいないけど、保管していた物は全部ダメになったみたい」

マリは何か変だと思った。

（どうして急に、楽器が置いてあった保管倉庫で火事が起こったんだろう。それも……。大式典が始まる直前に）

もちろん、火事なんていつでも起こり得ることだ。特に照明として使われる、ロウソクやランプから火が燃え移るのは、よくある話。

（でも……。保管倉庫のロウソク台は、火災を防ぐために簡単にロウソクが落ちない作りになっている）

各部屋のロウソク台を管理するのもメイドの仕事だった。担当のメイドたちは火事が起きないように徹底的に火元を管理している。実際にその仕事をしたことがあるマリにとっては、なぜ火事が起こったのか疑問だった。

（ただの管理ミスか？　それとも……放火？）

マリが首を振る。

（証拠もないのに考えすぎだわ）

まだ現場も見ていない。いや、現場どころか、どんな状況だったのかも詳しく分かってない。

マリはひとまず火事の原因について考えるのをやめた。

今はそんなことを考えている場合じゃない！

（楽器がなかったら式典はどうなるの？　音楽のない式典なんて！）

マリはオーケストラの団員が集まっている方を見た。団長のバーハンや演奏者たちが真っ青な顔で話し合っている。

「いきなり火事だなんて！」

「もうすぐ式典が始まる。どうすればいいんだ」

執事長のギルバート伯爵が団員たちに叫んだ。

「どうするつもりだ!?　楽器一つまともに管理できないのか、お前らは！　今日は大宴会の日だから、帝国中の貴族や外国からのお客様が集まるんだぞ！」

「急いで別の場所に保管してある楽器を運ばせています」

団長のバーハンが青冷めた顔で頭を下げた。

火事になったのが彼のせいじゃなくとも、団長である以上、責任を問われることになる。

「他の楽器を持ってくるのにどれくらいかかるんだ？」

「距離があるので、あと二十分から三十分くらいかかります……」

「はあ？　三十分だと？　もうすぐ式典が始まるっていうのに！」

「申し訳ございません。式典の開始時間を少しだけ遅（おく）らせていただけませんか？」

「遅らせるだと!?　大事なお客様を待たせるわけにはいかないんだ！」

　バーハンは目をぎゅっと閉じた。

　ギルバートの主張は当然だ。何しろ建国記念祭の大式典。

　多くのお客様の前で皇室が恥（はじ）をかくことになるのはさておき、大式典中に行われる無数のイベントの過密なスケジュールを考えると、開始時間の変更は不可能だ。

　何がなんでも、決まった時間に始めなければならない。

　その時、あるメイドがギルバートに尋ねた。

「伯爵閣下、もうすぐ六時になります。どういたしましょうか？」

　ギルバートが怒りのやり場もないといった面持ちで歯を食いしばる。

　本来ならば、六時にオーケストラが短い前奏曲（プレリュード）を演奏することで、式典の始まりを知らせることになっていた。その後すぐに舞曲（ぶきょく）が続き、人々がその音楽に合わせて踊（おど）るのを皮切りに本格的な式典が始まる。

「閣下、ご命令を……」

　使用人が急（せ）かすのでギルバートはかっとなった。

「うるさい！　今考えてる！」

彼は髪をかきむしりながら考えた。

(どうすればいいんだ。今日は皇太子殿下も式典の最初から参席なさるっていうのに！　なぜ私にこんな試練を……)

悩んでも打つ手がない……。

あげくの果てに、開始時間になっても式典が始まらないことに、宴会場にいた人々がざわつき始めた。

「開始時間になったけど、何かあったのか？」

「なんでしょう？」

ざわめきが次第に大きくなっていく。建国記念祭のクライマックスである大式典を、楽団の音楽なしで始めなければならないなんて……。帝国始まって以来の事態だ。

(どう責任を取ればいいんだ……)

「とりあえず始めろ！　今すぐなんでもいいから演奏しろ！」

ギルバートの叫びにバーハンは唇を噛み締めながら楽団を見回した。何人かの団員は自分の楽器を持っている。

(バイオリン一挺、ビオラ一挺、チェロ一挺……ダメだ。これだけじゃ演奏をしても、式典に参加した人たちの声に音が埋もれてしまう)

式典や宴会用の音楽は静かな会場で奏でる音楽とは違う。人々が出す音でうるさい中、重厚で多彩（たさい）な音じゃないと聞こえない。だから『オーケストラ』が必要なのだ。

（舞曲だけならまだしも、あれだけでプレリュードを演奏するのは無理だ。このままじゃ式典が台無しに……。神様、どうかお助けください！）

バーハンが切に祈ったその時だった。

ダーンッ！！

どこからか聞こえてくる、大きな、ピアノの音。

「……!?」

「なんだ？　天井から聞こえてきてるのか？」

人々が驚いてざわめき始める。そして、そのざわめきを消し去るかのごとく響き渡る鍵盤の音。

まるで祭りの喜びを周囲に伝える、華やかな音色だった。そしてすぐに続く、優しい旋律（せんりつ）。

「この音は……」

バーハンがつぶやいた。神様が彼の祈りを聞き入れてくれたのだろうか？　天使が奏でるみたいな美しい旋律が、宴会場に次々と降り注ぐ。

「一体誰が？」

金管楽器のように高く激しい音で始まった旋律は、そよ風のように穏やかなものに変わった。

織り成す音がフーガ形式に乗って主題を重ねながら意味合いを深めていく。

聴衆（ちょうしゅう）を幸せへと導くメロディー。

今日が神の下にあることを、そしてこの場にいる皆を祝福するかのように。

いつの間にか、ざわめきも聞こえなくなっていた。ピアノの演奏会に来たみたいに、皆黙って演奏に集中していた。

「この宴会場に、天使でも舞い降りたのか」

「こんなに心に響く音楽は初めてです」

参加者たちは心から感心した。

そしてもう一人、この演奏に驚きを隠せない人物がいた。

(誰だ？　誰がまたこんな演奏を？)

皇太子ラエルは宴会場の入り口に立って音楽を聴いていた。

今日は大式典の日。時間に合わせてグローリアホールに着いた彼は、聞こえてくる美しい旋律に足を止め、耳を傾けていた。

(これは……水晶宮殿で聴いた、音色に似ていないか？)

まるで田園に来ているような安らぎを感じさせてくれたあの演奏……。結局、演奏者を見つけられなかったあの音と、このプレリュードの演奏。確かに似ている。

他の人なら気づかなかったかもしれない。しかし、ラエルにははっきり分かった。

(もしかして、あの時の演奏者が!?)

ラエルは音が聴こえてくる方を見た。

その音は空、いや、天井近くの三階から聴こえてきていた。

一方、その三階では小さな体格の少女が必死に手を動かし、ピアノを弾いていた。

美しい音色とは裏腹に、少女の顔は真っ青で血の気が引いていた。

(私のバカ！　バレたらどうするのよ！)

マリは泣きたい気持ちだった。

(こんなに人の多い所でピアノの演奏なんて！)

どうしても、バーハンを見捨てることができなかった。人の目が届かない三階にピアノがあって良かった。もしこのピアノの存在を知らなかったら、いくらマリでも、どうすることもできなかっただろう。

(プレリュードだけで終わらせよう！　バーハンさんならこれに続く曲を、今ある楽器で演奏できるはずだわ。誰かが見に来る前に終わらせなくちゃ！)

マリはそう思いながら必死に鍵盤を叩いた。見つかるかもしれないというプレッシャーで、心臓が押し潰(つぶ)されそうになる。

プレリュードはおよそ三分から五分ほど。

(急げ！)

そんなマリの気持ちが反映されたせいか、終結に向かってどんどんテンポが速くなっていった。

アレグロ(早く)からヴィヴァーチェ(とても早く)へ。

そして、ヴィヴァーチェからヴィヴァーチッシモ(一番早く)へ。

マリの指が、名演奏者(ヴィルトゥオーソ)のように華麗(かれい)に動き、炸裂(さくれつ)するテクニックが曲のクライマックスを決めた！

「ブラボー！」

「素晴らしい！」

情熱的な国民性で有名なイキシアの使節たちが喝采を贈る。

宴会場に大きな拍手の嵐が巻き起こった。

パチパチパチパチ！

しかし演奏を終えたマリには、聴衆の反応を喜んでいる暇などない。

「早く逃げよう！」

マリは急いで椅子から立ち上がり、階段に向かって走った。

誰かが三階に上がってくるかもしれない。バレたら言い訳もできない！

（このまま二階で飲み物を配っていたふりをしよう）

下の宴会場の方から穏やかな音色が聴こえてくる。

バーハンが続く舞曲を指揮し始めたのだ。

（もう、ちょっとだわ！）

三階の階段の降り口まで走って来たマリは荒くなった息を整えた。この階段を下りれば大丈夫。

そう思ったマリが階段に足をかけた瞬間だった。階段の下から物音が聞こえた。

ギィィー。

階段のきしむ音。

「……！」

誰かが三階に上ってくる！　ちらっと下を覗いたマリの顔が真っ青になった。顔の半分を覆っている鉄製の仮面。皇太子ラエルだった。

三階にやって来たラエルは辺りを見回した。

「あのピアノで弾いたのか？」

部屋の片隅に古いピアノが置いてあるのが見えた。彼はピアノの前に行き、鍵盤を押してみた。

「調律されてないピアノ……。それなのにあんな演奏を？」

改めてすごいと思った。

「演奏者はどこにいる？」

ラエルは三階をくまなく回って演奏者を探した。

三階にある部屋を全部回った彼は、眉をひそめる。

（どこに消えたんだ。もう下に戻ったのか？）

音楽を聴いてすぐに駆け付けたのに。

念のため、他に三階に上がる通路があるか調べてみたが、ラエルが今上ってきた木造の階段以外に三階に通じる通路はなかった。

（会場に戻ろうとしたなら、俺と鉢合わせになるはず……。ということは、まだこの階にいるに違いない）

ラエルが再び三階を見回した。

服、テーブル、椅子、保管箱……。三階は山ほど積まれた保管物でいっぱいだった。

「……物陰に隠れているのか？」

もう一度、探してみよう。

帝国の支配者がするには少々品のない行動だったが、どうしても、あの演奏者を見つけたい一心だった。


ラエルの予想通り、あの演奏者はまだ三階にいた。

（なんで下に行かないの？）

マリは部屋の隅に置いてあるタンスの中に隠れていた。

皇太子が早く諦めていなくなるのをずっと待っているのに、全く帰る気配がない。それどころか、部屋のあちこちをくまなく調べ始めた。

皇太子が自分の方に近づくたびに、口から心臓が飛び出そうだった。

見つかるのは時間の問題だ。逃げ場がない。

（神様、助けて！）

祈りもむなしく、とうとう皇太子がタンスの前まで来た。

マリの頭の中が真っ白になった。皇太子が、マリが隠れているタンスをじっと見ている。

（どうか、そのまま通り過ぎて！）

だがマリの望みとは裏腹に、ゆっくりと皇太子がタンスに手を伸(の)ばした。

「……！」

震える手でマリは口を塞(ふさ)いだ。息遣いが外に漏(も)れてしまいそうだった。

……ガチャッ！

タンスのドアが開いた。

「いないな」

彼が開けたのはすぐ隣のタンスだった。

マリは息を止めてタンスの鍵穴(かぎあな)から外を覗く。

タンスの前に立っている皇太子が舌打ちした。

「ネズミじゃあるまいし、こんな小さなタンスの中に隠れているわけないか。別に罪を犯したわけでもないのに」

皇太子は眉間(みけん)にしわを寄せたまま考え込んだ。どれだけ探しても三階には誰もいない。

「……本当に天使でもいるのか？」

分からない……。

その時、いいアイディアが浮かんだ。

もし、例の演奏者が三階にいるなら、この方法で間違いなく見つかるはずだ。

うんうんとつぶやいた皇太子は、タンスが置いてある部屋から出て、そのまま階段を降りて行った。

皇太子がいなくなった後、マリはそーっとタンスから出てきた。

「いないわよね……？」

マリは魂が抜けたような顔で小さくつぶやく。今度こそバレるところだった。

「はぁー。他の人が来る前に早くここから出なくっちゃ」

マリは髪と身なりを整え、急いで階段を降りた。今回は誰とも鉢合わせせず、無事に宴会場に戻ることができた。

「マリ！　一体、どこに行ってたの⁉」

「すみません。ちょっと急用で……」

「早く持ち場に戻りなさい！」

先輩のメイドに怒鳴られたが、無事に三階から抜け出せただけでありがたい。

（誰にもバレなくて本当に良かったぁ）

マリは知らなかった。

三階から降りてくるマリを見ていた人物がいたことを……。


ラエルは階段の裏に隠れて、誰が三階から降りて来るか見張っていた。

三階に行く通路は一箇所のみ。例の演奏者がまだ三階にいるなら、遅かれ早かれこの階段から下に降りるしかない。そう思ってしばらく身を隠していると……。

そこに現れたのはマリだった。

「どうしてまた、あのメイドが……」

ラエルはもう何がなんだか分からなくなった。

マリの演奏が終わった後、バーハンは団員とともに必死に演奏し、予備の楽器が届くまでの時間を稼いだ。楽器の数が少なくて大変だったが、舞曲の演奏中も宴会場はプレリュードの余韻に包まれていたため、なんとか乗り越えることができた。

しばらくして、オーケストラの楽器が揃ってからは、予定されていた通りに式典を進められた。

だが、式典が進んでもなお、会場はあのプレリュードを演奏したのが誰なのかという話題で持ち切りだった。

「最初の曲は一体誰が演奏したんでしょうか？」

「気になるわね。オーケストラの演奏も悪くなかったけど、最初のピアノの演奏が最高だったわ」

「もしかして、最近噂の天使じゃないですか？」

「天使？」

「ご存知ないですか？　近ごろ、皇宮に天使が舞い降りてきて、祝福を授けてくれるって話があるんです」

「いや、そんな。冗談言わないでくださいな」

ある貴婦人がとんでもないと笑った。しかし、隣にいた別の貴婦人が真剣な顔で話し始めた。

「私も耳にしましたわ。薔薇庭園の第三皇妃様の彫像、ご覧になりましたわよね？」

「ええ。当然ですわ」

皇太子の実母である第三皇妃の彫像は皇宮の名物となっていた。人の心を揺さぶる神々しさを持つ、その彫刻を見るためだけに何度も庭園を訪れる者もいた。

「ある雨の日、誰も手をつけていないのに、彫刻が仕上がっていたそうなんですよ」

「まさか……」

「天使の仕業に違いありませんわ。他にも、皇室オーケストラが演奏する『田園風景交響曲』も、天使の作曲だって話です」

「私も今日、お祈りを捧げてみようと思ってますわ。もしかしたら、天使が私たちのところにも来てくれるかもしれないですから」

その時、小柄なメイドが貴婦人に話しかけた。

「の、飲み物をお持ちしました……」

「あ、ありがとう。だからその天使が……」

飲み物を持ってきたメイド――マリは、彼女らの会話を聞いて冷や汗をかいていた。

(天使ですって⁉)

そんな噂が出回っているなんて知らなかった！

(今日見つかっていたら、今までのことが全部バレてたかも……)

マリは袖で汗を拭った。皇太子がタンスに手を伸ばした瞬間を思い出すと、今でも動悸がする。

(それはそれとして……)

マリはちらっと横目で上座の方を見た。

(どうして皇太子はずっと、私の方を見てるの⁉)

最初は偶然かと思ったけど、やっぱり明らかにこちらを見ている。

しかも、それだけでは終わらなかった。

「マリ」

「……！」

皇太子に直接名前を呼ばれたのだ。

「お呼びでしょうか、殿下？　必要なものがございましたら、お申し付けください」

「必要なものはない」

「では……」

「明日、獅子宮殿に来い」

「……え？」

「君に話がある」

晴天の霹靂だった。

建国記念祭のクライマックスらしく、大式典はとても遅い時間まで続いた。空がうっすらと明るくなってきた頃、ようやく宿舎に戻ったマリは、倒れるようにベッドに横たわった。死ぬほど疲れていたけれど、眠る気にはなれなかった。皇太子から言われた言葉のせいだ。

(どうして私を獅子宮殿に呼んだんだろう？　話って何……？)

最初は当惑と恐怖で頭の中が真っ白になったが、今は冷静に考えられるほど落ち着きを取り戻していた。

(正体がバレたわけではない。私が王女モリナだと分かっていたら、獅子宮殿に呼ぶのではなく、牢獄に連れて行ったはず)

そう思うと少しほっとした。

(じゃあ、どうして私を呼んだんだろう？)

理由が思いつかない。

ベッドでゴロゴロしながら悩んでいるうちに、いつの間にか寝落ちてしまい、起きた時にはすっかり朝になっていた。

ベッドから起き上がったマリは部屋の異変に気づいた。

「ジェーンが帰って来てないわ。まだ仕事が終わっていないのかしら？」

ジェーンはマリと同じ部屋を使うルームメイト。もう三年も同じ部屋を使っている仲だ。

「おかしいな。昨日は夜勤の日じゃなかったと思うけど……。最近どこで働いてるって言ってたっけ？」

同じ部屋を使っていても、担当部署は別だった。特にマリが中級メイドになってからは、働く場所とシフトが全く被らなくなっていた。だから、ジェーンが今どこで働いているのか分からない。

「まぁ、もうすぐ帰って来るでしょう」

そう思ったマリは重い体を引きずって、朝食を食べにメイド専用の食堂に向かった。ところが食堂で信じられない話を耳にした。

「ジェーンが……。牢獄に連れて行かれた？」

この前まで上司だったスーザンがマリの言葉に頷く。

「マリはまだ聞いてなかったのね」

「どうしてですか？」

マリが慌てて尋ねた。ジェーンは罪を犯すような子じゃない。

「昨日、楽団の楽器の保管倉庫が火事になってのは知っているわよね？」

「はい。……って、まさか!?」

「そう、そのまさかよ。その保管倉庫の灯りを管理していたのがジェーンだったの。ジェーンは、昨日の火災の件で牢屋に連れて行かれたわ」

「……！」

スーザンは気の毒そうに言った。

「わざとじゃないとしても、皇宮で火事を起こしてしまった罪は重いわ。そう簡単には、出してもらえないでしょうね……」


マリはジェーンに会いに、急いで牢屋へと向かった。

「マリ？」

「ジェーン！」

牢屋に閉じ込められていたジェーンは、マリを見ると泣き出してしまった。

「うっ……マリ。私、どうしよう。私は何も悪くないのに……。ロウソクはちゃんと消したのよ」

精神的に追い詰められていたのか、涙が止まらない様子だった。

「私、殺されちゃうのかな？　どんな罰を与えられるのか、考えるだけで怖くて……」

「ジェーン……」

マリは何も言うことができなかった。

わざとじゃないとしても、皇宮に火災を起こした罪は大きい。しかも今回は、オーケストラの楽器が燃えてしまうなど、被害も大きかった。

「ううっ。ちゃんと確認したのに。こんなのあんまりよ！」

ジェーンの言葉にマリは気になる部分を見つけた。

「本当にちゃんと、問題ないか確認したんだよね？」

「当たり前よ。いつも何度も、何度も確認してるもの！」

しっかり管理していたのに、なぜ火事が起きたのか？

その時、マリの頭に夢の中の主人公が言っていた言葉がよぎった。


「すべての手がかりは観察すれば分かることだ。誰にでもできる、簡単なことさ」


「……！」

マリは唇を噛み締めながら考えた。

（もしかして、ただの失火じゃないのでは？）

……放火の可能性も、あり得るわ。

（よりによって大式典が始まる直前、オーケストラの楽器の保管倉庫で火事が起きるなんて）

偶然にしては出来すぎた話だ。

ジェーンはマリが何も言わずにいるのに気づくと、すすり泣きながらマリを呼んだ。

「……マリ？」

「ジェーン、私ちょっと行ってくるわ」

「どこに？」

「火災現場に！」

「マ、マリ!?」

そう言って、マリは牢屋を飛び出した。

（ジェーンの無実を証明するためにも、怪しいところがないか探してみないと！　火事の現場にその答えがあるはずよ！）

火事が起きたのは、普段オーケストラが練習をしている水晶宮殿の地下にある保管倉庫だ。現場に入ろうとしたマリは、そこで想定外の壁にぶち当たった。

「ここは立ち入り禁止だ」

強面の騎士が火災現場を規制していたのだ。

白い制服に金色の飾り。それは皇室親衛隊の制服だった。

（なぜ皇室親衛隊の騎士が？）

皇室親衛隊は皇宮内で起こった事件や犯罪を捜査する権限を持っている。でも、今回のような火災事故は皇室親衛隊の担当ではないはずなのに。

「ここになんの用だ」

「えっと、実は……。ここに私物を保管しておいたんですが、残っているか気になって……」

マリは急いで言い訳をした。

この保管倉庫には楽器だけでなく、色々な物が一緒に保管されていた。だから、騎士がマリの言葉を疑うことはなかったが……。

「なるほど。でもダメだ」

「あの……。ところで、どうして親衛隊の騎士であるお方がここにいらっしゃるんでしょうか？火事の現場に騎士団が来ることはないと聞いていますが……」

騎士は面倒くさそうにマリを見た。追い払おうとして、マリが着ているメイド服を見て押し黙る。下級メイドと違って、中級メイドは貴族出身である場合が多いのだ。

「不審な点があるから調査をしている。君には関係ない」

マリが驚いて聞きただした。

「不審ってどういうことですか？」

「そこまでは教えられない。とにかく、ここには入れないから帰れ」

騎士が無愛想に言った。

マリは困ってしまった。

（どうしよう？ ジェーンの無実を証明するためには、現場を確認しないといけないのに）

でも、皇室親衛隊の騎士が通さないと言うなら、マリには入る方法がない。

その時、背後からキエルハーン侯爵が現れた。

「あれ、マリさん？」

「……！」

マリは驚いて振り向いた。親衛隊の騎士も急いで挨拶する。

「親衛隊騎士ピロンが隊長にご挨拶申し上げます！」

「ご苦労。特に異常はないか？」

「はい！　異常はありません！」

自分には高圧的な態度を取っていた騎士がキエルハーンにはかしこまって答える姿にマリはびっくりした。

（さすが親衛隊の隊長……）

自分にはいつも親切にしてくれるから実感が湧かなかったけど、この銀髪の男は、帝国最強の騎士と呼ばれるほどの存在なのだ。

「マリさんはなぜここにいらっしゃったんですか？」

キエルハーンがいつものごとく親切に尋ねた。

「あ……、あの……。それが、ここにとても大事なものをしまっていたんです。それが残っているか確認しに来ました！」

「そうなんですね。ほとんど燃えてしまって、残っている物はなかったと思いますが……」

キエルハーンは残念ですねとでも言いたそうな感じで返事をした。

（ちょっとズルいけど、ここはキエルさんに頼るしかない！）

「すみません！　直接入って、確認させてもらえませんか？　とても大事な物なんです」

露骨すぎて、嫌がられたらどうしよう……。

それでも今は、ジェーンのために、必ず現場を確認しなくちゃ！

幸い、キエルハーンはマリの願いを叶えてくれた。

「大事な物なら仕方ないですね。少しだけならいいですよ」

「隊長！　現場に部外者を入れるわけには参りません！」

騎士が頑なに反対した。キエルハーンはしばらく悩んだ後、こう言った。

「原則として、部外者を現場に入れてはいけない」

「そうです！」

「じゃあ、こうしよう」

「はい？」

「私が同行する。何かあったら、私が責任を取ろう」

「……！」

これには騎士も反対できず、マリはキエルハーンと一緒に火事の現場に入ることになった。

「あの……、ご迷惑をおかけしてすみません……」

「気にしないでください。私も中に入るつもりでしたから。確認したいことがあるので」

確認したいこと……。先ほどの騎士も言っていたし、やはり、親衛隊も今回の火災を怪しいと思っているのだろうか。

マリが恐る恐るキエルハーンに尋ねた。

「もしかして、今回の火災は放火とお考えですか？」

「……！」

キエルハーンが驚いた顔をすると、マリはあたふたと話し続けた。

「き、騎士の方が入り口で見張っているし、隊長自ら現場を見に来たってことは、もしかしたら、そうかなと思いまして……」

だがキエルハーンは首を横に振る。

「まだ放火とされる証拠は見つかっていません。しかし、どう考えても怪しいので……。大式典の開始直前に楽器が置いてある倉庫が火事になるなんて、タイミングが良すぎますからね」

マリは彼の言葉の真意を悟(さと)った。

(これは結構、大事になりそうだわ)

もしこれが放火だったら、それは大式典を台無しにしようとした犯行になる。犯人は皇太子と敵対する人物に違いない。

マリは不安な気持ちになった。

下手をすれば、政治的な問題に巻き込まれる可能性だってある。

「こういうのは、我々親衛隊の仕事ですからマリさんは心配しなくても大丈夫ですよ」

「はい、閣下」

マリの答えに、キエルハーンがむっとなった。

「キエル」

「え？」

「二人でいる時は、キエルと呼んでください。マリさんにはそう呼んで欲しいんです」

マリはぎこちなく笑った。

そう言われましても……。

そうこう話しているうちに、二人は火災現場に到着した。

「ここです」

「あ……」

マリは真っ黒に焼けた落ちた保管倉庫を真剣な顔で見回した。

ここから、絶対手がかりを探し出す。

(さぁ、始めるわよ。ジェーンの無実は私が証明する!)

When you have eliminated the impossible, whatever remains, however improbable, must be the truth.(すべての不可能なことを取り除いて、最後に残ったものが、いかに奇妙なことであっても、それが真実となる)

まるで、夢の主人公になったかのような高揚感。

(まずは明かりの位置)

外からの光が届かない保管倉庫の壁には、灯りを灯すためのロウソク台がいくつか設置されていた。

(やっぱり、完全に燃えてる)

ロウソク台の場所だけでなく、壁全体が煤だらけになっている。

(もしここが燃えていなかったら、ジェーンの無実が晴らせたのに)

マリはロウソク台以外にも、倉庫全体を隈なく調べた。

燃え残った楽器や、灰の山、焼けて倒れた柱の方向。

しばらくして、マリは一つの結論に達する。

(この火事はジェーンのせいではない。これは……)

床を調べていたマリは、唾をコクリと飲み込んだ。

「マリさん? 探し物は見つかりましたか?」

その時キエルハーンがマリに声をかけた。

「あ、いいえ」

「大事な物なのに、燃えてしまったんですね……」

「ああ……。ええ、まぁ……」

彼の言葉に答えながらも、マリは頭の中で考え続けた。

(今回の火事はおそらく……)

現場に残された痕跡は確かに犯人がいることを物語っている。

(でも……。なんて話せばいいの? 私の話なんか信じてもらえるかしら?)

マリは一介のメイドにすぎない。親衛隊の調査に口を挟む権利なんて一つもなかった。

（でも、もしかしたら……）

マリはキエルハーンの顔を見て思った。彼なら自分の話を聞いてくれそうな気がする。

「一つお伺いしてもよろしいでしょうか」

「ええ、なんなりと」

「放火の証拠は見つかりましたか？」

キエルハーンはマリがなぜそんなことを聞くのか不思議に思ったが、まずは素直に答えた。

「いいえ。すべて燃えていて、なんの手がかりも摑めませんでした……」

「それでは、疑わしい人物はいますか？」

キエルハーンはうーんと、しばらく考えた末、口を開いた。

「います」

「……！」

「火事が起きる前、この近くで怪しい人物を目撃したという証言がありました」

重要な手がかりだ！

キエルハーンは、そこでにこっと笑ってこう続けた。

「すみません。これ以上はお教えできません」

「いいえ。十分です。ありがとうございます」

残念だったが、当然のことだ。ここまで話してくれただけでもありがたい。

「ところで、どうしてそんなことを？」

「それは……。この火事についてお伝えしたいことがあります」

「なんでしょう」

キエルハーンは怪訝な顔でマリを見た。

マリがすーっと息を吸って、話し始めようとした時だった。

「調査は進んでるか？」

背後から聞こえる皇太子の声に、マリは内心ギクっとしながら頭を下げた。

「皇太子殿下にご挨拶申し上げます」

皇太子の隣には宰相のオルンもいる。

(こんなところで皇太子に出くわすなんて)

驚いたのは皇太子とオルンも同じだった。

「マリ？　どうして君がここに……？」

皇太子はじっとマリを見つめ、何か訊きたがっている様子だ。しかしすぐにキエルハーンに視線を向けた。

「西帝国の奴らが関わっているという証拠は見つかったか？」

マリを見る時とは違って、キエルハーンを見る皇太子の目はとても冷たかった。

「申し訳ございません。すべて燃えていて、まだなんの証拠も見つかっていません」

皇太子が舌打ちした。

「困ったな。火事の直前に奴らがここにいたのは確かなのに」

マリはその話に驚いた。

(容疑者って西帝国なの!?)

マリはヨハネフ三世のことを思い出した。元々仲が悪い西帝国なら、大式典を台無しにするために放火した可能性もある。これが本当に彼らの仕業なら外交問題になりかねない深刻な事態だ。

(でも違う……。私の推理では犯人は……)

マリはさっき倉庫を調べた時、火事の痕跡を見つけるのと同時に犯人の特徴を「プロファイリング」する手がかりを得ていた。

その時、皇太子がマリに問いかけた。

「マリ、この火事についてどう思う? さっきキエルに何か言いかけていただろう? 言ってみろ」

(皇太子に話してもいいのかな? きっとまた注目されちゃう……。でも、仕方ない。今話さないと、ジェーンが濡れ衣を着せられちゃう)

そう思ったマリは恐る恐る口を開いた。

「私の考えでは……。今回の火事は人の手によるものの可能性が高いです」

その場にいた皆が目を見張った。

推測ではない、確信に満ちた言葉。

皇太子が低い声で問いただした。

「何を根拠にそんなことを? 君にはよく分かっていないかもしれないが、これはお遊びなんかじやない。明確な証拠もなしにいい加減なことを言えば、大きな罰を受けることだってあるんだぞ」

皇太子が厳しい声で言った。

西帝国の人間が容疑者として挙がっているという緊迫した状況。マリみたいな身分の者は、うっかり口を滑らせるだけで、どんな罪に問われるか分からない。

「そう判断する根拠があります」

だが屈せず堂々と話すマリの姿に、皇太子の目が光った。キエルハーンとオルンも、そんなマリに驚いたようだ。キエルハーンは目を見開き、オルンは興味深いといった様子でマリを見ている。

「いいだろう。聞かせてもらおう」

「簡単なことです。出火箇所を見れば分かります」

「出火箇所？」

皆が怪訝そうな顔をした。出火箇所……。聞き慣れない言葉だった。

マリは真剣な顔で頷いて、話を続ける。

「はい、出火箇所が単純な火災事故では見られない位置にありました」

「詳しく説明しろ」

出火箇所とは、火事が起きた火元を意味する専門用語である。出火箇所は火災の原因を探る際の、最も重要な手がかりだ。

「ご覧の通り、この保管倉庫のロウソク台はこちらの壁側二カ所に設置されています。壁も燃えていますし、一見ロウソクが原因のように見えますが……。他の場所から火が燃え移り、ランプの油が激しく燃えたのだと思われます」

「どうして分かるんだ？」

マリが大きく息を吸った。

皇太子が着けている鉄仮面と対峙（たいじ）すると、二倍、いや、十倍は緊張してしまう。

心を落ち着かせたマリが口を開こうとした時だった。

「私も気になりますね。あなたの考察を聞かせてもらいましょう」

皆が驚いて後ろを振り向く。穏やかな印象の、黒髪、黒眼の男がにっこりと微笑みながら階段を下りてきていた。

（西帝国の皇帝、ヨハネフ三世！）

皇太子に宰相、西帝国の皇帝まで。

マリは泣きそうだった。

（どうしてまたこんなことになるの⁉）

ジェーンを助けたいだけだったのに、一時間も経（た）たないうちに両帝国の外交問題に巻き込まれてしまった。身から出た錆（さび）のような気もするけれど、それにしても運が悪い。下手にしゃべって問題になったらどうしたらいいのか。

皇太子が眉をひそめて言った。

「俺が言ったはずだ。ここから追い出されたくなかったら大人しくしていろとな」

「ああ～。大人しくベッドに横になっていたら変な噂が聞こえてきましてね。火事の原因が我々西帝国の仕業、とか？」

ヨハネフ三世は皇太子を睨み付けた。微笑んだままの口元とは別に、冷めきった目つきだった。

「そんな噂を耳にして黙っているわけにはいきませんよ」

「……！」

皇太子が鼻で笑った。

「火災発生時に、西帝国のショーバー伯爵がこの辺りをうろついていたというのは事実だ。いずれにせよ、もうすぐ明らかになることだ」

皇太子がマリを見て言った。

「続けろ。どうしてこの火事が人の手によるものなんだ」

「私もぜひ聞かせていただきたい」

両帝国の支配者たちの視線を一身に受けたマリが、深呼吸をしてから答えた。

「まず一つ目は、炎の燃え移り方です」

「炎の燃え移り方？　もう真っ黒に焼けた後なのに、どうやってそれが分かる？」

「このバイオリンを見てください」

マリは燃え残ったバイオリンを指差した。

「煤がついている側が壁面（へきめん）に向かっています。このバイオリンだけでなく、あの楽器も、あの保管箱もそうです」

マリが指差した所を見た皆の目が驚きで大きくなった。

本当に煤が壁に向かってついていた。

「もし、火の出所、つまり出火箇所が壁に掛けられたロウソクなら、煤が付着する方向が反対を向いているでしょう」

「……そうだな。でも、それだけでは放火だと断定できない」

マリは、今度は焼け落ちた木造の柱を指した。

「次は柱が倒れた方向です。もし壁側が出火箇所なら柱は壁に向かって倒れるはずです」

「どうして？」

「柱は火で燃えて弱くなった方向に倒れるはずですから」

確かに、倒れた柱は皆、壁とは反対に向かって倒れている。

「それ以外にも、いくつか証拠があります。出火箇所から出た火は燃えやすい物から徐々(じょじょ)に燃えにくい物へと燃え移って行くはずです。焦(こ)げ方や火が移った方向を見ていくと……」

マリは自分が発見した証拠を一つ一つ説明していった。

その話を聞かされた一同は驚きを隠せなかった。一介のメイドとは思えないほどの専門的な話だったからだ。

「これらを総合的に判断した結果。出火箇所はここだと思われます。そして、さらにこの場所からある決定的な証拠を見つけました」

「……その証拠とは？」

マリは出火箇所に置かれている焼けたティンパニに手を伸ばした。ティンパニは、皮の部分は全部焼けてしまっていて、金属でできている胴体だけが残っていた。

そして、おもむろにマリが指で胴体についた煤を拭き取ると、何かが現れた。

「ロウソクの跡です」

それは、溶けて煤と混ざり黒くなったロウソクだった。

オルンがうめき声を上げた。

「そうか……。犯人はそこにロウソクを置いて火をつけた」

この証拠で充分。この火事はやはり放火に違いない。

しばらく現場が沈黙に包まれた。皆がマリの顔をまじまじと見つめていた。

今まで誰も気づかなかった証拠をたった一度で見つけるなんて。到底信じられない話だった。皆「あの少女は本当にメイドなのか？」とでも言いたげな表情をしている。

マリが他の件にも関わっていることに気づいている皇太子の混乱はさらに大きかった。

その時、突然パチパチパチパチという拍手の音が聞こえた。

「驚きました。すごいです」

ヨハネフ三世だった。彼は本当に感心したという表情だ。

「こんな灰だらけの現場から手がかりを見つけ出すなんて、実に素晴らしい」

ヨハネフ三世は発作が起きて倒れた時のことを思い出していた。あれは本当にこのメイドと関係ないことだったのだろうか？　今の姿を見ると、そうとは思えなくなってくる。

（モリナ王女を探しに来たのに、それよりもっと興味深い人物に出会えるとは……。本当に面白

い。……欲しくなるくらいだ）

ヨハネフ三世の視線を感じたマリは鳥肌が立った。

皇太子だけでも大変なのに、今度は西帝国の皇帝にまで目をつけられたみたいだ。

（あの西帝国の皇帝は、皇太子とはまた違う意味で関わりたくないんだけどな……）

しかし、ジェーンを助けるためには黙っているわけにもいかなかった。

もう引き返せない。

「では、犯人に関する手がかりはあるのか？」

皇太子の問いに再び皆がマリを見た。メイドごときに変な質問をすると思う者は、もうこの場にいなかった。

「……」

マリは唾を飲み込んだ。

皇太子に、西帝国の皇帝に、親衛隊の隊長に、宰相まで……。

（わ、分からないって言った方がいい気がしてきた……）

ここで自分が推理したことを言えば、今度こそ本当におしまいかもしれない。

マリが口を開けずにいると、皇太子が頷きながら言った。

「いや、証拠を摑めただけでも充分だ。犯人は、怪しい人物を探れば分かるだろう」

皇太子の言葉にヨハネフ三世の顔が強張（こわば）った。

怪しい人物。火事が起こった時近くにいた西帝国の使節のことだ。

「ラン。この火事とは関係のない西帝国を犯人にしようとしているように聞こえますが？」

「関係がないかどうかは調べればわかることだ。西帝国のショーバー伯爵が火災発生時にこの近くにいたことは確かだからな」

「西帝国が調査に応じるとでも思っているんですか？　……ご存知ですよね？　国境で待機しているうちの騎士たちの気性が荒いことくらい。内戦が終わったばかりの東帝国が、我々と戦争になったら勝てるとお思いですか？」

キエルハーンが反射的に剣に手をかけた。

「それは脅迫か？」

「さぁ……。ラン、君の言い方こそ脅迫じゃないのか？」

場の雰囲気が一気に悪くなった。

下手をすれば、国際的な紛争が勃発しかねない雰囲気にマリも凍り付く。

（ショーバー伯爵じゃない……。犯人は別の人だ。だけど、どうしよう。このままじゃ……）

さすがにこれ以上は目をつけられたくない。でも、このままじゃ戦争になるかもしれない。

……脳裏に焼き付いた、燃え盛る王宮と血の匂い。

マリは仕方なく口を開いた。

「犯人はショーバー伯爵ではありません」

皇太子とヨハネフ三世がマリの方を振り返る。

「どうしてだ？」

「現場に残された手がかりがあります」

「言ってみろ」

皆の視線を浴びてマリがため息をついた。墓穴を掘ったような気持ちだった。

「結論から申し上げますと、犯人は子どものように小さな体格をした、身分の高い人です。そして、その者はこの水晶宮殿のことをよく知っていて、ここにいても怪しまれないような人物です」

「……！」

マリの具体的な推理に皆が再び驚いた。

「どうしてそう思う？」

「この足跡を見てください」

マリが倉庫から外に向かう階段の床を指差した。そこには火災現場の灰を踏んだ人々の足跡でいっぱいだった。

「色々な足跡が混ざっていて分かりにくいな」

「はい。でも詳しく見てみると、特徴的な足跡が残されているのが分かります」

「……？」

マリは入り混じった足跡の中で、消えかかった足跡をいくつか示した。

「この足跡を他の足跡と比較すると、随分小さいのが分かります。まるで子どもの足跡のようです」

「しかし、それが犯人のものだとどうやって分かるんだ？　火災の現場を調査した人のものかもしれない」

「よく見ると、この足跡は外に向かっているものだけしかありません。他の足跡が内に向かうものと外に向かうものの両方見られるのとは対照的です」

「……！」

「さらに、この足跡は他の足跡によって上書きされ、薄くなっているのが分かります。それはこの足跡が他の足跡より前に付けられたものということを意味します」

マリはそこで一息ついて説明を続けた。

「何より火災鎮火後の現場への出入りは厳しく制限されていたのですから、こんな小柄な人が来ていたら目についたはずです。これらを踏まえると、この足跡は火災が発生した後に付けられたものと考えられます」

もっともらしい推理に皆が頷いた。

「それじゃ、犯人がこの水晶宮殿のことをよく知っているというのは、どうしてだ？」

「それは、犯人が使ったロウソクを見たら分かります」

「ロウソク？」

「はい。出火箇所に落ちている溶けたロウソク。これはこの倉庫内に保管されていたロウソクと同じものです」

それはマリがこの水晶宮殿で働いたことがあるからこそ分かることだった。客が出入りする劇場などとは違って、人目に付かない倉庫などでは安価なロウソクを使う。出火箇所に溶けて焦げ付いていたロウソクは、ここで保管されている安価なものだった。

「そうか。犯人はここにロウソクがあるということを知っているほど、水晶宮殿のことに詳しい人物」

子どものように小さな体格、水晶宮殿について詳しい人物。これで犯人がショーバー伯爵である可能性は消えた。

「はい。また、火事があったのは大式典の直前でした。行き来する人も多く、きっと犯人を目撃した人がいるはずなのに、容疑者として名前が上がらないということは、普段から水晶宮殿を頻繁に出入りしても、誰にも怪しまれない人物だということになります」

「身分が高いというのは？」

「このロウソク台」

マリは倉庫の隅に捨てられていたロウソク台を拾い上げた。ロウソク台はほとんど燃えてなくなっていて、取っ手の部分だけが一部残っていた。

「これは、元々この倉庫に保管してあったのロウソク台ですが、その人物が火を起こす時に使ったものだと考えられます」

「それで身分が推測できるのか？」

「はい。このロウソク台はテーブルの上に置いて使うものですが、取っ手を付ければ持ち運ぶこともできます。取っ手のこの部分をよくご覧ください。取っ手と本体をつなぐ部分にたくさん傷がついています。これは普段、ロウソク台を扱った経験がない人が無理に取っ手をロウソク台にはめようとしてできた傷でしょう」

「……！」

「つまり、その人物はロウソク台を直接扱ったことのない、身分の高い人ということになります」

皆が思わず納得した。その場の誰もロウソク台を扱ったことがなかったからだ。

「ですが……。放火だとしたら犯人の意図が摑めません。巧妙な手口を使うわけでもなく、油などの燃えやすい発火物を使った形跡もないので……。たまたま火がついてしまった、つまり失火の可能性も考えられます」

こうしてマリの説明がすべて終わった。

ラエルは感嘆のため息をついた。

（本当にすごい）

もし、偶然特別な手がかりを見つけただけなら、ここまで驚かなかっただろう。でも、あのメイドが発見した手がかりは一見して目立つようなものじゃなかった。

現場を確認した全員が一度は見ているはずの、些細な痕跡。

そこから手がかりを見つけ出し、推論を積み上げ、結論に至る。

（一体彼女は……）

知れば知るほど、新たな一面を見せてくれる少女。

何者なんだ？　ラエルは急にもどかしさを感じた。

この少女を見るたびに感じる、理由の分からないもどかしさだった。

ラエルだけじゃなくこの場にいる他の人々も、この件に関して色んな感情を抱いた。

（すごい。本当に西帝国に迎え入れたいくらいだ……）

西帝国の皇帝であるヨハネフ三世は、話を聞く前とは比べ物にならないほど、マリに興味が湧いていた。

「マリさん」

元々マリに好意的だったキエルハーンは、彼女の明確な説明に深く感心した。

しかし、黙々と話を聞いていたオルンの反応は少し違ったものだった。

（あのメイドは何者だ？　どうしてただのメイドにあんな推理ができるんだ？）

しかもつい先日まで雑用担当の下級メイドだったはず……。

（何か怪しい……）

皇太子があのメイドを気にかけていることは知っていた。オルンは皇太子のためにも、もう少しあのメイドについて調べてみようと思った。

その時、心を落ち着かせたラエルが口を開いた。

「君の話はよく分かった」

「はい、殿下」

「まだ犯人は確定できないが、君の意見は今回の捜査に大いに役立つだろう。褒美に何か欲しいものはあるか」

マリは少しためらってからジェーンのことを切り出した。

「実は……」

マリの話を聞いたラエルは頷いた。

「そうか。もう、そのメイドの過ちではないことは明らかだ。罪に問われることはないだろう」

「ありがとうございます、殿下」

「しかし、それは当然のことだ。君の手柄（てがら）に対する褒美とは言えない」

マリはその言葉に困った顔になった。

褒美……？　マリにとって最高の褒美はラエルの無関心だ。

「特に欲しいものは……」

ラエルが首を横に振って、マリの言葉を遮った。

「こうしよう」

「……？」

「君の推理が正しければ、犯人はすぐに見つかるはずだ。思い当たる人物が一人いるからな」

ラエルだけでなくオルンも同じ人物を思い浮かべている様子だった。

「ふむ……、あの方なら可能性がありますね。このメイドの推理通りなら、ですけどね」

「そうだな」

彼らの会話を聞いていたキエルハーンも容疑者が誰か推測できたようだった。

ただ、ラエルやオルンとは違って、キエルハーンの顔はどんどん青くなっていった。

「まさか……。あのお方が？」

ラエルが再びマリに目を向けた。

「犯人が捕(つか)まったら改めて君を獅子宮殿に呼ぼう。今日はもう話をする時間がなさそうだからな」

誰かがマリの部屋のドアをノックした。

ドアを開けると、そこには皇太子の近衛騎士であるアルモンド子爵が立っていた。

大柄な彼は、背丈が自分の胸くらいまでしかないマリを見下ろしながら言った。

「メイドのマリ？」

「はい」

「皇太子殿下がお呼びだ。今すぐ獅子宮殿に行く準備をするように」

「分かりました」

随分前から呼ばれるのを待っていたところだ。

マリはすぐ部屋を出てアルモンドと一緒に獅子宮殿へと向かった。

（複雑な気分……）

皇太子がどうして自分を呼び出したのかも気になるし、火事を起こした犯人についても、その後どうなったか気になって仕方がなかった。マリも自分のプロファイリングに合致する人物を一人知っていたからだ。

（本当にあの方が犯人だったらどうしよう……）

マリがため息をつくと、アルモンドがちらっと彼女を見て言った。

「そんなに心配するな」

「え？」

「お前たちの間で殿下がどう言われているかは知っているが、そんなに悪いお方じゃない」

「あ、いや、そうではなくて……」

アルモンドは皇太子の噂のことで、マリが心配していると勘違いしたようだった。

（まぁ、皇太子が怖いのは事実だけどね……）

「とにかく早く行くぞ」

「はい！」

（もしかして、私を慰めてくれたのかな？）

無愛想に見えるけど優しいところもあるようだ。

その優しさに甘えて、マリは恐る恐る尋ねた。

「あの、アルモンド卿」

「どうした？」

「火事の犯人は捕まりましたか？」

アルモンドはしばらくマリの顔をじーっと見てから、頷いた。

「捕まった。犯人は犯行を自白し、拘禁されている」

マリの顔が強張った。

こんなに早く捕まったということは、やはり犯人はあの方なのか。

……嫌な予感がする。

「あの、犯人は誰だったんでしょうか？」

はらはらしながら尋ねたが、アルモンドは首を横に振ってこう言うだけだった。

「獅子宮殿に行けば分かることだ」

「……はい」

マリは黙って彼の後について行った。

やがて、皇太子の執務室の前に到着した。

「殿下、メイドのマリを連れて参りました」

「入れ」

キィーッ。

どこか耳障りな音とともに鉄製のドアが開いた。マリは部屋の中に入って頭を下げる。

「皇太子殿下にご挨拶申し上げます」

皇太子は宰相のオルンと一緒だった。オルンは皇太子に何かを激しめの口調で話していたが、マリが来たのを見て話すのをやめた。

「頭を上げろ。君のおかげで火事の犯人を見つけることができた」

「とんでもないことでございます」

皇太子はマリの顔をまじまじと見る。

普段の冷たさとは違って、その穏やかな話し方には何か複雑な感情が込められているような気がした。

そう思ったのもつかの間、彼はいつものような冷淡な口調に戻る。

「晩餐会のグロスピエスといい、今回の火事といい、二度も帝国の危機を救った君に、褒美を与えようと思う。何か望みはあるか」

これ以上皇太子の関心を引きたくなかったし、最初は褒賞を辞退しようと思っていた。

だがよく考えてみると、マリには皇太子にお願いしたいことが一つあった。

（獅子宮殿への転属を取り消してもらわなきゃ！）

このままだと皇太子と同じ場所で働かなければならない。それだけは勘弁して欲しかった。この機会になんとしても解決しなくては！

「実は……」

そう口を開いた刹那、皇太子の机の上に置かれた書類がマリの目に入った。

〈水晶宮殿の火災に関する報告書〉

皇室親衛隊が作成した報告書のようだった。

マリの目が思わず「犯人」の項目に止まる。その名前を見たマリは激しく動揺してしまった。

(やっぱり、あの方だったのね……)

マリが口を閉ざしていると、皇太子が眉をひそめて言った。

「どうした？」

「殿下、無礼を承知でお伺いします……火事の犯人を教えていただけませんでしょうか？」

皇太子はいきなり黙ったかと思えば、今度は犯人のことを聞くマリを不思議そうに見て答えた。

「オスカーだ」

その答えを聞いたマリの顔色が、死人のように青ざめた。

「君のプロファイリングの通り、第十皇子のオスカーが犯人だった」

(あの、可愛らしくて、かわいそうな方が……)

皇太子は淡々と話を続けた。

「君の推理が調査に大きく役立った。君じゃなかったら、犯人の手がかりすら摑めなかっただろう」

皇太子は褒め続けていたが、マリはその言葉を聞く心の余裕がなかった。

ただ一つの考えだけが頭の中をぐるぐると回っている。

(どうしてあの方が……。もしかして、自分を無視した人々に復讐するために？)

……いや、そんなはずない。

マリのマジックを見て少し気が晴れたみたいだったし、何よりあの小さな皇子様は、そんなに性根の悪い子には見えなかった。あの時も、マジックで見返してやると、文字通り子どものように叫んで帰って行ったじゃないか？　そんな彼が放火をして大式典を台無しにしようとしたとは考えにくい。

（じゃあ、どうして？）

その時、オスカーが言っていた言葉が頭をよぎった。

「今日見せてくれたマジック勉強してくるから、その時は覚悟しろよ！」

（……まさか、私が見せた「Flame vanishing」を練習していた？）

フレイムバニシングは、長いロウソクに火をつけて、その火を手で触って消したり、また一瞬で火をつけたりするマジックだ。

ひょっとしたらオスカーはそのマジックを練習していて、誤って火事を起こしてしまったのでは……。

「あの……。放火の理由については……」

マリが震える声で皇太子に尋ねた。

「さて」

皇太子は言葉を濁した。

「ロウソクで何かの練習をしたとか言っていたな。式典の邪魔をしたかったわけではないようだが、問い詰めても詳しいことは何も答えない」

（やっぱり、私が見せたマジックを練習していたんだわ！）

そう考えると、すべてのつじつまが合う。

(私のせいだわ。どうしよう!!)

マリは自分を責めた。

まさか、火を使うフレイムバニシングを真似しようとするとは、想像もできなかった。

(ちょっと待って。じゃあ処罰は?)

マリが唾をごくりと飲み込む。

他の皇族だったら大きな問題にならないだろう。火事もわざとではないと、誰かがかばってくれるだろうから。しかしオスカーは違う。誰もあの皇子をかばってはくれない。

そもそも、血の皇太子にいつ首を斬られるかわからない身の上ではないか。わざとではないとはいえ放火は重罪に当たる。どんな処罰が下されるか分からない。

案の定、隣にいたオルンが言った。

「オスカー殿下にどのような罰を下すおつもりですか? 過去には手首を切断した事例もありましたけど」

マリはびっくりして顔を上げた。

(今なんて? 手首を切るですって?)

皇太子も度がすぎた処分と思ったのか、眉間にしわを寄せて答えた。

「それは奴隷の話だろ?」

「帝国法の定めでは、宮殿で火災を起こし皇帝の財産を損傷させた者を罰する場合において、身分による差はありません」

マリは目の前が真っ暗になった。

（それは、皇族を罰する前提じゃないからでしょう！）

手首の切断だなんて！　想像したこともないほどひどい処分だ。

（宰相はこれを機にオスカー皇子を排除しようとしてるんだわ！）

オスカーは亡くなられた皇后陛下の実子。大人になれば皇太子の強力な政敵になるに違いない。

だから、オルンはオスカーを粛清しようとしているのだ。

オルンが皇太子を促した。

「殿下、何を迷っておられるんですか」

「……」

「元々は内戦の時殺すべきだったんです。なのに生かしておいたこともそうですし、こうして罰を与えることをためらわれるのは殿下らしくありませんよ？」

殿下らしさ。

それは、今まで数多くの命を、統治のための生贄にしてきた『血の皇太子』としての彼を意味するのだろう。

口をつぐんでいた皇太子は悩んだ末、口を開いた。

「それが皆の意見か？」

「そうです。皇室親衛隊のキエルハーン侯爵をはじめとする皇帝派が反発するでしょうが、いずれにせよ彼らは少数。今回は明確な犯罪ですので、彼らもオスカー殿下をかばい切れないでしょう」

皇太子はため息をついた。

「なるほど」

マリの胸は張り裂けそうだった。

(どうしよう？　このままじゃ、本当に)

ここで皇太子が頷けば、オスカーに恐ろしい処罰が下されるだろう。

……オスカーの顔が頭に浮かぶ。

自分の礼服をパタパタさせて自慢していた時の顔、マジックを見て驚いた時の顔、そして人に疎んじられて涙ぐむ顔。

何も知らない幼い子どもなのに！　大人たちの政治のために、どうしてそんなひどい罰を下されなきゃいけないの!?

(そんなのダメよ！)

「オスカー皇子の罰は……」

皇太子が口を開いた。一旦判決が言い渡されれば、その後はもう覆すことはできない。

マリは歯を食いしばって一歩前に出た。

「殿下、お話しの最中に申し訳ございません。先ほどお聞きになられた私の望みを申し上げてもよろしいでしょうか」

皇太子はマリの突然の行動に驚いたが、発言を許可した。

「言ってみろ」

マリは大きく息を吸った。これを言ったら自分がどんな目にあうか分からない。でも、見て見ぬふりをするわけにはいかない。

「第十皇子殿下の件については私にも責任があります」

マリはひざまずき、床(ゆか)に手をつけ頭を下げた。

「どういう意味だ……？」

マリは自分とオスカーの間であったことを話した。

オスカーにマジックを見せたこと、そして、二人で賭(か)けをしたことも。

「きっと、私に見せるためにマジックを練習していて、誤って火事を起こしてしまったものと思います。……ですから、火を使うようなマジックを見せた私にも責任があります」

「……」

「だから……私も一緒に罰を受けます。その代わり、オスカー殿下の罰を軽くしてください！」

場に重々しい沈黙(ちんもく)が流れる。

「……マリ」

「はい、殿下」

「自分の言っていることが分かっているのか？」

マリは静かに目をつぶった。

分かってる……。こんなとんでもない望み、本当は口に出すべきじゃない。

（それでも！）

自分が教えたマジックのせいで、あんな小さな子が手首を切られるかもしれないなんて。

そんなの放っておけるわけないじゃない！

「君の言ってることが本当かどうかはオスカーに聞けば分かることだ。最後にもう一度だけ聞こう。さっき言ったことを取り消すつもりはないんだな？」

「……」

「最後の機会を与えているのだ。君が見せたマジックを真似して火事が起きたとしても、それは君の責任ではないだろう」

マリは黙ってうつむいた。

意思を曲げるつもりがないことを悟った皇太子は、ここまでするマリが全く理解できなかった。

「なぜだ？　オスカーと遠い親戚であるキエルハーン侯爵ならまだしも、君とオスカーはなんの関係もないはずだ」

皇太子の言う通りだった。偶然何度か会っただけで、マリとオスカーは赤の他人。マリがオスカーを助けたからといって、彼女にはなんの得もない。

「答えろ」

マリはゆっくりと口を開いた。

「よく……分かりません」

「なんだと？」

「ただ、助けたいと思いました。それ以外の理由はありません。申し訳ございません」

マリの返事に皇太子は言葉を失った。

(ただの善意だと言うのか？　自分に被害が及ぶかもしれないのに？　どうしてだ？)

皇太子はひどく動揺した。彼の今までの人生からすると、どうしても理解できない話だったのだ。

ラエルが生きてきた世界は、お互いがお互いを疑うのが当たり前の世界。いつ誰が裏切るか分からない。死なないためには殺すしかない。

結局、ラエルは自分に敵対する者全員の首をはね、皇太子の地位に就いた。そんな地獄を歩んできたラエルにとって、自分を犠牲にしてオスカーを助けようとするマリの行いは、ひたすらに意味不明だった。

(どうしてそんなことができるんだ……？)

温室の花のように育てられたなら納得できる。でも、この娘は戦争捕虜……。他国に連れて来られ下級メイドになったこの娘の人生も、波乱に満ちたものだったに違いない。それなのに、どうしてそんな他人への思いやりを持っていられるのか？

(理解できない……)

彼女を見るたびに感じるもどかしさが再びよみがえる。

どうして俺は、マリを前にすると冷静でいられなくなるんだ……？

「……いいだろう。君の望みを聞いてやる」

「殿下？」

オルンが驚いて言った。

「黙っていろ。俺はこのメイドの望みを聞いてやると約束したんだ」

「しかし！」

「しつこいぞ」

オルンは仕方なく黙った。

「今、この場でオスカーの罰を決定する。火災を起こし皇帝の財産を損傷した罪で二カ月間の監禁刑に処する」

マリは深々と頭を下げ感謝を述べた。

「ありがとうございます、殿下！」

しかし、皇太子は冷ややかに話した。

「感謝する必要などない。望み通り、君にも罰を下そう」

マリは静かに頷いた。怖いけれど、自ら望んだことだ。

「はい。覚悟はできております」

ところが皇太子は罰の内容を告げずにオルンの方を振り返って言った。

「オルン」

「はい、殿下」

「先に出ていろ。俺はこのメイドと話すことがある」

オルンはマリを一瞥して警戒するような表情を浮かべた後、皇太子の命に従い部屋を出て行った。

「それでは失礼いたします」

キィーッ、バタン。

鉄の扉が閉まる音に鳥肌が立つ。

皇太子と二人きりになったマリはとても不安になった。

（罰を下すだけなのに、どうして二人きりになる必要があるの？）

皇太子はしばらく何も言わず、じーっとマリを見つめた。マリは拳をぎゅっと握って、緊張に耐える。ところが、彼から発せられた命令は予想だにしないものだった。

「あのピアノを弾いてみろ」

「……はい？」

マリは自分の耳を疑った。

（急に？　どうして？）

「ピアノを弾け。君の演奏を聞いて罰を決定しよう」

「……！」

マリはぷるぷると震えながらピアノの前に座った。

（どうして私にピアノの演奏を？）

ドクンドクンと自分の心臓の音が聞こえる。

（まさか、大式典でピアノを弾いたのがバレた？）

マリはちらっと皇太子を見た。

不気味な鉄仮面の下の青い瞳。その無機質な瞳を見た瞬間、マリは本能的に察した。

……皇太子に気づかれた!!

（部屋から出る時、誰もいないのを確認したのに！）

マリがピアノを弾けずに固まっていると、皇太子がもう一度命令した。

「早く弾け」

マリの頭の中が真っ白になる。

（下手なふりをした方がいいのかな？　いや、確信じゃないにしてもある程度予想はしているはずよ。わざと下手なふりをしたら、余計に怪しまれるわ）

この前の『田園風景交響曲』の演奏を考えると、皇太子は音楽の素養があるに違いない。本当に下手なのか、わざとめちゃくちゃに弾いてるのかくらい判断できるはず……。

「緊張することはない。なんでもいいから弾いてみろ。君に下す罰はその演奏を聞いて決める」

演奏を聞いて罰を決めるって……。

皇太子が何を考えているのか全く分からない。

マリは猛獣の前に放り出されたウサギのようだった。

食われる寸前、逃げ道などない。

（神よ、どうか、どうかお助けください）

マリは震える手を伸ばし鍵盤の上に置いた。

（実力がバレないように、できるだけ簡単な曲を……。この前弾いたのとは違うスタイルで）

ポロン、ポーン。

マリの指が鍵盤を押す。

鳴り響くピアノの音。

部屋の中に流れる穏やかな旋律。

（『田園風景交響曲』や大式典のプレリュードとは全く違うスタイルの曲だな）

ラエルはマリの演奏を聞きながら考えた。

（特に難しいテクニックもない）

『田園風景交響曲』と大式典のプレリュードは、柔らかくしなやかながらも、クライマックスの部分では巧妙なテクニックを要する難曲だった。それと比べて、この曲は正反対のスタイル。雰囲気も穏やかで難易度も低い。初心者でも演奏できそうなほど構成が単純だ。

音楽について詳しくない者が聞けば、あの二曲と今演奏している人が、同一人物だとは絶対思わないだろう。

ラエルはそっと目を閉じた。耳をくすぐるこの旋律を、しっかり楽しむために。

（安らかな気分だ）

ラエルの表情が穏やかになっていく。

(簡単だけど、いい曲だ。いや、いい演奏と言うべきだろうか?)

テンポ、アーティキュレーション、フレージング。

演奏を分析していた彼はふっと息をついた。マリが本当にあの演奏者かどうか確認することより、今は素直にこの曲を楽しみたいと思ったのだ。

部屋の中にはピアノの旋律だけが静かに流れていた。

母親が子どもをベッドに寝かせ、絵本を読んであげている感じのメロディー。さざ波のように穏やかで安らかな曲だった。

ラエルは確信した。

この温かさと心が安らぐ感覚。やはり、間違いない。

「……殿下、終わりました」

マリはピアノから手を下ろし皇太子の方を見た。

彼はじっと目を閉じていた。

「……君だったか」

皇太子が瞼を開きマリをまっすぐ見つめる。

「例の演奏は君なんだろう?」

マリの心臓がドクンドクンと高鳴る。

「な、何をおっしゃっているのか……」

マリは青ざめてごまかそうとしたが、皇太子の真剣な目を見て、これ以上否定しても無駄だと観念した。

（マリ、君は一体……）

ラエルは内心とても驚いていた。

皇宮の料理長に匹敵するほどの料理の腕前に、マジックの実力、そして皆を驚かせる推理能力と音楽家としての才能まで持っているなんて。

「どうして正体を隠していたんだ？」

マリは急いで椅子から立ち上がり、床にひざまずいた。

「申し訳ございません、殿下！」

「いや、怒っているのではない。ただ君の意図が理解できないだけだ。そんな素晴らしい才能を持っているのに、どうして隠そうとしたんだ？」

ラエルはこれまでずっと抱えていた疑問をぶつけた。

「そ、それは……」

マリは答えることができなかった。

正体を隠していた真の理由……。それは自分の正体がただのメイドではないから。

（しっかりしなきゃ。まだ私が王女モリナだということまでは気づかれてないわ）

緊張のあまり息ができない。

マリはできるだけ心を落ち着かせようと頑張った。今は少しの失敗も許されない。

（こうなった以上、できるだけ疑われないような言い訳をしなくちゃ）

能力を上手く隠して注目をされないのが最善だったけど、それはもう手遅れだ。

それなら！

「疑われたくありませんでした」

「疑うだと？」

「はい、私はただの平民です。それなのにこんな能力を発揮したりしたら、怪しまれると思ったんです」

マリはドキドキしながら話し続けた。

「私は戦争捕虜として連れて来られた身です。疑われたりしていいことなどありませんから……」

夢から得たマリの能力はあまりにも優れている。それも多方面にわたる才能だ。

貴族の女性なら天才だと称賛されるだろうが、身分が低い者が下手に目立つと、ろくなことはない。世の中はそういうものである。マリの場合はなおさらだが、普通の平民の女性だったとしても目立って得になることなどない。

「……なるほど。魔女扱いでもされると思ったのか？」

マリは皇太子から目を逸らしたまま、黙りこくっていた。

ラエルもそんなマリをしばらく静かに見つめていた。

(もっともらしい理由だ)

でも、なぜだろう？　根拠はないが、どこか釈然としない。

見た目はどこにでもいそうな平凡な少女。

……でも、なぜか惹きつけられる。

「はぁ」

マリについて知れば知るほど、分からなくなる。

この少女に会うたびに感じるもどかしさ……。

苦しい。この苦しさから逃れたい。

ラエルは片手で顔を覆った。

彼女はなぜ、これほどまでに俺を揺さぶるのか。

（遠ざけた方がいいのか？）

これ以上接触しなければ、このもどかしさもなくなるだろう。

俺は帝国を治める『鉄血の君主』。

そんな自分を動揺させるものは、それがなんであれ排除すべきだ。

しかし、本当にマリがいなくなることを想像した瞬間、ラエルはひどい喪失感に襲われた。

（いや、それは……）

ラエルは拳を強く握りしめる。

（いっそのこと……）

……俺の側に置いておいたら、このもどかしさが消えるかもしれない。

彼女のすべてを知りたい。すべてを暴きたい。

そう思ったラエルは口を開いた。

「……マリ」

「はい、殿下」

「君に下す罰を決めた」

マリは緊張して拳を握った。果たしてどんな罰を？

しかし、下された罰は想像もしなかった類(たぐい)のものだった。

「メイドのマリ、そなたは三年前にクローヤン王国から連れてこられた戦争捕虜で、現皇帝トーロン二世の所有するところとなった」

「……殿下？」

「そうだな？」

マリは混乱した顔で頷いた。

「間違いございません。私は皇帝陛下のものでございます」

他のメイドたちと違って、戦争捕虜である彼女は皇室、正確には現皇帝であるトーロン二世の個人所有となっていた。今は倒(たお)れて意識不明の状態だが、マリの生殺与奪(せいさつよだつ)の権は本来、現皇帝のトーロン二世が握っている。それはマリだけでなく、他の捕虜についても同じだ。

でも、どうして今この話を？

「よし。それでは君に与える罰を伝えよう」

皇太子は腰(こし)にぶら下げている宝剣(ほうけん)を握る。

皇家に代々受(う)け継がれてきた宝剣は、皇帝に代わり、皇太子が皇帝のすべての権限を行使できることを象徴する物だった。

「マリ。君の所有権を皇帝陛下から私、皇太子ラエルに移譲する」

「殿下？」

皇太子は静かな声で話し続けた。

「今日から君は俺のものだ」

マリの顔色が再び死人のように青ざめた。

皇太子の青く深い瞳がマリを見つめる。その瞳に一瞬、ある感情が宿ったが、マリはそれに気づかなかった。

「……これが君に下す罰だ」

（どうして？　どういうこと？）

宿舎に帰ってきたマリは枕に顔をうずめた。

（どうして私を……？）

理解できない。

「今日から君は俺のものだ」

牢屋に放り込むとかムチ打ちにされるとかなら分かる。なのに、皇太子のものになれですって？

マリにとってこれは最悪の罰だった。これからずっと、皇太子の側にいなければならないという意味だから。

他のメイドなら罰と思うどころか大喜びだったろう。帝国の支配者である彼に仕えるというのは名誉なことだ。でも、マリだけは喜べない。皇太子の近くにいると正体がバレてしまうかもしれないのだ。

（私が王女モリナであることがバレたら、きっと殺される）

今でも、血が滴る鉄仮面を着けて剣を振り回している彼の姿が鮮明に焼き付いている。

マリの故郷であるクローヤン王国は、皇太子によって滅ぼされた。そんな冷酷な皇太子がもし、マリの正体を知ったなら、すぐに首を飛ばすと言うに違いない。

（皇太子妃選抜が始まる前に獅子宮殿から離れるのは無理そうね……）

このままなら、皇太子妃選抜が始まる前どころか、その後もずっと皇宮から逃げ出すのは不可能だろう。

マリは手のひらが白くなるほど強く拳を握った。

（どうして私の所有権を皇帝から皇太子に移したのかは分からない。でも、私は必ず皇太子のもとから逃げ出してみせる）

マリは心を決めた。不可能ではないはずだ。絶対皇太子から逃げてやる。

その時、誰かがマリを呼んだ。

「マリ、どうしたの？　大丈夫？」

「ああ、ジェーン」

ルームメイトのジェーンだ。

ジェーンはマリがベッドにうずくまっているのが心配になって、彼女の様子を見に来たのだ。

「体調が悪いなら薬を持ってきてあげようか？」

「ううん、大丈夫。ちょっと疲れちゃったみたい」

「そう？」

マリのおかげで牢屋から出られたジェーンは、マリのことを命の恩人だと言って泣きじゃくりながら深々と頭を下げた。実際マリがいなかったら重罪に処されただろうから、恩人……ではあるのだけれど、ここまで感謝されるとなんだか気恥ずかしい。元々仲が悪かったわけではないけれど、それからというものの、ジェーンは以前とは比べ物にならないほどマリに優しくなった。

「本当に大丈夫？」

「うん。少し休めば治るよ」

ところがジェーンが意外な話を切り出した。

「ね、マリ。明日はどうするの？」

「明日って？」

マリは首をかしげた。明日は待ちに待った建国記念祭の最終日。仮面舞踏会の日だ。

「明日も飲み物を運んだりすると思うけど……」

「えっ？　舞踏会に参加しないの？」

ジェーンが目を丸くして尋ねた。

「私？　私は参加しないよ」

仮面舞踏会には特別なルールが一つある。

貴族たちが建国記念祭の期間中に気に入ったメイドに招待状を送って、舞踏会に参加させることができるというものだ。

（私には関係ないわ。招待されるはずもないのだから）

マリは枕に顔をうずめて考えた。皇宮のあちこちで招待状をもらったメイドたちが騒（さわ）いでいる。

皆、いい家柄（いえがら）の出身か、美しい容姿のメイドばかりだった。マリには該当（がいとう）するところがない。

（もう、何も考えずに休みたい！）

そうじゃなくても記念祭が終わってからは短い休暇（きゅうか）が約束されている。百合（ゆり）宮殿から獅子宮殿に行くマリへの餞別（せんべつ）にと、スーザンが休暇をくれたのだ。

（ちょっと皇宮の外に出かけよう）

休暇のことを考えると気分が少し良くなった。今は皇宮の中に閉じこもって過ごしているけど、本来マリは街に出るのが好きだった。クローヤン王城で痛元（つうげん）の宮に閉じ込められていた時も、こっそり宮殿を抜け出しては街に行っていた。

（帝国に来てからは初めてだわ。今まで一度も皇宮から出たことがなかったから）

休暇のことを考えていると、ジェーンが再び仮面舞踏会の話をした。

「マリ、本当に仮面舞踏会に参加しないの？」

「うん。だって、招待状もらってないもん」

「来てるよ」

「うん？」

「来てるよ。マリの招待状」

「……え？」

マリの口がポカーンと開く。

ジェーンは封筒をマリに差し出した。華やかな模様で飾られた高級そうな封筒。

しかも、一通だけではない。

「……誰から？」

「分からない。私、字読めないから」

下級メイドは平民出身者ばかりなので、マリのように文字を読める人はほとんどいなかった。

「とにかく来てるよ。それも三通」

マリは驚いた表情で招待状を見た。

なんで私に招待状が？　しかも、三通!?

(何かの……手違いじゃ？)

派手に飾られた封筒を見ると余計そんな気がした。

金箔に、金のタッセル。それぞれの封筒に刻まれた気品にあふれた模様は、封筒というよりも芸術品のようだった。封筒の片隅に書かれている「マリさんへ」という宛名がなかったら、マリも自分のものとは信じられなかっただろう。

マリはまず、盾と剣の紋章が刻まれた白い封筒を開けた。

——キエルハーン・ド・セイトン侯爵

「……！」

キエルさんからだ！

（私を気遣ってくださったんだわ）

キエルハーンがメイドであるマリに気を遣って、わざわざ招待状を送ってくれたようだ。建国記念祭の仮面舞踏会に出席するのは、すべてのメイドの憧れだから。

（気を遣わなくてもいいのに）

それでも、自分のことを思ってくれたことに対しては、ありがたいという気持ちになった。

（舞踏会場で会ったら、お礼を言わないとね）

マリは二通目の封筒を開けた。真っ黒な封筒に金箔で描かれた模様、そして鷲の紋章が刻まれている。

（誰かしら？）

招待状を見たマリの顔が強張った。

――ヨハネフ三世
マリの瞳が揺れる。

（どうしてヨハネフ三世が私に招待状を？）

背筋がゾッとする。優しい笑顔（えがお）で隠しているが、血の皇太子にまさるとも劣（おと）らない冷酷さを持つ支配者。

（……なぜ彼が私に招待状を？）

マリは混乱したまま最後の招待状を手にした。

ヨハネフ三世から送られたのと対照的な純白の封筒。キエルハーンとヨハネフ三世のものとは違って、特別な紋章は刻まれていない。でも、彼らのものに負けないほど高級な素材が使われた封筒だった。

招待状を見たマリは首をかしげた。差出人の欄（らん）に名前が書かれていなかったのだ。

（他のところに書いてあるのかな？）

入念に招待状を調べたけれど、やっぱり書かれてはいなかった。

これは一体誰が送ったんだろう？　マリは不思議そうに首をかしげた。

招待状に関するなぞが解けないまま夜が明け、仮面舞踏会の日になった。

「さあ、マリ！　私たちが最高の美女に仕立てあげるわ！」

「えっ、大丈夫だよ……」

「女の変身は無罪！　私たちに任せて！　完璧に変身させてあげるわ！」

気分も乗らないし特に着飾る気にもなれなかったけれど、一緒に働いているメイド仲間からしたらそうもいかなかったようだ。

「オーホッホッホッ！　マリあなた、普段からあまりおしゃれしないわよね。こんな日を待ちわびていたわ。覚悟しなさい」

特にジェーンは目を輝かせて意気込んでいた。尋常でない雰囲気にマリは唾を飲み込んだ。

「あっいや。どうせ仮面を着けるから見えないわよ。私はドレスだけ着て行ければ……」

「何言ってんの？　もう、バカね。仮面を着けててもおしゃれしてるかどうかくらい分かるんだから！　仮面があるからこそ、見えそうで見えない絶妙な美しさが必要なのよ！」

「えっ、あっ、ちょっと！　ちょっと待って！」

「始めるわよ！」

同僚のメイドたちが化粧道具を持ってマリに襲いかかった。抵抗してみたけど、すぐに制圧されて好き放題に髪や顔をいじられる。

「ジャーン！　変身完了！」

「鏡見てみて！」

マリは鏡で自分の姿を見てびっくりした。

「これが私？」

華やかに飾られた茶色の髪、明るく輝く白い肌、大きくて澄んだ瞳。小柄な体形が守ってあげたくなる気持ちを刺激する、可愛くてきれいな少女が鏡の中にいた。自分の変身した姿を見て、マリは思わずつぶやいた。

「これは詐欺じゃない？　別人なんだけど？」

ジェーンがぷっと吹き出した。

「詐欺って、何が詐欺よ！　普段全然おしゃれしないからよ！」

「おしゃれなんて……」

マリはうつむきながらも、鏡に映る自分の姿をじっと見ていた。きれいになった自分の顔を見るのも、悪くはなかった。

（だから皆おしゃれするんだ……）

マリはいつもきれいに着飾っている女性たちの気持ちが少し分かったような気がした。

自分をきれいに飾るだけで気分が良くなるものなのね……。

「ところでマリ、一体誰なの？」

「え？」

「招待状を送ってきた方々だよ。三通も来たそうじゃない！」

皆、マリがどんな人から招待されたのか知りたがっていた。

マリがぎこちなく笑いながら答える。

「仕事中に見かけた方々です」

並の貴族なら言っても構わないけど、相手が皇室親衛隊の隊長と西帝国の皇帝となるとさすがに言いにくい。言った途端（とたん）、皇宮中がひっくり返るかもしれないし。

特別な関係でもないのに無駄な誤解を生みたくはなかった。

（でも、あの最後の招待状は、本当に誰なんだろう）

もしかしたら連絡（れんらく）が来るかもしれないと思い、ずっと待っていたけど結局分からずじまいだった。

そうこうしている間に、もうすぐ舞踏会の開始時間だ。

マリは同僚のメイドたちが用意してくれたドレスに着替（きか）えた。

「え、ちょっと背中見えすぎじゃない？」

「大丈夫だよ！　これが今の流行（はや）りなの！　それとも、あのダッサいメイド服でも着て行くつもり？」

「そうそう。マリ、きれいだよ！」

同僚たちはお見合いに行く妹を送り出す時みたいにエールを送った。

皆が大笑いしながら叫ぶ。

「いい男捕まえるのよ！」

「そうよ！　結婚（けっこん）するのよ！」

「今夜は帰って来なくても探さないから！」

「今日は外泊よ!!」

マリの顔は真っ赤になった。

（もう……。みんな冗談がすぎるんだから。何が外泊よ）

皆はマリが白馬の王子にでも会いに行くみたいに盛り上がっていたが、当のマリは男のことなんて考える余裕などなかった。

（はぁ。おいしいものでも食べて、さっさと帰ろう）

マリは目元を隠した仮面を着けて舞踏会場に向かった。

会場の入り口はすでに、仮面を着けた貴族たちでいっぱいだった。

（……これが仮面舞踏会）

皇宮に来てもう三年になるけど、仮面舞踏会を見るのは初めてだった。

皆宝石のようにキラキラした、派手な仮面を着けていたが、顔全体を覆う仮面はあまりいなかった。大きめの仮面でも、顔の上半分が隠れるくらい。ほとんどの人は目元だけを覆う仮面で、知り合いなら、大体誰なのか見分けられそうな感じだった。

「あれ、あの人は？」

舞踏会の会場に入ろうとした瞬間、マリはドアの前で意外な人と出くわした。

黒髪に黒眼。知的で優しい顔立ちのイケメン。

（ヨハネフ皇帝！）

黒の礼服を着た西帝国の皇帝ヨハネフ三世が門の前にじっと立っていた。

目を覆う黒い仮面をかぶっていたけど、あまりにも目立つ外見をしているので、すぐに誰か分かった。

（どうしてあそこに立ってるの？）

マリはその場に立ち止まった。

会場に入るには、彼が立っている前を通らなければならない。なるべく近づきたくない相手。

（通りたいのに……）

マリはどうすることもできず困ってしまった。

そんなマリに気づいて、ヨハネフ三世がにっこりと笑いながら話しかけてきた。

「いらっしゃったんですね」

マリが驚いて挨拶をした。

「西帝国の皇帝陛下にご挨拶申し上げます」

ヨハネフ三世は首を横に振った。

「ここは仮面舞踏会ですから、そんな風にかしこまらなくても大丈夫ですよ。仮面舞踏会ではお互いに誰か分からないふりをするのがマナーです。気を遣わないでください」

「ですが……」

マナーはそうかもしれないけど、さすがに皇帝陛下に知らないふりはできない。

「そんなことより」

ヨハネフ三世が妙(みょう)な目つきでマリを見た。

「待った甲斐(かい)がありますね。こんなに美しい姿が見られるなんて」

「え？」

突然の褒め言葉にマリの顔が赤くなった。

「か、からかわないでください」

「本心ですよ。マリさんは知らないかもしれませんが、私はこう見えてとても真面目な性格なんです」

彼が自分を見つめる視線を感じる。マリはヨハネフ三世の視線を避(さ)けるように頭を下げた。

「それでは、私はここで失礼いたします」

そう言って彼の側を抜けようとした時……。

ギュッ。

ヨハネフ三世が突然彼女の手を握った。突然のことで、マリは心臓が止まる思いだった。

「陛下？」

ヨハネフ三世が低い声で話す。

「マリさん」

「えっ？」

「あなたを待っていました」

ヨハネフ三世は終始笑顔だったが、マリはその笑顔の裏で彼が何を考えているのか分からず、ひたすら怖いだけだった。

「……どうして私を？」

「なんでって、私からの招待状、届きましたよね？」

ヨハネフ三世は当然と言わんばかりに肩をすくめて言った。

「あなたをエスコートしようと待っていました」

「……！」

ヨハネフ三世はマリの手をそっと離して、騎士が貴婦人にするように、手を伸ばしながら言った。

「私にあなたをエスコートする名誉を授けてくださいませんか？」

「……!?」

マリは呆気に取られてしまう。

自分のことをからかっているのかと思ったが、仮面越しに見える目はとても真剣だった。

(なんで彼が私を？)

「レディー？」

ヨハネフ三世がもう一度尋ねた。マリはそっと唇を噛む。

(どうすればいいんだろう？)

エスコートを受けるかどうかは自由。普通の宴会とは違って、仮面舞踏会の時は身分を忘れて自分の好きな相手を選べばいい。

正直、マリはヨハネフ三世が好きではなかった。笑顔の裏に潜む危険をひしひしと感じるから。

少しでも油断すると奈落に突き落とされそうな予感がした。実際、西帝国にはそんな彼に踊らされ、命を失った政敵が数え切れないほどいる。

これも何か別の目的があると考えるべきなのか？　それとも、純粋な好意として受け取るべきなのか？

マリには判断がつかなかった。

「ほら、答えてください」

答えを急かすヨハネフ三世の言葉に、マリは決断した。

「私は……！」

ところがその瞬間、聞き慣れた声が、二人の間に割り込んできた。

「そのエスコート、私にさせてくれませんか？」

「……！」

マリが驚いて後ろを振り向いた。

仮面を着けていても一目で見分けがつく、輝く銀髪。

「キエルさん！」

皇室親衛隊の隊長、キエルハーン侯爵。

そのきらびやかな銀髪と彫刻のような顔のラインは隠しようがない。

ヨハネフ三世も彼に気づいたのか、口を尖らせる。

「東帝国最強の騎士と名高いキエルハーン侯爵じゃありませんか。ここにはどうして？」

「おっと……。仮面舞踏会ではお互いに知らないふりをするのが礼儀ですよね？」

対面するや否や、二人の間には冷たい空気が流れた。

(敵国の西帝国の皇帝と、国境を防衛する辺境伯が鉢合わせしたんだから、当たり前かも？)

マリはそう理解した。しかし、その点を差し引いても、今日はやけにお互い敵意をむき出しにして睨み合ってるということに、マリは気づかない。

「では、どうぞ他の所で仮面舞踏会を楽しんでください。私はこのレディーに用があるんで」

ヨハネフ三世の言葉にキエルハーンがムッとなった。

「申し訳ありませんが、私もマリさんに用がありますので」

「……なんの用ですか？」

ヨハネフ三世が眉をひそめた。

キエルハーンはマリに視線を向け、先ほどヨハネフ三世がしたのと同じように手を伸ばした。

「マリさん、今日あなたと一緒にいられる名誉を私に授けてくださいませんか？」

「閣下？」

えっ！　西帝国の皇帝に続き、皇室親衛隊の隊長まで⁉　ちょっと一体どうなってるの？

(も、もちろんキエルさんが嫌ってわけではないけど、いや、いいけど、ええっ⁉)

マリはあわわと慌てて、辺りを見回した。

案の定、めちゃくちゃ目立ってる……。

マリはキエルハーンが好きだった。オスカーに接する様子を見るだけでも、温かい人柄が感じられる。それにキエルハーンはマリの友人だ。エスコートを申し込まれて嬉しくないわけがない。

でも、マリは彼の手を取ることができなかった。

ふう、と息を吐いたマリは、まずヨハネフ三世に頭を下げた。

「陛下……。申し訳ございませんが、お断りさせていただきます」

そして次に、キエルハーンにこう告げる。

「それから、閣下のエスコートもお受けすることはできません。お心遣いには感謝いたしますが、私では釣り合いません」

（キエルさんは陛下の誘いを断りやすくするために、声をかけてくれただけだよね。キエルさんは優しいから。私じゃなくて、もっと素敵な女性をエスコートしてください）

ところが、マリの言葉を聞いたキエルハーンが眉をひそめて言った。

「誰がそんなこと言ったんですか？」

「え？」

「誰が、マリさんと私が釣り合わないと言ったんですか？」

どことなく不快そうな声。キエルハーンのこんな声は初めてで、マリはびっくりした。

「閣下？」

「マリさんは私の大切な友達です。だからそんなこと言わないでください」

マリの胸に、「大切な」という言葉が突き刺さった。キエルハーンは優しさでそう言ってくれただけかもしれないけど、マリは心が揺さぶられるのを感じる。

「……ありがとうございます、閣下」

結局、マリは彼の手を取った。身に余ると思ったが、ここまで自分のことを考えてくれるキエルハーンの手を拒(こば)むことはできなかった。

(今日は仮面舞踏会だから、一日くらいはシンデレラになっても大丈夫かな……?)

そう思ったマリはキエルハーンのエスコートを受けながら舞踏会の会場に入って行った。

そしてその場に残された男、ヨハネフ三世はマリの後ろ姿を見ながらにやにやしていた。

「面白(おもしろ)いね」

皇帝がエスコートを申し出て断られたのにもかかわらず、あまり不快な様子ではなかった。

「まぁ、とにかく」

ヨハネフ三世はぼそぼそとつぶやく。

「モリナ王女を探しにここまで来たのにな」

モリナ王女。

彼の計画に欠かせない存在。しかし王女の痕跡(こんせき)すら見つけられなかった。

……しかし。

「ふむ。困ったな。モリナ王女よりもあのメイドの方が気になる。しばらく会えないと思うと寂(さび)しいな」

今日の舞踏会を最後にヨハネフ三世は西帝国に戻る。しかし、己の計画のためにはまた近いうちにこの都に帰って来るだろう。

（それまではあのメイドともお別れか。いっそのこと、連れ去ってしまおうかな？）

ヨハネフ三世がにっこり笑いながらつぶやいた。

「近いうちにまた会いましょう。可愛いメイドさん」

（わぁ、これが仮面舞踏会！）

舞踏会の会場に入ってきたマリは目を丸くした。グローリアホールで開かれたこれまでの宴会とは全く違った雰囲気だ。仮面を着けているからか、やけに皆積極的で、羽目を外しすぎじゃないかと感じるほどだった。これまで体験したことのない空気感にマリは目が回りそうになる。

「きゃっ！」

マリは誰かとぶつかって転びそうになった。隣にいたキエルハーンが急いでマリを受け止めてくれる。

「大丈夫ですか？」

「あ、平気です。人が多くて……」

「それでは、あちらで少し休みましょうか？」

キエルハーンはマリをバルコニーに連れて行った。

バルコニーに出ると、涼(すず)しい空気で胸がすっきりした。

「ふう。生き返りました」

「仮面舞踏会は人も多くて混雑してますからね」

「はい、私はちょっと苦手です」

キエルハーンは頷く。

「実は私も仮面舞踏会は苦手です」

「えっ、ではどうして？」

大貴族なら必ず参加しなければならない大式典とは違って、仮面舞踏会への参加は自由だった。楽しみたい人だけ参加すればいいイベントなのだ。

「苦手なら、わざわざ出席しなくても良かったのではないですか？」

「まあ、そうなんですが……。今回は来てみたくなったんです」

マリは首をかしげながらキエルハーンの顔を見た。でも、キエルハーンはマリに微笑みかけるだけで、仮面舞踏会に参加した理由を教えてはくれなかった。

（そういえば、誰とも踊ってないわね）

他の人たちが何回もパートナーを変えながら踊ってるのとは違って、キエルハーンはマリの側を離れなかった。

（ダンスがお嫌いなのかな？）

その時、キエルハーンが空を見上げながら言った。

「月が明るいですね」

「あ、そうですね。きれいです」

「マリさんの好きな星座はなんですか？」

「私はあそこの牛飼い座が好きです。閣下は？」

キエルハーンとマリは夜空を見上げながら、たわいもない話をした。

（……いいな）

マリはキエルハーンの話を聞きながら考えた。キエルハーンと話すと安らかな気持ちになる。

（こんな状況で出会わなかったら、本当に親しい友人になれたかも）

もしマリがメイドに成り済ましていなかったら、幼い頃から彼と知り合いだったら……。キエルハーンと自分は世の中で一番仲のいい友達になれたかもしれない。そんな気がするほど、マリはキエルハーンに安らぎと親しみを感じていた。

しばらく話していると、キエルハーンがこう切り出した。

「ありがとうございます」

「え？」

「オスカー殿下をかばってくださったとお聞きしました」

「いや、それはなりゆきで……」

感謝されるほどのことじゃない。ただ、幼い子どもが重罰を受けるのが我慢できなかっただけだ。

「大したことはしていません。気にしないでください」

そんなマリを見てキエルハーンは思った。

マリがしたことは決して簡単なことなんかじゃない。文字通り、命がけでかばってくれたのだ。

そのおかげでオスカーは命すら落としかねない事態を避けることができた。

キエルハーンが左胸に手を当て、頭を下げる。

「オスカー殿下の友人として、またセイトン侯爵家の当主として、心からお礼申し上げます」

キエルハーンは真剣な声で誓った。

「私キエルハーン、そしてセイトン侯爵家は、このご恩を決して忘れません。もし私にできることがあればなんなりとおっしゃってください。セイトン侯爵家は何があってもマリさんを守り抜くと誓います」

帝国最強の貴族であるセイトン侯爵家としての誓い。これは実はとんでもない約束だったけれど、マリはその約束の重さがどれだけのものか、この時はまだ理解できていなかった。

「あっ、ありがとうございます」

マリはあまり深く考えずに、その誠意を受け取った。

「ところで、オスカー殿下の様子はいかがですか？」

「あ、はい。最初はかなり動揺していましたが、今は大丈夫です」

キエルハーンは笑いながら話した。

「ああ、そういえばこんなことをおっしゃってました」

「なんですか？」

「いつか必ずマリさんと結婚するらしいですよ」

マリはくすくすと笑った。

そんなことを言えるなら大丈夫そうだ。

二人はバルコニーで色んな話をしながら時間を過ごした。特別な話題はなかったが、気楽で楽しい会話だった。

（仮面舞踏会は性に合わないけど、こういうのは楽しいわ）

こんなに何も考えず友達とおしゃべりをするのはどれくらいぶりか。クローヤン王城に連れて行かれて以降は今日まで一切そんなことはできなかった。

（あ、そういえば、私に招待状を送ってくれたもう一人は誰だったんだろう？）

マリは会場を見回してみたが、やはり見当がつかなかった。

（分からないなあ）

キエルハーンがそんなマリをちらっと見て微笑んだ。

彼の素敵な笑顔にマリは思わずドキドキしてしまった。

「どうして笑うんですか？」

「マリさん」

「え？」

「一つだけ、お願いを聞いてくれませんか？」

「……？　いいですよ」

キエルハーンが白い手袋をはめた手をマリに差し出す。

「……閣下？」

「私と一緒に踊っていただけますか？」

生まれて初めてのダンスの申し込みに、マリの顔が真っ赤になった。

「私、私ですか？」

「はい、ダメですか？」

「あっいえ、そうではなくて……。私、一度も踊ったことがなくて……」

たどたどしく話すマリを見て、キエルハーンは笑い出した。

「かしこまった場ではないので、硬くならなくても大丈夫ですよ。それに……」

彼はマリの手を優しく握った。白い手袋に包まれた固くて大きい手がとても温かい。

「私は結構上手な方ですよ。任せてください！」

ドキドキ！　ドキドキ！

マリはシンデレラの話を思い出した。一夜にして舞踏会の主役になったシンデレラ。キエルハーンが物語の中の王子様みたいだから？　彼から踊りましょうと誘われると、自分がシンデレラにでもなったような気がした。

（私はキエルさんのシンデレラじゃないけど……）

今夜だけはシンデレラになってもいいかなとマリは思った。

「……はい、閣下」

一方、人混みから離れて静かに時間を過ごしていたキエルハーンとマリとは違って、会場にいる皆の視線を一身に受けている人がいた。

人々は皆驚いて彼をちらちらと見ていた。

「皇太子殿下じゃない？」

「え？　本当だ。こういうパーティーはお嫌いなんじゃ……」

「でも、どうしてあんなに機嫌が悪そうなんだろう？」

皇太子は黒い革でできた仮面で顔の半分を覆っていたが、彼が皇太子ということに気づかない人は誰もいなかった。皇太子は普段から鉄仮面を着けているからだ。

そのため舞踏会用の仮面をつけていても、普段の姿とほとんど変わらない。

「仮面舞踏会に殿下がいらっしゃったのは初めてじゃない」

「本当だわ」

どんな風の吹き回しだろう？

誰かが言った。

「皇太子妃になる方を探しに来られたのでは？」

「皇太子妃殿下？」

「そうですよ。殿下もそろそろ結婚をしなければ。今でもだいぶ遅いですよ」

「確かに！」

「建国記念祭が終われば、正式に皇太子妃の選抜が始まるそうです。その前に、気に入る女性がいないか見に来られたのではないでしょうか」

　もっともらしい推測に、人々は頷いた。

「一体誰が選ばれるのかしら！」

　人々は好奇心に満ちた顔で皇太子の方を見た。貴族の令嬢たちはもしかしたらと、再び自分の身だしなみを確認した。

　皇太子のラエルはというと、周りのことは一切気に留めず、黙々とジュースを飲んでいた。何が気に入らないのか、しかめっ面をしたまま。

　長年の親友であるオルン宰相が彼に話しかけた。

「珍しいですね！　仮面舞踏会にはどうして？」

「……なんとなく、来ただけだ」

　本当は特別な理由があって来たのだが、ラエルはあえて言わなかった。

「そうですか～。殿下を待ちわびているレディーがたくさんいらっしゃいますよ！」

　オルンが嬉しそうに言った。

　オルンもラエルが皇太子妃の選抜が始まる前に、女性たちを見に来たのだと思っていた。

「ジュースじゃなくて、軽く一杯飲みませんか？」

「ジュースがいい」

　もともと酒が好きなわけでもない。

　オルンはラエルが手に持っている真っ赤なジュースを見てニヤニヤしながら言った。

「はっ！　まさかそれは、噂の血のジュース？」

「……イチゴジュースだ」

ちなみにイチゴジュースはラエルが一番好きな飲み物だった。

『鉄血の君主』という異名に全く似つかわしくない飲み物の好みに、オルンがはくすくすと笑った。

「気になるレディーはいませんか？」

多くの令嬢が皇太子の顔色を窺っていた。皇太子と話してみたいけど、怖気づいて前に出られずにいるのだ。オルンは喜んで彼女たちのキューピッドになることにした。

「エドモンド侯爵家のコレーリン令嬢はどうですか？　それとも隣国のキャサリン姫？　まだお決まりじゃないなら……私の妹のアネスはどうですか？」

ラエルは隣でしゃべりまくる親友を見て面倒くさそうに言った。

「……黙れ」

オルンが挙げた人たちは、皆、有力な皇太子妃候補だった。

ラエルに結婚する気はなかったが、大臣たちからの圧力に耐え切れず、建国記念祭が終わった後、ついに皇太子妃の選抜が行われることになった。

(選抜か……)

ラエルはふむと頷いた。

望んだ選択ではなかったが、大臣たちの主張を退けることはできなかった。実際、帝国の実質的支配者であるラエルに妃がいないというのは大きな問題だ。大臣たちの主張は正しい。

「誰もエスコートしないおつもりですか？　どうせ結婚するなら、お気に召した方を妃としてお迎えになる方がいいと思うんですが……」

ラエルはオルンを冷たくあしらった。

「そんな必要はない。帝国にとって最も有益な相手を戦略的視点から選ぶまでだ。相手の容貌や性格などはまったくもって重要なことではない」

極めて血の皇太子らしい言葉だった。

オルンが口を尖らせた。

（じゃあ、ここには何しに来たんだ？）

他の宴会と違って、仮面舞踏会は男女が出会いを求めて集まる場だ。でも、ラエルはひたすらイチゴジュースを飲むだけで、どの女性にも興味がなさそうだった。

「うん？　殿下、もしかしてお探しの方がいらっしゃるんですか？」

ラエルが一瞬固まった。

「……いや」

オルンは首をかしげた。

ラエルはさっきからキョロキョロしていて、誰かを探しているように見えたのだ。

一方、平然としているように見えるラエルは、実は今とても焦っていた。

（なんでいないんだ？　招待状を送ったのに、来ていないのか？）

マリが受け取った差出人不明の招待状。

それは他でもないラエルが送ったものだった。

（はぁ……。招待状なんか送ったばかりに……）

特に理由があったわけではなかった。ただなんとなく、衝動的に送ったものだった。

（俺はまたなぜ、ここまで来てあの子を探しているんだ？）

ラエルが大きくため息をつく。

ラエルももう、自分が分からなくなっていた。

ここに来ているのもおかしいし、あのメイドを見つけられずに寂しがっているのは、なおさらおかしい……。

（もう帰ろう……）

こんな所で時間を費やしている暇はない。処理しなければならない案件が山ほどある。

ところが、彼が帰ろうと振り向いた時、人混みの中にマリの姿が見えた。

小柄な体格、茶髪に可愛らしい顔立ち。目元を隠していても、不思議と一目で分かった。

「……！」

ラエルはその場で立ち止まり、マリをじっと見つめた。

どうしてだろう……。彼女を見ると、寂しかった気持ちが言葉にならない温かい感情に変わっていく。

（……きれいだ）

あの少女がおしゃれをしている姿は初めて見たが、とてもよく似合っている。

厚化粧をしてギラギラに着飾った他の令嬢たちよりずっときれいだと思った。

しかし、じっと彼女を見つめていたラエルの顔が、突然強張った。マリの側にキエルハーンが近づいて来て、倒れそうになった彼女を支えるのを見たからだ。

(キエルハーン？　あいつがどうして……？)

頭から冷水をかけられたような感覚。

キエルハーンが手を差し伸べて彼女に笑いかけている。

マリも彼に微笑み返す。

……親しそうな姿。

どうしてだろう？　その姿を見ていると理由もなく気持ちが沈んでいく。

(あいつは、どうしてあんなにマリと親しげなんだ……？)

あの整った顔立ちも、マリに笑うのも、親しげに振る舞うのも、全部気に障る。

いや、一番気に入らないのは、そんなキエルハーンに向かって微笑むマリだった。

ラエルは強く唇を噛んだ。精神がかき乱される。

この感覚をなんて言えばいいのだろう？　とても不愉快だ。

「殿下？」

ラエルの雰囲気が一変したのを感じたオルンが声をかけた。

ラエルが首を横に振り答えた。

「……いや、なんでもない」

オルンが訝しげな顔をしたが、ラエルはそれ以上何も言わなかった。いや、正確には全神経をマリのいる方に向けていたから答えられなかった。そして、そんな彼をさらに不快にさせることが起きた。二人が静かにバルコニーに向かって行ったのだ。

(どうして二人でバルコニーに?)

ラエルの顔が固まる。

(……まさか?)

舞踏会でバルコニーに男女が入る理由はただ一つ。密会する時。

(いや、違うだろう)

あの二人に接点などないはずだ。何が密会だ、そんなはずない。

……でも、つい疑ってしまう。

そしてラエルはこんなことを考えている自分に、ハッとした。

(な、何してるんだ、俺は。あの二人がどんな関係だろうと、俺となんの関係があるんだ)

ラエルは一度大きく息をついた。

そうだ。彼らと自分はなんの関係もない。

そう心の中でつぶやいたラエルは、ふとオルンに視線を向けた。

「オルン」

「はい、殿下」

「この前議題に上がっていた税金について話は進んでいるか?」

「……税金の件ですか？」

仮面舞踏会でどうして税金の話を？　オルンが渋い顔をした。

「そうだ。それから、北部地方の干ばつに備えた貯水池の建設は順調に進んでいるだろうな？」

「……」

突然、舞踏会の会場で国政を論じ始めたラエルに、オルンは面食らってしまった。

（いきなりどうしたんだ？）

「……税金に関する改正案はご命令の通り議会に提出しました」

「そうか。あれは必ず計画通りに議決されなければならない。貴族の税負担率を上げることで、民衆の税負担を減らすことができるからな」

「……はいはい」

話す内容はいつものごとく鋭いが、何か変だ。

機嫌も悪そうだし、何よりも自分を見ているようで他の所に気を取られている。

（なんなんだ？）

オルンの推測通り、ラエルの全神経はバルコニーに注がれていた。

自分とは関係のないことだと無視しようとしても、つい気になってしまう。

（行ってみようか？　いや、ダメだ……）

舞踏会で男女が一緒にいるバルコニーに入るのは大変なマナー違反だ。中で二人が何をしていても止める権利はない。

しかも、もうキエルハーンはラエルと親しい仲でもない。むしろ一番警戒すべき政敵だ。いつかは、キエルハーンの首をはねざるを得なくなるだろう。そんな相手がいる所にのこのこと入っていけるはずもない。

「はぁ」

(本当にどうしたんだ?)

オルンはため息をつくラエルを、なんとも言えない表情で見ていた。

「殿下、体調でも悪いんですか?」

そうオルンが尋ねた時だった。ラエルの表情がこの上なく険しくなった。マリとキエルハーンが手をつないでバルコニーから出てくる場面を目撃したのだ。ラエルの顔が凍る。

二人は舞踏会の会場の隅で静かに踊った。

マリはダンスに慣れていないのか度々バランスを崩し、そのたびにキエルハーンの腕が彼女を優しく支える。マリが恥ずかしそうに顔を赤らめれば、キエルハーンが笑顔で彼女を見つめた。その小さな少女と銀髪の男のダンスに注目する者はいなかったが、ラエルの目には二人の姿だけが映っていた。

心に棘が突き刺さる。

「……オルン」

ラエルが静かに口を開いた。

「はい、殿下」

突然冷たくなったラエルの声色に、オルンが姿勢を正した。

「建国記念祭が終わったら、外遊に行ってくる」

「外遊とは、つまり秘密裏に世論調査を行うということですか？」

「ああ。民衆の意見を知っておく必要があるからな」

ラエルは他の国の君主とは違って、世論に気を遣っていた。そのため以前から度々、仮面を脱いで、正体を隠して街へと調査に出かけている。

「分かりました。手配いたします」

ラエルは頷き、そっと目を閉じた。

別に世論を知るために街へ出かけようとしているわけじゃなかった。

(一人になって外の風に当たれば余計な考えも消え去るだろう)

今の自分は少し疲れているに違いない。

だからこんなわけの分からない感情に振り回されるんだ。

(大丈夫。一時的なものだ)

ラエルは帰る前にもう一度、マリを見た。きれいだと思うと同時に、マリの笑顔が自分に向けられたものじゃないことが辛かった。

「……俺は宮殿に戻る」

ラエルは静かに会場から去って行った。

仮面舞踏会の翌日、マリはベッドから起き上がり、昨日のことを思い出していた。

「昨日は本当に楽しかったぁ」

華やかな仮面舞踏会はマリの趣味ではなかったけど、大切な友人と一緒に時間を過ごすことができて、とても楽しかった。心優しいキエルハーンはお別れの時に「今度、うちに遊びに来てください」と言ってしてくれた。

(本当に侯爵邸に行くのは難しいだろうけど)

それでも、いつも自分を思ってくれる彼に感謝している。

次に会う時は、お菓子でも作ろう。この前作ったお菓子を何度も褒めてくれたから。それくらいならいくらでも作ってあげられる。

「ああ、夢のような時間だったなぁ。もう二度とあんな舞踏会には参加できないだろうけど」

マリは背伸びをしながら立ち上がった。

ふと、マリの表情が暗くなる。

明日から自分にのしかかってくる現実に気持ちが重くなったのだ。

(このお休みが終わったら、獅子宮殿での勤務が始まる)

今日はスーザンが餞別にと、特別にくれた休暇だ。

皇宮の外に出かけたら、少しは気晴らしになるだろう。

「心配したってどうにもならないわ。これからはますます油断禁物！」

ある程度考えがまとまった。

皇太子の個人メイドになったのだから、獅子宮殿に行くのは避けられない。

……ならば。

(重要なのは、なるべく早く獅子宮殿から抜け出すことよ。このままずっと皇太子の側にいると、いつ正体がバレて、断頭台送りになるか分からないもの)

獅子宮殿から抜け出すのは容易なことではないだろう。皇太子が直接任命した直属のメイドとなると、皇宮の総括メイド長であっても、マリを他の所に移すことはできない。

何度考えても、やっぱりあの方法しかない。

(これから始まる皇太子妃の選抜。候補のうち誰か一人に協力して、その人が皇太子妃に選ばれるように動く。そして成功に終わったら、その方にお願いして所属を変えてもらうのよ)

皇太子妃の選抜。

これは東帝国の古い伝統で、まず、皇太子妃となる候補を何名か入宮させて、皇太子との親交を深めてもらう。そのうちの一人を、最終的に皇太子妃として迎え入れるという方式になっている。

(私は皇太子に直接仕えることになるだろうから、特定の候補を後押しできる機会も多いと思うわ。しかも、私には誰も知らない特別な能力がある)

望み通りに「あの夢」を見られるわけじゃないけれど、この能力なら決定的な瞬間に役立つかもしれない。

（皇太子妃になる方と信頼関係を築くことができたら、きっと私の頼みを聞いてくれるはず。ひょっとすると、戦争捕虜から自由人になれるかもしれない……）

……自由人。

マリの一番の望みは、この自由人という身分だった。

いつ殺されるか分からない皇宮から逃げられないのもすべて、彼女の所有権を皇帝、いや、皇太子が持っているからだ。

（皇太子妃になるお方なら、メイドの一人くらい自由にしてくれるかも）

皇太子が直接、専属メイドに任命したというのが少し引っかかるけど、時間が経てば自分に対する関心も自然と薄れるはず。

（必ず自由になってこの皇宮から脱出してやる！　名付けて、『愛のキューピッド大作戦』だ！）

これがどんな結果になるかは、まだ誰にも分からない。


マリは私服に着替えて皇宮の外に出た。

せっかくの特別休暇だ。今日一日は皇宮の外で過ごすつもりだった。

「気をつけてね、マリ！　人けのない路地には入っちゃダメよ」

「うん！　行ってきます！」

窓から乗り出して叫ぶジェーンにマリが手を振った。

東帝国の皇宮に来てもう三年。初めての外出に心が躍る。

(明日からは獅子宮殿で毎日のように皇太子の顔を見ながら過ごさなきゃいけないんだもん！　今日だけは全部忘れて楽しまなきゃ！)

マリは街へと飛び出した。

「いらっしゃい！」

「試食いかがですか？」

街の賑やかな雰囲気に胸が高鳴った。

「わぁ、まだ街はお祭りが続いてたんだ！」

皇宮が主催する公式行事は終わったけど、街ではまだ祭りが行われているようだった。

(楽しい！)

マリは活気溢れる街の景色に夢中になった。


一方獅子宮殿では、マリの悩みの種である皇太子ラエルが外遊に行く準備をしていた。

「本当に一人で行かれるんですか？　今までのように近衛騎士を同行させた方が……」

アルモンドは困惑した表情で言った。しかしラエルは頑なにそれを拒否した。

「そんなことをしたら秘密裏に動けないだろう」

「ですが、お一人で行くのは危険です」

アルモンドがため息をついた。皇太子はいつもこの問題で自分を苦しめる。

ラエルが腰に佩いた剣をポンと叩いた。

「この皇都で俺を危険な目にあわせられる者などいない。いるとするならキエルくらいか？」

「それはそうですが……」

『血の皇太子』と呼ばれるラエルの剣術は、彼の右に出る者を見つけるのが難しいほど優れていた。その実力は帝国最強の騎士と呼ばれるキエルハーン侯爵に匹敵する。

そんな剣術の腕前を身につけられたのは、ラエルが剣術に熱心だったというよりは、何をしても天才的な能力を発揮する類の人間だったからだ。当然、一般の近衛騎士より強い。剣の腕だけを考えると、皇都内なら護衛をする必要がない。

「それでも……。皇宮の外ではどんな予想外の出来事が起こるか分かりません」

アルモンドがさらに深いため息をつく。

「大丈夫だ。お前たちがいると、世論の聞き取りの邪魔になる」

普段はもしもに備えて、皇宮の外に行く時は必ず護衛を同行させていたのに、今日に限ってなぜこうも意地を張るのか分からない。結局、アルモンドはラエルの頑固さに負けてしまった。

「……分かりました。お気をつけて行ってらっしゃいませ」

ラエルは私服に着替えて仮面を取り、素顔のまま皇宮を出た。

(悪いな、アルモンド)

世論を知ることより、皇太子である自分の安全の方が大事であることくらいよく分かっている。

それでも意地を張ったのは、今日は一人でいたかったから。

胸が苦しかった。

昨日の仮面舞踏会が終わってから……。いや、あの少女がキエルハーンと仲良く踊ってるのを見てからずっと、頭の中がごちゃごちゃだ。

(皇宮の外で多少気分転換すれば忘れられるさ)

ラエルは皇都の下町へと向かった。

彼が適当に選んだ行き先は、祭りが行われている街だった。

「うわぁ!」

マリは活気に溢れる街を見て歩くのが楽しくて仕方がなかった。彼女は初めて都会に遊びに来た田舎娘のようにウキウキしていた。

「やっぱり私は、皇宮の宴会とか仮面舞踏会より、こういう祭りの方が好きだわ!」

クローヤンの王宮に連れて行かれる前は、マリもこういう街に住んでいた。母は露店で雑貨を売り、一人でマリを育てた。だから、こういう街は彼女にとって、懐かしい故郷のようなものだった。

(お母さんに会いたいな。天国で元気にしているかしら?)

路上に並んだ露店や屋台を見ると、亡くなった母が思い浮かぶ。今考えると、母親と過ごしていたあの時間が、マリの人生で一番幸せな時期だった。貧しかったけど、幸せだった。

マリは寂しい気持ちを振り払って、祭りを見て回った。

(田舎で見た祭りより、ずっと規模も大きいし賑やかだわ)

マリの故郷は田舎の小さな村だった。帝国との戦争で燃えてしまって、今は村自体が跡形もなく消えている。

あの村とこの皇都では、比べものにならないほどの差があった。

「お嬢さん！　ちょっと見て行って！」

「安くするよ～」

商人たちの呼び声にマリがぎこちなく笑いながら首を振る。

しばらく街を歩き回りながら祭りを楽しんでいたマリは、あることに気づいた。

「みんなすごく明るいわ」

クローヤンとの戦争と皇子たちによる内戦が終わってから一年も経っていない。まだ戦争の苦しみを忘れるには早い時期。でも、人々の顔に暗さは見当たらなかった。それはこの帝国を統治する人の力量が優れているという証拠だ。

(これは、現皇帝のトーロン二世の影響ではなくて……)

トーロン二世が倒れてもう四年。未だに意識は戻っていない。おそらく、このまま意識が戻ることはないだろう。それに、トーロン二世は暴君で有名だった。そんな皇帝の統治の下で、民衆があんな明るい表情ができるはずがない。

(つまり、これはすべて皇太子の力)

マリは微妙な気持ちになった。

帝国に連れて来られてから三年間、ずっと皇宮に閉じ込められていたから外の状況はよく知らない。冷酷で慈悲のない振る舞いで『血の皇太子』と悪名高い彼が、こんな善政を施しているとは思いもよらなかった。

(確か、占領したクローヤン地方にも、それなりに善政を施しているって噂だったわ)

そういえば、街のあちこちで祭りの雰囲気の中、「皇太子殿下万歳！」と叫ぶ人々がいた。そして、皇太子の話をする民の顔は畏敬に満ちている。

(敵には無慈悲だけど、民にとっては悪い君主ではないということかしら)

残忍で冷酷な振る舞いが、必ずしも民に対する統治の方向と一致するわけではないようだ。

(名君か……)

……問題は、私が彼の敵側の人間ということだ。

クローヤン王家の最後の末裔である自分は皇太子から見て、明々白々とした敵だ。

皇太子は自分の民と帝国のために、ためらうことなく私の首を切るだろう。

(悩んでも意味のないことは考えないで、今日は楽しむことだけに集中しよう。明日からは綱渡りのような日々が待っているんだから)

「さあ、お嬢さん！　これ味見してみてよ！」

「これもどう？」

屋台に並ぶおいしそうな食べ物がマリを誘惑した。マリは揚げたてのお菓子を見つけて、立ち止まった。

「おいしそう。一つ食べてみようかな？」

しかし、マリはブンブンと首を振った。お金をあまり持ってきていない。結構な給料をもらっている他のメイドたちとは違って、捕虜であるマリの給料はとても少なかった。できる限り、節約しなければ。

「残念だけど、見てるだけでも充分楽しめるから！」

マリは前向きに考えて、再び街を散策し始めた。

しかし、さっきからマリは自分がつけられていることに気づいていなかった。


「……」

金髪の髪、まるで絵画のように美しい顔立ちの男。

「彼女はなぜまたこんな所に……」

ラエルが困り顔でつぶやいた。

皇宮を出た彼は、街を歩きながら気分転換をしていた。しかし、皇宮を離れて外の空気に当たっていても、心の中のもどかしさは消えなかった。むしろ忘れようとすればするほど、沼にはまって行くような感じだった。

（しっかりしろ、俺……）

そうつぶやきながら街を彷徨っていると、ラエルの目に信じられないものが飛び込んできた。

彼の心を惑(まど)わすあの少女がいたのだ。

（……偶然か？　どうして彼女がここに？）

ラエルは目を擦(こす)った。本当だ。本当にマリだ。

どうなっているのかは分からないけど、彼女も皇宮の外へ遊びに来ていたのだ。

（よりによってこんな……。場所を変えよう）

あの少女を見ていると、頭が混乱するだけだ。

心を整理するまでは会いたくなかった。

そう思ったのに……ラエルはその場から立ち去ることができなかった。

急にマリのことが心配になったのだ。

（一人で来たのか？　危険な目にあったらどうするつもりだ）

ラエルは眉をひそめた。

不世出の剣術の腕を持つ彼も、皇宮の外に出かける際は護衛を同行することが普通である。外では何が起こるか分からないからだ。それなのに、あんなに小さな少女が一人で街を出歩いているなんて！　チンピラにでも会ったらどうするつもりだ？

（……くそ！）

気になって、どうしてもその場から離れることができない。

見た目が可愛いせいか、ちらちらとマリを盗(ぬす)み見している奴(やつ)らもいる。

（じろじろ見るな！）

かっとなり叫びそうになるのをやっとの思いで堪えた。柄の悪そうな奴がマリを狙ってると思うと腹が立って仕方がない。

(あいつら全員、斬り捨ててしまいたい)

……ちっ。気に入らん。

護衛もつけずに街に出るなんて。ラエルはマリに何か起こるのではないかと心配で、密かに彼女の後を追った。

ところがしばらくして、また気に障ることが起こった。

(何をあんなに悩んでるんだ?)

マリが屋台の食べ物を見て、悩んでいるのが見えた。

彼女は食べたそうな顔で食べ物を見ては、残念そうに首を横に振っていた。それを何度も繰り返している。

(どうしてだ? 買って食えばいいじゃないか? 平民にとっても、高くはないはずだぞ)

ラエルはハッとした。

(もしかして、金がないのか?)

そういえば、彼女は正式に雇われているメイドではなく戦争捕虜だ。まともな給料をもらえていなくても不思議ではない。

(ふむ……)

捕虜だから給料が安いのは当然だ。でも、あんなに捨てられた子犬のようにしょんぼりしている姿を見ると、とても気分が悪かった。

彼女はしょんぼりした顔より、明るく笑う方が似合っているのに。

(執事長のギルバート伯爵に言って、戦争捕虜として連れてこられたメイドたちの給料を増額するように命じなければ!)

こうしてマリは自分でも知らないうちに、メイドたちを昇給させたのだった。


一方、マリは自分の後を皇太子がつけているなどとは露知らず、祭りを楽しんでいた。

しばらくあれこれ見て回っていたが、街角で意外なものを見つける。

(あれ? あれは!)

古いピアノだ!

(誰が捨てたんだろう?)

子どもたちが不思議そうに鍵盤を押している。

中の弦が切れているのかまともな音は出なかった。

(白い鍵盤はほとんど切れてるわね)

マリも鍵盤を押してみた。黒い鍵盤以外ほとんど音が出ない。

その時、マリの頭の中に一つの曲が浮かんだ。

(演奏してみてもいいかな?)

皆が食べて飲んで、楽しんでいる祭り。マリも見物するだけじゃなくて、祭りに少し参加したくなった。マリが黒い鍵盤の上に手を乗せる。

（街のあちこちに楽師も多いから、少しくらいなら目立たないかも）

どうせここには自分が誰なのか知っている人もいない。

そう思ったマリはピアノの鍵盤を叩き始めた。

マリが弾く曲は黒鍵、変ト長調。

黒い鍵盤だけで弾けるよう構成された曲だ。

「お祭りだから、軽く楽しく」

タラタラタラララン。

短いスタッカートが街角に鳴り響く。

道行く人たちがピアノの音を聴いて立ち止まった。マリの指が軽やかに鍵盤の上で踊り出す。

軽快な音色が人々の耳を虜にした。

「誰だ？　新しい楽師か？」

「すごく上手なんだけど」

演奏を聴いた人々の気分が高揚する。

祭りを盛り上げる楽しい演奏に、踊り出す人もいた。

「てか、あのピアノ壊れてるんじゃなかったっけ？」

「そういえばそうだったな。直したのかな？」

「違うよ。さっき、僕が叩いた時は音がしなかったもん」

何人もが首をかしげた。ピアノは壊れているはずなのに、あまりにもいい音が出ていたからだ。

人混みにまぎれて静かにピアノの演奏を聴いていたラエルは、マリがこの曲を選んだ理由を推測できた。

(黒い鍵盤だけで演奏しているのか。やっぱりすごいな)

黒い鍵盤だけで弾く曲だけど、曲の完成度も高い。まるでこの祭りのために準備したような曲だった。聴いていると楽しい気分になる。

(いい演奏だ)

ラエルは目を閉じてマリのピアノを楽しんだ。

マリのせいで落ち着かなかった心が、彼女のピアノで癒される。

変な話だが仕方がない。マリの曲はそれほど心に染みるものだから。

「わあ！　最高！」

「ブラボー！」

短い演奏が終わると、集まった人々が歓声を上げた。中には街へ見物に来た貴族もいた。

チャリンチャリン。

間もなくマリの前には、数え切れないほどたくさんの小銭が積み上がる。マリをプロの楽師だと思った人たちが演奏の対価としてコインを投げてくれたのだ。

「もう一曲！　もう一曲！」

いつの間にか人々が押し寄せてきていた。マリはあまりの人の多さに当惑し、もう一曲だけ演奏をした後、逃げるようにその場から立ち去った。

「ふぅ、なんであんなことに……」

人が集まりすぎて、もう少しで抜け出せなくなるところだった。それでも、それなりに楽しい経験だった。

(お金も稼げたしね！)

マリは山積みの小銭を見て幸せそうに笑った。

(もし皇宮から出られたら、ピアノの演奏で食べていこうかな？　フフッ)

マリは再び祭りを見物し始めた。幸せな時間だった。

だがすっかり祭りの雰囲気に浮かれてしまっていたマリは気づかなかった。演奏の対価として大量の小銭を受け取ったマリの姿を、目つきの悪い奴らがじっと見ていたことに。


(……！)

ラエルが慌てた顔で辺りを見渡した。マリが人混みの中に入っていったせいで、見失ってしまったのだ。

(どこに行った!?)

午後になってからは、街は足の踏み場もないくらい大勢の人でごった返していた。街には細い路地も多く、マリがどっちに行ったのか、見当がつかなかった。

(どこだ！)

ラエルは焦ってマリを探し回るうちに、一瞬ハッとなりその場に立ち止まる。

(どうして俺があの子を探す必要がある？)

今まで後をつけていたこと自体おかしなことだ。この街で一人で歩き回っている女性は、彼女だけというわけでもない。勝手に遊んで勝手に皇宮に帰るだろう。

(もう探すのはやめよう……)

そう思ったラエルはマリが行ったのとは反対方向へ歩き出した。いや、歩き出そうとした。

(……子どもでもないし、大丈夫だよな？)

皇都の治安は他の国と比べてもいい方だった。ラエルが治安に気を配っているからだ。

(一人でもきっと問題ない……はず)

しかし、なぜか不安が拭えない。

(仕方がない。どこに行ったのか、それだけでも確認しよう)

うむ。可愛いから、ひょっとしたら下心でマリに近づく輩がいるかもしれない。最後に大丈夫かどうかだけ確認して帰ろう。そう思ったラエルは再びマリを探し始めた。しかし、どこへ行ったのか、全く見当がつかない。

「くそ、どこだ？　もしかして本当に何かあったんじゃ……」

不安が大きくなっていく。大通りをいくら探しても見つからない。

焦ってきたラエルは人々にマリのことを聞き回った。

「茶髪の少女ですか？　見てませんよ」

「いや、分からないな」

（まったく！）

マリに何か起こったかどうかなんて、正直分からない。多分、他の場所で祭りを楽しんでいる可能性の方が高いだろう。それなのに……。

……不安でいても立ってもいられない。

その時だった。人目につかない薄暗(うすぐら)い路地裏から、かすかな声が聞こえた。

「殺されたくなかったら静かにしろ！」

「……！」

近くの古びた建物の中からだった。ラエルはきしむドアを蹴飛(けと)ばして中に入った。

そこに、ラエルが探し回っていた少女がいた。

「誰だ！」

「なんだ？　お前は！」

いかにも悪そうな見た目の男三人が彼女を取り囲んでいる。あまりに分かりやすいシチュエーション。強盗(ごうとう)だ！

「あ、あなたは……」

反抗(はんこう)して頬(ほお)を殴(なぐ)られたのか、マリの片方の頬が赤く腫(は)れていた。

怪我(けが)をしているマリを見たラエルは自分の理性がぶっ飛ぶのを感じた。

口から冷たい声が漏(も)れ出る。

「お前らか」

「え？」

「お前らが彼女を傷つけたのか」

あまりの圧に強盗たちが唾を飲み込む。

金髪の男の瞳は殺気に満ちていて、思わず逃げ出したくなるほど恐ろしかった。

「な、なんだ、お前は！　消えろ！」

「い、今すぐ消えたら許してやる！」

強盗たちは怖気づいたことがバレぬよう大声で威嚇した。

ラエルがにやっと笑った。腹が立ちすぎると、却って冷静になってくるようだ。

「君たちには二つの道がある」

「はぁ？」

ラエルは胸元から短刀を取り出し、彼らの前に投げた。

カラン！

短刀が冷たい金属音を出しながら床で転がる。

びくっとなって震える強盗たちに血の皇太子が告げた。

「自決するか、俺に殺されるか。選択肢は二つだ。好きな方を選ばせてやろう」

しばらくして、ラエルはマリと一緒に大きな建物から出た。

「ありがとうございました。おかげさまで命拾いしました」

頭を下げてお礼を言うマリを見て、ラエルがふっとため息をつく。

「……いい。次からは気をつけろ」

二人が出てきたのは皇都の治安を担当する警備隊の建物だった。強盗を捕まえたラエルが、彼らを警備隊に引き渡したのだ。

(全員殺すべきだった。生かしておく価値のない野郎どもめ)

ラエルは心の中で冷たくつぶやく。マリが強盗に囲まれて赤く腫れた頬を手で覆ってるのを見た瞬間の光景がよみがえる。怒りを通り越して、全身の血が冷めていく感じだった。

(本当はその場で首を斬り飛ばそうとしたけど……)

側で見ている少女のせいで思い止まった。人が斬り殺される場面を見たら、ショックを受けるのではないかと心配になったのだ。

そこで必死に怒りを抑え、三人とも制圧して警備隊に引き渡した。

(どうせ死刑になる奴らだったが)

捕まえてみると、わいせつ行為に、強盗に、殺人でも手配されていた奴らだった。法律に従っても死罪に値する。いや、法律など関係なく俺が死刑にしてやる。

(もし俺が行かなかったら、この子は殺されていたかもしれないってことか)

そう思ったらまた怒りが込み上げてきた。

「……気をつけろ」

興奮が収まっていないからか、声がやけに冷たい。静かに彼の後を歩いていたマリは、びっくりして頭を下げた。

「申し訳ございません。そして命を救ってくださったこと、本当に感謝しています」

マリも、今回は本当に危なかったと自覚していた。

(こんなことにならないように、大通りだけ通っていたのに)

マリも女一人で歩き回るのは危ないかもと、それなりに用心していた。人通りのないところは避け、大通りだけ歩いていたけど、強盗たちは人混みにまぎれて突然背中に刃物を突きつけてきた。マリは為すすべもなく建物の中に連れて行かれた。もしこの男が来てくれなかったら、どんな目にあったか分からない。

「本当にありがとうございます」

マリが何度も頭を下げるのを見て、ラエルはため息をついた。

マリになんの非があるというのか。彼女は被害者にすぎないのに。

厳密に言えば、あんな少女でも心配なく街を歩き回れるような治安のいい国を作れなかった自分の責任だ。

「……もういい。今度からは用心しろ」

「はい、肝に銘じます」

マリはふと不思議に思った。慌てていて思いつかなかったけど、この方がどうしてここに現れたんだろう?

（皇宮の使用人じゃなかったのかな？）

マリはこの男のことをちゃんと覚えていた。皇宮で何度か会ったし、あまりにも美しい容貌だったから、忘れようにも忘れられなかったのだ。

「あの……。私があそこにいるってこと、どうして分かったんですか？」

金髪の男がしばらく黙ってから答えた。

「ただの偶然だ」

「あ……、そうですか」

どこか釈然としない返事だったが、命の恩人をそれ以上問いただすこともできない。

（一体何者なんだろう？　使用人ではなさそう）

マリは男が皇太子だとは想像もできなかった。不気味な鉄仮面の下に、あんなに美しい顔が隠れているとは考えたこともなかったから。

マリは使用人に違いないと思っていた。しかし、あの素晴らしい剣術の腕を見ると、使用人などではなさそうだった。

（騎士かな？　警備隊の兵士たちも気を遣っているようだったし）

気になったけど、聞くのは少し気が引けた。美しい顔だちとは違って、男の青い瞳はとても冷たかったのだ。悪い人ではないけど、気軽に話しかけにくい空気感とでもいうのか……。

マリは悩んだ末に口を開いた。

「私にできることはあまりありませんが……。何か恩返しができたらと思います」

「恩返し？」

ラエルからすれば、とにかく無事ならそれでいい。それ以上、望むものはない。

そう言おうとした瞬間、彼の頭に一つアイディアが浮かんだ。

（せっかくだし、それも悪くない）

「恩返しがしたいんだな？」

「はい、なんでも言ってください」

マリが頭を下げると、男は言った。

「今日一日、俺の用事の手伝いをしてくれ」

「はい、分かりました。何をすればいいですか？」

男が口角を持ち上げる。

まるで絵に描いたような素敵な笑み（え）だった。

「とりあえず、一緒について来てくれればいい」

「……はい」

マリは小さく頷いた。ただ、ついて行けばいいですって？

「あ、あの……」

「ランだ」

「え？」

「ランと呼んでくれ」

それはラエルの幼名だった。

ラエルが歩き出すと、マリもその後をついて行った。しばらく歩くと、目の前に大きな建物が現れた。建物を見たマリがラエルに尋ねる。

「ランさん？　どうして病院に来たんですか？」

二人が到着したのは主に貴族が利用する高級病院だった。

「病院でお手伝いをするんですか？　私はどんな仕事をすれば……」

ラエルが首を振った。

「手伝うことはない」

「……？　じゃあ？」

「君の怪我、そのまま放っておくわけにはいかないだろ」

「あっ」

マリは右の頬に手を当てた。強盗に殴られた頬が腫れていた。

「私は平気です。すぐに治りますから」

「……俺は平気じゃない」

ラエルは赤くなったマリの頬を見るたびに腹が立った。

さっきの奴らを警備隊に引き渡すんじゃなかった。この子が側にいなかったら、全員その場で斬り捨てただろうに。

（裁判官に話して、重罰を下すように言っておこう）

ラエルがやって来たことが伝わったのか、医師が慌てて飛び出てきた。

「どうして、こんな所に！　どうされましたか？」

マリは真っ青になって焦りまくっている医師を見て驚いた。

ラエルは短く言った。

「この子を治療してくれ」

「……この方は？」

医師は驚いてマリの方を見た。彼は目の前にいるのが皇太子であることを知っていた。

（女性には一切興味のない皇太子が、女の子を連れてくるなんて。貴族の令嬢には見えないけど、誰だ？　外遊に同行している付き添い人か？）

医師は少女の頬をじーっと見ている皇太子の目を見て、心臓が止まるほど驚いた。その目には心配と慈しみが入り混じっていたのだ。

（どんな関係なのかは分からないが、最善を尽くさなければ！）

そう思った医師は勢いよく頭を下げた。

「分かりました！　最善を尽くします！」

軽傷なのに、何か大手術にでも臨むかのような、決意に満ちた声だった。

「こちらへどうぞ！」

医師は傷の消毒をして薬を塗った。その態度がまるでお姫様でも治療するかのような慎重さで、マリは困惑してしまった。

「く、薬だけ塗ってもらえればいいですよ」

「いえ！　もし、他にも痛いところなどがございましたら、なんなりとお申しつけください！」

こうしてマリは、ちょっと大袈裟(おおげさ)な治療を受けて病院を出た。

「少しは良くなったか？」

「は、はい。ありがとうございます」

マリは何がなんだか分からなかったけど、とにかくはいと、頷いた。

「他に怪我はないか？　どこか痛いところがあったら言ってくれ」

その言葉を聞いてマリは妙な気持ちになった。

すごく冷たい声なのに、言っている内容はとても心配しているものだからだ。

（なんだろう？　本当は親切な性格なのかな？　……キエルさんみたいに）

でもやっぱり、根っからの性格には見えなかった。親切というには、話し方や目つきがあまりにも無愛想だ。いや、無愛想というより、冷たい感じ。

（どうして私のことを心配してくれるんだろう？　偶然何回か顔を合わせただけなのに）

「あの……。どうして私のことをこんなに気にかけてくださるのですか……」

その問いにラエルは口をつぐんだ。

（俺も分からない……）

ラエルも自分の気持ちがよく分からなかった。この子を思うたびに苦しくなったり安らいだりする。まるで荒波にもまれているようだ。自分でもコントロールできない気持ち。

ラエルは適当に答えた。

「……菓子だ」

「え？　お菓子ですか？」

「そう。あの時、菓子をもらった礼だ」

確かに、以前白鳥庭園でお菓子をプレゼントしたことがある。

彼はスッと背を向けてスタスタとどこかに歩いて行った。

（いよいよ、本題に入るのね）

マリは手伝うために後ろをついて行った。ところが、男が向かった先はとても意外な場所だった。

「ここは？」

祭りに出ている屋台。

ついさっきマリが食べようか悩んだ末に、お金がなくて諦めたところだった。

「あっ、お客さん、すごいイケメンですね！　何にしますか？」

「イチゴジュースを一つ」

男はマリを見て聞いた。

「君はどれにする？」

「早く選べ」

「あっ……。私はタルトで……」

「喉が詰まるから飲み物も一緒に頼め。君もイチゴジュースでいいか？」

「えーと、私はオレンジジュースで」

マリが財布を出す前に、男がお金を全部払ってしまった。

出てきた冷たいジュースとタルトは、見た目通りとてもおいしかったのだが、マリは状況が呑み込めなかった。なんで屋台に？

「どうだ？　おいしいか？」

「はい。私の分までありがとうございます。あの、ところで、何か用事があるんじゃなかったんですか？」

マリは仏頂面でイチゴジュースを飲んでいる男を見ながら尋ねた。

こんな愛想のない顔でイチゴジュースだなんて。なんだか似合わない。

ラエルはマリの質問に答えられず黙ってジュースの入ったコップを口に運んだ。

（えっと、なんて答えればいいんだ？）

ラエルに用事なんてない。その場しのぎの出まかせだった。どうしてそんなことを言ったのか、自分でも正直よく分からなかった。ただ、彼女を帰したくないという衝動に駆られただけ。

今もそう。ただ、それだけだ。

（別に一緒にいる必要もないんだが……。いや、本当は皇宮に送らないといけないんだが）

それでも幸いなことに、彼女が側にいると、この息苦しさが少しマシになる。

返答に窮したラエルはまた出まかせを言った。

「……用事はこれだ」

「……？」

「金を使うことだ！　君も一緒に使うのを手伝ってくれ。いくら使っても構わない」

マリが呆気に取られて男を見た。

「……え？」

ラエルも自分がどれだけバカなこと言っているのか気づいた。

……実に『血の皇太子』らしくない発言だ。

「いや、だから……、その……」

どうにか言い訳をしようと口を開いた瞬間、突然マリがくすくす笑い始めた。

彼女が自分の前で笑うのは初めてで、ラエルは驚きに目を見開く。

「……なんで笑うんだ？」

「いいえ、なんでもありません。ははっ。じゃあ、全力でお手伝いしますね」

……なんだ？　なんで笑うんだ？

よく分からなかったが、ラエルはそれについては考えないことにした。

「じゃあ、次の店に行こう」

ラエルは別の屋台へと向かった。ここもマリがさっき、お金がなくて諦めたところだった。

マリはそんな男を見て静かに微笑んだ。

(正直に言えない方なのね)

お金を使うのが用事だなんて。一緒に見て回ろうって言えばいいのに。一人で見て回るのが寂しいから、あんなに風に言ったのね。

（正直に言ってくれても良かったのに。私も一人じゃ寂しかったし）

男の意外な面を見た気がして、彼に対する警戒心は薄まった。無愛想な話し方をするが、思っていたより冷たい人ではないかもしれない。

「さあ！　どうぞ！」

次は小麦粉で作った薄い生地にクリームをたっぷりのせたクレープだった。男はイチゴが大好きなのか、クレープにもイチゴをのせていた。その後も二人は一緒に街を歩き回り、色んな物を見物して、おいしいものを思う存分食べた。

「奇遇ですね」

「……？」

「ランさんと私は好みが似ているみたいです。ランさんが選ぶ所は、全部さっき私が一人で街を歩いていた時に行きたいと思ったお店ばかりです」

ラエルは返事に困って黙りこくってしまった。好みが似ているのではなく、さっきマリが行きたそうにしていた店を覚えていただけだった。

その後も、二人の街歩きは続いた。ある屋台でラエルがまとめて支払いをしようとした時、マリが先手を打って、素早くお金を出した。

「どうして君が払うんだ？」

「私も用事があるんですよ〜。お金を使う用事です」

マリがくすくす笑いながら言った。いたずらっ子みたいなマリの言い方に、ラエルも笑顔になった。

「いい。しまっておけ」

「いいえ。ずっと私がおごられてばっかりじゃないですか。私もランさんにごちそうしたかったんです」

そう言われて、ラエルは菓子をおごられることにした。好きな菓子ではなかったけど、彼女がおごってくれたからかとてもおいしく感じた。

(おごってもらうのも悪くないな)


二人の楽しい時間はあっという間に過ぎて行った。

「え、もうこんな時間！」

マリがびっくりして言った。いつの間にか辺りが暗くなっていた。

(もう帰らないと……)

男との時間を思ったよりも楽しんでいたことに気づいた。帰ると思うと少し寂しくなる。

(昨日の仮面舞踏会も今日の祭りも、現実じゃないみたいだわ。……明日からは獅子宮殿か)

皇太子の側での綱渡りのような毎日が待っていると思うと気が重くなる。

しかもそれは、綱から落ちると首が落ちる綱渡りだ……。

（大丈夫。皇太子妃選抜作戦を成功させて、絶対獅子宮殿から脱出しよう！）

その時、隣にいた男が言った。

「もう帰る時間か？」

「あ、はい」

「なら送ろう」

マリが大丈夫だと言おうとした、その時。

ポタッポタッ……。

「あっ、雨だ」

急に雨が降り始めた。

男は手のひらを空に向けて言った。

「激しくなりそうだ。どこかで雨宿りしよう」

「はい」

そのまま帰るにはかなり雨が強くなってきた。雨宿りする場所を探して辺りを見回すと、古びた聖堂が見える。二人はその聖堂に入って行った。

「神父さんに聞いてから入った方が良かったんじゃないですか？」

「まあ、聖堂だし追い出しはしないだろう」

二人はしばらく聖堂の椅子に座って休むことにした。ラエルは雨で濡れてしまったマリを心配そうに見る。マリは少し寒いのかガタガタ震えていた。

「かなり濡れたな」

「このくらい大丈夫ですよ」

平気そうに言うマリにラエルは上着を脱いで差し出した。

「本当に大丈夫ですから」

「そのままじゃ風邪を引く」

ラエルがマリの肩に上着を掛けようと不意に距離を詰めてきたので、マリはなんだか恥ずかしくなって顔が赤くなってしまった。彼の行動に特別な意味なんてないことは分かっているけれど……。

どうしてだろう？　なんだかドキドキする。

「自分でします」

そう言って、上着を受け取ったマリはそれを羽織った。小柄な彼女からすれば毛布のように大きい服だ。

しばらくの間、なんとなく二人は言葉を発さなかった。もう辺りはすっかり暗くなっていた。

ラエルが窓の外を見て言った。

「雨がやまないな」

「そうですね」

ザアアー。とんとんとん……。

雨粒が絶え間なく窓を叩く。静かな聖堂の中で雨の音を聞いていると、マリはわけもなく昔のことを思い出した。

「小さい時は、雨がすごく怖かったんです」

「雨が？」

「はい。私の母は仕事で帰りが遅かったので、一人で留守番をしていることが多かったんです。雨がたくさん降ったら、母が雨に飲み込まれていなくなっちゃうんじゃないかって、不安で心配でした」

マリの思い出話に、ラエルはそっと頷いた。

「君のお母さんはどんな人だ？」

「う〜ん。普通の人でした。母は小さな露店で商売をしていて、一人で私を育ててくれました」

「……そうか」

「あの時は幼くてよく分からなかったのですが、今考えてみたら、本当に大変だったろうなと思います。いつも私のために働いてくれて……。もっと早く気づいていたら、親孝行したのに」

(会いたいな)

マリはその言葉を呑み込んだ。

クローヤンの王宮に行く前の、幸せだった時間。あの頃に戻れたらどんなに幸せだろうか？　不可能と分かっていても、つい想像してしまう。

マリが話すのをやめると、聖堂は再び沈黙に包まれた。

自分のせいで雰囲気が暗くなったと思ったマリは、申し訳なさそうに苦笑いした。

「すみません。余計な話をしてしまって。今日は本当にありがとうございました。ランさんのおかげで楽しい時間を過ごすことができました」

ラエルが静かにマリの顔を覗き込む。

微笑みの裏側に深い寂しさが垣間見えた。

おもむろに立ち上がると、ラエルはどこかに歩いて行った。

「ランさん？」

「ちょっと待ってくれ。聴かせたいものがある」

ラエルが向かったところは聖堂の隅。神の栄光を表す紋章の下にピアノが置かれていた。

「ピアノ？」

ピアノの前に座った彼は鍵盤の上に手を乗せた。

「聴かせたい曲がある。君ほど上手くはないが……。気を楽にして聴いてくれ」

静かな聖堂の中に穏やかなピアノの旋律が流れ始めた。

彼の指が鍵盤を叩く。

（これは、夜想曲……。すごく上手）

プロの鍵盤奏者と比べても遜色のない腕前。

（聴いてて心地いいわ）

自分で作曲したのかな？　彼の感情が曲からにじみ出ている。

（恐怖、恋しさ）

マリは目を閉じた。

心の中の暗い夜空に月が浮かぶ。分厚い雲に覆われたその月は、かすかな光を放つだけだ。とてもか弱い月光。

マリは子どもの頃に戻り、その月を見上げた。

一人で残された恐怖と誰かに向けられた恋しさがピアノの音に溶け込んでいる。

ところがある瞬間、メロディーの雰囲気が変わった。

暗い短調から明るい長調に転調する。

暗闇の中に心地良いそよ風が吹き始めた。月を覆っていた雲がゆっくりと晴れていく。

現れたのは美しく輝く満月。柔らかな月光が、聖堂の中に降り注ぐ。

「これは……」

マリの瞳が揺れた。彼のピアノが何を表現しているのかひしひしと感じ取れた。

それは切なくも絶えない愛だ。

母が自分にくれたような、空に浮かぶ月のような。

いつ、どこにいても彼女を愛していると言ってくれているようだった。

（一体……）

マリは男の顔を見た。

男はいつこんな曲を作曲したのだろう。明らかに即興で思いついた曲ではない。

この曲は自分の経験と苦しみを投影して作られた曲だ。

……あの人も、私と同じ苦しみを抱えているの？

その時、男がピアノの演奏をやめた。そしてためらいがちに言った。

「ここまでだ」

「……」

マリは答えられなかった。曲の余韻が強く残って、どうしても言葉が見つからなかったのだ。

男はそんなマリを見て、何を思ったのか、意外な提案をしてきた。

「良かったら一緒に弾いてみないか？　楽器を演奏していると、気分が良くなったりするだろう」

マリとラエルの視線が空中でぶつかった。

マリは何かに取り憑かれたように何度も頷いては、ラエルの左側に座った。

そして再びピアノの旋律が流れ始めた。

今度は彼と彼女の連弾だ。

ラエルが主旋律を演奏し、マリはそれに和音を重ねる。

マリは鍵盤を叩きながら目を閉じた。彼と一緒に紡ぐ旋律が耳元をくすぐる。

これまでの人生の苦しみが、少しだけ洗い流されるような気がした。

（これからの人生も、辛いことの方が多いかもしれないけど）

マリが心の中でつぶやく。

（今、この瞬間だけは……）

マリが顔を上げると聖なる紋章と窓が見えた。窓から見る夜空は雲に覆われ、その雲の向こうに月の存在を感じる。

トントントン。

相変わらず雨粒が窓を叩いている。ピアノの音と一緒に鳴り響く雨粒の音を聞きながら、マリは再びそっと目を閉じた。

ピアノの音色とともに、様々なドラマの舞台(ぶたい)となった建国記念祭が終わりを迎(むか)えた。

できるメイド様（さま）

2024年2月15日　初版発行

著 Yuin（ゆいん）　イラスト まち　訳 alyn（ありん）

発行者　山下直久
発行　株式会社KADOKAWA
〒102-8177　東京都千代田区富士見2-13-3
0570-002-301（ナビダイヤル）
デザイン　永野友紀子
印刷・製本　TOPPAN株式会社

【お問い合わせ】
https://www.kadokawa.co.jp/　（「お問い合わせ」へお進みください）
※内容によっては、お答えできない場合があります。
※サポートは日本国内のみとさせていただきます。
※Japanese text only

ISBN978-4-04-737756-1　C0093

シリーズ累計
170万部
突破！
11
外科医
エリーゼ
Surgeon Elise
漫画 mini
原作 yuin
KIDARI STUDIO
コミックス版
©mini・yuin / Kidari Studio, Inc.
FLOS COMIC